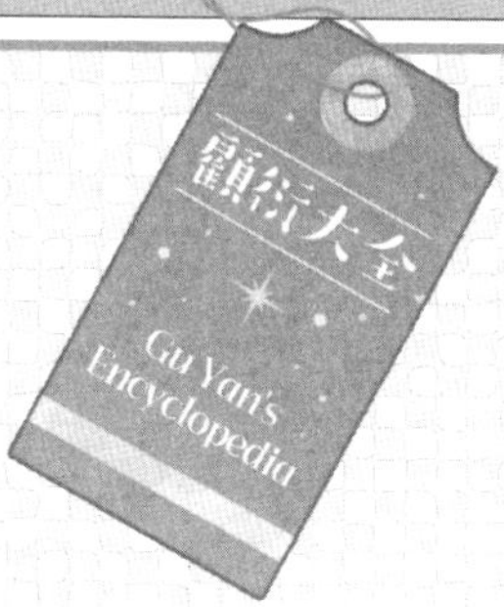

你有權保持暗戀

葉斐然 著

・上冊・

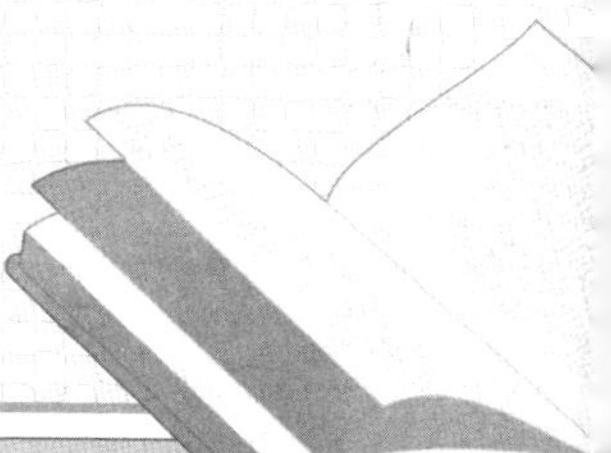

高寶書版集團

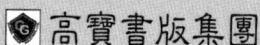

我明明知道你根本对我不上心，送
我这样的东西，但是还是根本不敢
拒绝你，也没有勇气去澄清。

因为我喜欢你就是喜欢到这样子
没有自尊，喜欢到即使你根本
不在意我，送我根本不喜欢的东西，
但只要是你送的，我也想要。

我活到这么大，从来没觉得什么事
情是很有难度完不成的，第一名我
可以轻松地得到，任何机会和工
作我也能游刃有余，但唯独你，
你是我这辈子最大的挫折
我爱你，齐谈

叶斐然

目錄
CONTENTS

第一章　不是冤家不聚頭

六月驕陽似火，體育館窗外的樹上傳來一聲高過一聲的蟬鳴，齊溪坐在主席臺的後臺裡，心情混雜著些微的緊張、恍惚和一點點惆悵。

畢業典禮即將開始，很快，她也將作為容大唯一的法學院優秀畢業生代表發言，自此，她四年法學院生涯便要落下帷幕。

坦白說，齊溪因為長得漂亮，還是法學院的高材生，大學生活可謂順風順水。唯一讓她不滿的，是勁敵顧衍給她找的各種不痛快——同窗四年，齊溪被顧衍搶走的機會和獎項簡直數不勝數。

整整四年，齊溪如苦行僧般一門心思撲在念書上，最終也沒考過顧衍，哪怕一次。

他永遠是第一名，齊溪則永遠是第二名。

有時候只有幾分之差，但，誰會記得第二名？

最令齊溪無法接受的是，顧衍贏得幾乎毫不費力輕而易舉——他不像齊溪一樣放棄了所有娛樂和社交去拚命念書，這男的幾乎參加所有法學院的活動，不論是辯論賽還是籃球賽、模擬法庭還是法律援助。

他光鮮亮麗地活躍在幾乎每個舞臺，用無懈可擊的臉和身材賺足了女生們的垂青和讚美，像精神汙染一樣不斷在齊溪面前刷著存在感。

像個遊刃有餘的時間管理大師，完美得幾乎能在所有領域面面俱到，然後再輕而易舉打敗孤注一擲的齊溪。

這種拚盡全力仍敗北的感覺讓齊溪充滿了挫敗感，久而久之還連帶了點對顧衍的遷怒。理智上，齊溪也明白，顧衍什麼也沒做錯，兩個人甚至沒有太多交集，但她就是忍不住討厭他。

不過，這次被選為優秀畢業生代表發言的，是自己，而不是顧衍。

混雜著扳回一城的隱祕快感，齊溪又默念著背誦起演講稿。

她想了想，打了電話給自己的爸爸齊瑞明：「爸爸，你到哪了？等等畢業典禮就要開始了……」

只是話沒說完，齊瑞明就打斷了齊溪：『什麼到哪了？爸爸在市中級法院還有個庭要開，我得馬上過去……』

齊瑞明果然忘了！

齊溪有些崩潰：「爸爸，今天是我的畢業典禮，你說會來的！我今天作為學生代表，要在……」

可電話那端的齊瑞明顯然沒當回事，他打斷了齊溪，隨意哄道：『溪溪，爸爸太忙了，客戶的庭審總不能拖，何況妳那麼多外地同學，他們的家長都去嗎？能去參加畢業典禮的家長就沒幾個，妳找人錄個影拍張照，回頭給爸爸看，先不說了，掛了啊。』

齊瑞明甚至沒給齊溪講完最後那句話的機會，只留給了她一如既往的電話掛斷音。

能參加畢業典禮的家長確實沒幾個，但能在畢業典禮上作為學生代表發言的榮譽，也就那麼一次。

齊溪又一次被自己的爸爸掛斷了電話，她瞪著自己手裡的演講稿，心情開始有些煩躁。

這稿子雖然是齊溪起草的，但輔導員修改過三四次後，其實最終成品早就失去了齊溪原本想表達的主旨，變得中規中矩沒有靈魂，但為了能上臺作為優秀畢業生代表發言的榮譽，齊溪接受了這些改動。

只是如今，她背到最後一段講稿時，總覺得前後不連貫，這種不連貫帶來的不順心在被掛了電話後更強烈了。

看了下時間還來得及，齊溪起身，還是想找輔導員再溝通下是否可以由自己臨時發揮加寫一段來過渡。

齊溪在後臺的門口找到輔導員，他正背對著自己，和一個教務處的老師聊天——

「時間過得真快，又一屆要畢業了，今年畢業典禮上發言的是誰？」

「是齊溪。」

「齊溪？那個第二名？為什麼沒找顧衍？他不是更好嗎？」

聽見聊到自己，齊溪的腳步頓了頓，她突然也有些好奇輔導員最終找自己的原因，是因為看到了自己更堅韌的念書態度嗎？

然而沒想到，齊溪得到的並不是肯定——

「顧衍是更好，長得帥，臺風穩，法學院女生多，他發言大概下面觀眾鼓掌都更積極。但有什麼辦法？他不願意配合改發言稿，說如果找他發言，必須完全尊重他的意願，發言稿不接受任何修改。」

教務處老師笑起來：「沒辦法，男生嘛，就是比較有個性，但個性越強，能力也越強；女生雖然都很服從，但就沒什麼創新能力，也沒領導別人的本事。」

輔導員忍不住嘆了口氣：「其實畢業典禮這種大場面，男生心態更穩，齊溪一個女孩子，我擔心臨場發揮時會緊張。」

不過很快，輔導員語氣又輕鬆起來：「不過畢竟是女生，齊溪很聽話，叫改哪裡就改哪裡，最後稿子我修改了好幾遍，讓她提前通篇背誦了。正常不會出問題，今天學院高層都要來呢，可不能出岔子。」

這兩人很快聊起了別的，然而齊溪只覺得手腳冰涼，一個字也沒有再聽下去。

她沒有再找輔導員，而是捏著手裡的講稿，沉默地走回了後臺休息區。

原來即便自己能被選上畢業典禮優秀學生代表，也僅僅是因為撿了顧衍不要的東西。

顧衍，顧衍，哪裡都是顧衍，所有人都喜歡顧衍。

甚至就在來體育館提前彩排畢業典禮的路上，齊溪還意外撞見了顧衍被人表白——

「對不起，我不喜歡妳。」

「我有喜歡的人。」

「今天會和她表白。」

「妳沒有機會。」

表白的女生忐忑而緊張地說了一堆，卑微請求顧衍給自己一次機會，然而顧衍只回覆了這麼冷淡的四句話。他沒有看到齊溪，拒絕完後便轉身逕自離開，禮貌但疏離，不給對方一點餘地。

這麼不留情面的男人，也會喜歡別人？

是誰倒了血楣，被這種人喜歡啊？

此刻因為一篇演講稿的插曲，齊溪心裡對顧衍的遷怒幾乎達到了頂點。

她希望即將被顧衍表白的女生，狠狠地拒絕顧衍！

因為正在內心怒罵顧衍，對方聲音響起的那一刻，齊溪簡直嚇了一跳。

「齊溪。」

她抬頭，才看到身前站著的正是顧衍本人。

坦率來說，顧衍的長相真的萬裡挑一，身材高挑比例優異，擺在哪裡都是陽光清爽校草的形象。此刻沐浴在穿過體育館頂棚的細碎陽光裡，在明明暗暗的光影裡，他的臉帶了少年人特有的乾淨，和走在成熟風韻途中的雛形——不出意外，他應該會變成一個非常英俊的男人，如果穿著西裝多笑笑，會讓很多女生腿發軟的那種。

即便齊溪沒有太關注過，都知道顧衍幾次在校外逛街被隨手拍的街拍照片刷上了熱門，還會頻繁被星探選秀工作人員搭訕，有一個經紀人甚至不屈不撓半夜爬牆進法學院，差點被誤會成小偷扭送進警局。

齊溪心裡緊張地跳動起來，顧衍的嘴唇輕抿著，她有些色厲內荏地瞪向了對方：「什麼事？」

顧衍像是想要說什麼，但最終沒有說，他頓了頓，把手裡的東西拿給了齊溪：「妳的書。」

齊溪一看，是自己那本LSAT（美國法學院入學考試）考古題集。

「妳忘在圖書館了。」

顧衍說完，又看了齊溪一眼，放下書，然後轉身走了。

莫名其妙。

不過這本LSAT考古題集，此刻倒是讓齊溪百感交集，這代表的可是無數個她在圖書館裡念書的日夜。

輔導員那一番對話讓齊溪此刻的心裡很亂，她幾乎是下意識翻開了這本考古題集，然後一張信紙掉了出來。

「給我最愛的齊溪小寶貝」。

信紙開頭那一行稱呼讓齊溪簡直虎軀一震。

這是……

這是情書？

這考古題集是顧衍遞給自己的，而顧衍剛才還說今天要表白，所以……

所以自己竟然是那個倒了血楣被顧衍喜歡的人？

顧衍竟然喜歡自己？！

這竟是他給自己的情書？！

齊溪整個人都混亂了。

她的心臟劇烈跳動起來，她回想著顧衍的臉和身材，難以想像那麼高冷的人，寫起情書來這麼肉麻，還齊溪小寶貝……

那麼問題來了。

齊溪小寶貝要接受嗎？

要不然還是拒絕吧，畢竟自己和顧衍這麼多新仇舊恨，而且也不了解……

但……他那個臉蛋和身材是真的不錯，次次第一名，智商應該也很高，要不然在他身邊臥底試試最後師夷長技以制夷？

齊溪在巨大的混亂和緊張裡展開了情書，然後……

然後整個臉都黑了——

「我的小寶貝，我對妳一見鍾情日思夜想，但苦於不敢表白，如今馬上要畢業了，我決定勇敢做自己，向妳表白—我愛妳，愛妳愛得睡不著，腦海裡想的都是妳，晚上都在腦袋裡和妳翻雲覆雨。」

「我的寶貝，我想，妳一定也對我有意思，不然不會穿那種前凸後翹體現身材的衣服勾引我，在我面前扭，我看到妳的胸，妳的腰，妳的屁股，我都走不動路，夢裡都是這些東西，為妳消得人憔悴，睡不好，人都虛了，快被掏空了。」

「所以妳對我犯下了罪，我將以我的愛，判妳為我終身監禁。」

「以後不想再被失眠掏空了，希望未來的每一晚，都是由妳來掏空我。」

齊溪簡直不敢相信自己的眼睛。

這是情書嗎？這叫性騷擾！

這也太噁心了！

自己什麼時候勾引過他？自己穿的那個叫舞蹈服，本身就是貼身勾勒曲線的，也從來沒單獨在顧衍面前扭過，自己那是被迫參加了中秋學院舞會的節目表演！是在全學院面前的正常文藝表演！

齊溪盯著這封情書最終的署名——

「顧衍」兩個大字正宣告著她此刻經歷的一切並不是因為長期敵視顧衍而做了夢。

沒想到顧衍看起來高冷正經的人，內心這麼齷齪淫穢！

這人簡直就是有害垃圾級別的！

齊溪小寶貝決定不糾結了，親自送顧衍進垃圾場。

齊溪深吸了一口氣，終於下定了決心，她把那本夾雜著情書的ＬＳＡＴ考古題集交給了恰好經過的好朋友趙依然，然後把那篇被改到彷彿輔導員寫的講稿捏成了紙團，扔進了垃圾桶裡。

她希望讓所有人看看，女生並不會怯場，也並不總是服從，女生也有自己的思想、自己的自由意志，女生並不是任何男性的附屬品，不是「聽話、乖巧、溫順」這樣刻板標籤下的人偶——

「今天，在進行畢業典禮演講前，我收到了一封情書，讓我決定臨時更改已經中規中矩的演講稿，臨場發揮，和大家講講這個社會對女性的偏見和女性與之對抗應當有的力量……」

這是一次大膽的反叛，也是一次臨時激憤下的發揮，然而沒有哪一次，齊溪覺得自己這麼自信過，她不再是永遠屈居人後的第二名，而是真真實實的自己，如果一開始還有些忐忑，一旦放開講，齊溪就越講越流暢越充滿能量了——

「法學院裡女生的比例如今明明一直遠超男生，可為什麼大部分人仍覺得男生更容易成功？我們學校學士碩士博士連讀的學姐，有多少成功留校了？即便是法學院自身，也不知不覺踐行著就業歧視，招聘的時候男性優先，留校任教男性優先。整個社會需要女性，卻又壓榨女性，不尊重女性。」

「我希望法學院所有的畢業生，不論是女性還是男性，都能為這一份性別平等而戰，也請每一位男性知曉，如果你喜歡一個女生，最好的追求是尊重對方，而非進行言語騷擾和物化。」

此刻，萬千的目光集中在齊溪身上，學院高層臉色凝重，輔導員一臉快要暈厥過去的狀態，但齊溪都不在乎了。

她唯一在乎的是始作俑者顧衍——顧衍正非常專注認真地盯著齊溪，明明他才是最該譴責的人，結果他竟還這麼肆無忌憚地看自己，臉上甚至一點愧疚和自責都沒有。

四年來的委屈，不被承認的壓抑，被貼標籤被打壓的不忿，以及收到猥瑣表白信的屈辱，所有的所有，只讓齊溪覺得熱血沸騰，而她這一場演講，也讓在座的大部分女生情緒同樣被點燃，畢業典禮的氣氛已近白熱化。

而齊溪也終於忍不住，瞪著顧衍，發出了酣暢淋漓的激情痛陳，把這場畢業典禮推向了爆裂燃燒般的高潮——

「顧衍，你有權保持暗戀，但是要這樣表白就是犯罪了！」

「希望你記住，我是你這輩子追不上的人！法學院的女生，永遠不是你能夠騷擾的對象！」

顧衍，今天就撕開你衣冠禽獸的皮！

齊溪這番話猶如一滴水滴入了高溫的油鍋，現場譁然，果然，所有目光都匯聚到了顧衍身上，而齊溪站在臺上，等著顧衍驚慌失措落荒而逃。

然而並沒有。

顧衍只是皺著眉，黑著臉，緊抿著嘴唇。他沒有說一句話，也什麼都沒有做，只是死死地盯著臺上的齊溪。

怎麼？自己還冤枉他了不成？有膽做，還沒膽認了？

齊溪鎮定自若地在一片混亂的現場裡彎腰鞠躬致謝，然後義正辭嚴而落落大方地走下了臺。

臺下，趙依然正用一臉「妳完了」的絕望表情看著齊溪。

齊溪卻覺得相當酣暢淋漓，她走下臺，坐到了趙依然身邊，淡然地擰開礦泉水瓶蓋喝了口水：「開心點趙依然，我們都畢業了，就算學院高層、輔導員不開心，又能怎麼樣？這就算我青春期最後一次叛逆了，想開點，沒什麼大不了的！」

趙依然手裡還捏著剛才齊溪給她的那本考古題集，然而她的雙手都開始顫抖了：「齊溪，那封情書，妳看完了嗎？」

「看完了啊！」

「那妳再翻開看看背面。」

齊溪有些驚訝：「背面還有？」

正面不都已經開始落款署名了嗎？難道顧衍還覺得意猶未盡，又在背面寫了幾句獨白噁心自己？

齊溪如今剛發表完重要演講，只覺得神清氣爽，當即爽快地把情書翻到了背面，然後她……

她發現了一個可怕的事實：這封情書確實沒寫完。

因為在那噁心人的表白署名後，翻到背面，還有一行字「的室友張家亮」。所以連在一起，信的署名是：顧衍的室友張家亮……

信並不是顧衍寫的，是顧衍的室友張家亮！

原來自己激情辱罵錯人了！

自己怎麼剛才就沒想過把信翻過來再看看！

齊溪一瞬間快要窒息了，在這種被命運扼住咽喉般的沉重裡，她緩緩地轉過身體，回頭看了坐在她身後不遠處的顧衍一眼。

果不其然，顧衍無視眾多旁人探究的目光，他的視線正穿過隔著的人群，死死地盯著齊溪。

他的臉仍舊白皙英俊，然而齊溪卻覺得對方身上此刻都環繞著一股黑山老妖般的索命黑氣。

此時此刻，齊溪只覺得眼前一黑，腦門發脹。

趙依然還在一旁加油添醋：「妳完了，齊溪，妳真的完了。這是不共戴天的血海深仇……」

齊溪也知道自己完了。

想想今早出門吃早餐，路過天橋下騙錢的算命道士，還拉著自己滔滔不絕說了一堆專業術語，最後總結說自己印堂發黑恐怕近期有一劫，如今還真的被這封建迷信的烏鴉嘴說中了。

她此刻想買通往外太空的站票，然後當夜逃離地球。

齊溪已經不記得自己是如何如坐針氈結束畢業典禮的，以至於直到正式畢業離開學校後的當晚，她對此前幾個小時是如何度過的，仍舊有些恍惚。

趙依然坐在齊溪的對面，這傢伙是齊溪四年的室友兼同窗好友，信奉的從來是中庸之道，成績永遠只保持中上，司法考試低空通過，完全沒有齊溪的爭強好勝，工作也是中規中矩地選擇了參加公務員考試，如今成功上岸，只等畢業，很快就要進入法院工作。

結果如今因為齊溪的激情演講，這頓兩人的畢業聚餐，不僅毫無傷感情緒，趙依然還相當亢奮。

「齊溪，我又看到有個網站在傳妳這段畢業典禮的發言影片呢！」

齊溪生無可戀地喝了口果汁：「網址在哪？傳給我。」

「妳又要去投訴刪文了？」

「那還能怎麼辦？等著被顧衍起訴侵犯名譽權嗎？」一想起這破事，齊溪就腦袋痛，「是我腦子進了水，是我一時衝動鑄成大錯，我願意付出一切代價消除影響，承擔所有責任，做出補救。」

其實事發後齊溪就想找顧衍道歉，可誰知道畢業典禮後顧衍就不見了，她找不到人，只能傳訊息給他道歉，結果寫了一長串，傳出去等了好久都沒有等到回覆……

而因為找顧衍道歉無門，齊溪憤怒之下就堵了始作俑者張家亮，結果面對質問，張家亮這奇葩還振振有詞——

「為什麼要把表白信夾在考古題集裡讓顧衍帶給妳？因為我是個害羞內向的人，我喜歡妳太久了，連面對妳表白都害怕，我怕多看妳一眼就會心跳超速，正好那天看到妳忘在圖書館的考古題集，我就想了這個浪漫古典的寫情書方式，顧衍又正好路過，我就讓他帶給妳了。電影裡不都這麼演的嗎？少男少女的心事，如果直來直去的傳達，就不浪漫了，總要有個傳話的中間人……」

「至於署名，我這人比較幽默，就是和妳開個玩笑賣個關子，讓妳心情像坐雲霄飛車一樣，以為是顧衍表白，心裡失落，最後翻過來才發現是妳也喜歡的我，有一種失而復得的狂喜……」

狂喜你個頭！鬼才喜歡你！就算喜歡顧衍，也比喜歡你這種奇葩強！

齊溪如今回想起來，還覺得氣不打一處來。

趙依然同情地拍了拍齊溪：「說實話，顧衍只是不回妳已經很有涵養了，換成一般人，可能都要打妳了。」

「打我應該不會。」齊溪心有餘悸道：「他不是練泰拳的嗎？萬一一拳下來，沒掌握好力度，把我打成輕傷二級，那就足夠故意傷害罪的量刑了，到時候變成刑事案件，以後做律師了都要被吊銷執照……」

「……」

但話雖這麼說，齊溪也知道，顧衍的涵養真是出奇的好了。

雖然她在學校論壇、社群軟體，都發了實名的聲明函和道歉信，然而造謠一張嘴闢謠跑斷腿，很快文章就沉了，根本沒引發什麼熱度，想想當時畢業典禮上那麼多人……

自己真的對顧衍犯下了不可饒恕的死罪，顧衍想怎樣都可以，就算起訴，也是合理的，齊溪願意承擔一切法律後果。

然而顧衍沒有，顧衍什麼也沒有做，沒有接受自己的道歉，沒有罵自己，沒有起訴自己，甚至也沒有主動澄清那些流言。

可自己以後還有臉面對顧衍嗎？

除了永生不相見，齊溪想不出更好的辦法。

大概也是否極泰來，齊溪衰到了極點，終於觸底反彈了一次。

她剛又苦惱地喝了一口果汁，手機裡「叮」的一聲傳來了郵件提醒。

齊溪生無可戀地瞥了一眼，郵件主題上那行大大的「congratulations」和寄件者的資訊突然讓她腎上腺素上湧心臟狂跳。

這是一封哥倫比亞大學法學院的錄取信！

等齊溪顫抖著手最終點開郵件確認了內容，她終於忍不住，幾乎從椅子上蹦了起來——

「趙依然，我申請哥倫比亞大學法學院的J.D.（法律博士）被錄取了！之前在waitlist上！本來以為沒希望了，結果竟然轉正了！」

只有法學院的才知道哥倫比亞大學J.D.的含金量，趙依然當即也亮了眼睛：「天啊！齊溪！妳也太猛了！我就說吧，妳ＬＳＡＴ考試分數高成那逆天模樣，ＧＰＡ也高，國內司法考試也過了，雖然沒有任何工作經驗，但我就說了妳一定行！恭喜妳轉正拿到了最終offer！哥倫比亞大學欸！妳能去紐約啦！」

在美國法學院排名上，除了哈佛、耶魯、史丹佛法學院，下面就是哥倫比亞大學法學院了，而哈佛、耶魯、史丹佛沒點相關法律優秀工作經驗或者業內特別大咖的推薦，大學法學系應屆畢業生是幾乎不可能敲開這三所頂級名校 J.D. 的門的。

因此能申請到哥倫比亞大學法學院，對齊溪而言已經是最好的 offer。

而且……

而且去美國，自己就不用面對顧衍了，畢竟此前的就業調查裡，齊溪記得顧衍填的是直接進律師事務所就業。

只是當齊溪帶著對未來的憧憬回家，把這個驚天好消息告訴爸爸，得到的卻不是恭喜和讚美。

齊瑞明不僅沒有開心，幾乎可以用暴跳如雷來形容：「不是說好了畢業以後考公務員嗎？妳偷偷去考了ＬＳＡＴ？偷偷去申請了學校？」

「可是爸……」

「不是答應我考公務員找個朝九晚五的安穩工作嗎？我知道公務員考試是千軍萬馬過獨木橋，但爸爸也不是一定要妳進警察局、檢察院、法院工作，妳如果考不上，我在容市日報這邊認識人，託關係把妳弄進去當個法制刊物部的編輯不是問題，平時很輕鬆，妳就複習複習，等明年公考再戰。」

又是這些老三套的話。

齊溪憋住內心的難受，據理力爭道：「可我想當律師，如果我能從哥倫比亞大學 J.D. 畢業，不論是在美就業還是回國就業，進事務所都更有競爭力，收入也不會差，能選擇的就業平臺只會更好……」

齊瑞明沒有給齊溪講完的機會，他再次打斷了齊溪，這次帶了點語重心長：「溪溪，妳就是個女孩子，女孩子不用活得那麼累，輕鬆點，找個朝九晚五的穩定體面工作，以後找個好點的對象結婚，未來的任務就是培養下一代當好賢內助。妳看看妳媽媽，和妳、我一樣是容大法學院畢業的，現在的生活不是很輕鬆開心嗎？有哪裡不好？」

齊瑞明皺緊了眉頭：「至於做律師，那是男生做的事，妳知道事務所工作壓力多大嗎？爸爸是過來人，真心不想妳活得那麼累。妳看看事務所裡頂尖合夥人有幾個是女的？做律師沒妳想的那麼簡單，也要應酬交際喝酒，還要會搞人脈拉活，妳自己看看爸爸有多忙，妳一個女孩子，想過這種生活嗎？」

他循循善誘道：「妳現在就是葉公好龍，等妳真的當律師了，妳會幹一行恨一行，何況女生本身在法律邏輯思考上也比男生差，妳自己看看，妳在法學院四年，哪次考過你們班那個什麼顧衍了？不是每次都被他壓著一頭？學校裡是這樣，進了社會、職場，只會更是這樣。」

「外面有大把大把優秀的男律師，比妳在學校遇到的更多。妳這孩子性格太爭強好勝，不夠柔軟，一進事務所，就妳這心態，只會加強妳的強勢性子，未來婚姻生活不會幸福的，爸爸也是為了妳好……」

齊瑞明軟硬兼施，終於引出了他最終想表達的意思——

「反正，妳要去美國，我不會幫妳出錢。」

當初明明說好了，只要自己考上哥倫比亞大學的 J.D.，就幫自己出學費的！

「可爸爸，你當時說好了……」

「第一，女孩子不用讀那麼多書，妳大學學歷夠看了；第二，我沒這麼多錢，美國 J.D. 一年光學費就要很多，哥倫比亞大學還在紐約，紐約的生活成本妳也知道，爸爸沒這麼多錢，律師也沒妳想的賺那麼多，爸爸也不容易，這麼晚我還有個案子資料要準備。」

齊瑞明的態度很堅決，他講完，還有些惱怒地看了在一旁的齊溪的媽媽奚雯一眼：「妳管管妳女兒！女孩子還這麼不懂事！」

齊溪總算是明白了，其實從一開始，齊瑞明就沒打算幫她出錢去美國讀書，他當初一口答應，是因為覺得齊溪根本申請不上哥倫比亞大學的 J.D.。

可……可爸爸雖然不算是多成功的律師，但也算個小所的小合夥人，收入上支撐學費是沒問題的，自己又是獨生女，也沒別的未成年兄弟姊妹需要花錢了。

齊溪的心裡充滿了委屈和難受，等齊瑞明一走，她就和媽媽奚雯訴苦：「他就是看不起女孩，我要是個兒子，考上哥倫比亞的 J.D.，他就是砸鍋賣鐵都會讓我去上。」

奚雯的聲音溫和而無奈：「溪溪，別和爸爸鬧了，他工作壓力也大。怪媽媽沒用，如果媽媽也有工作，爸爸就不會這麼累，也有錢供妳讀書了。不過爸爸說的也有道理，女孩子安安穩穩是福。」

齊溪甩上門，撲到自己床上，不想再聽父母的陳腔濫調。

美國頂尖法學院大部分都是私立學校，學費昂貴。像齊溪這樣的留學生，本身能被錄取都要謝天謝地了，哪裡還能奢望什麼獎學金，又不像美國本土學生一樣可以申請助學貸款。

自己爸爸的態度，讓齊溪徹底死心了——她的 J.D. 夢想怕是要破滅了。

「所以，妳收到了這麼好的 offer，愣是沒辦法去了？」

齊溪在家裡緩了兩個禮拜，才終於勉強接受了這慘痛的現實，約了趙依然出來吃飯。面對趙依然的問題，齊溪無精打采地點了點頭：「沒錢就沒話語權。」

「那妳怎麼辦？去妳爸安排的法制刊物編輯部？」

「我不去。」齊溪一臉不屈不撓，她是個不服輸的人，「我緊急投了履歷，現在收到競合所的 offer 了，反正不能遂了我爸的意，他不看好我當律師，我就偏要當律師，我大學畢業就能收到哥倫比亞大學的 offer，那我自己再工作兩年，履歷更好看了，到時候說不定能申請更好的學校，他不出錢，我自己賺錢供自己。」

趙依然一臉佩服：「齊溪，妳很拉仇恨妳知道嗎？不是哥倫比亞大學的 offer 就是競合所的 offer，在妳嘴裡就像出門隨手買把大蔥似的，學霸果然為所欲為。」

競合所是容市相當好的精品律師事務所，競爭相當激烈，被競合所錄用，這也是個好消息，可齊溪突然忍不住焦慮起來：「顧衍會不會也在競合所啊？」

「不會不會，妳放心吧。」趙依然壓低聲音道：「之前我聽到的最新消息，說顧衍畢業前突然決定去美國深造，不打算在國內就業了，之前妳也計畫要去美國，我怕妳有心理壓力，一直沒和妳說。」

齊溪有些負罪感：「是因為畢業典禮上被我那樣汙衊了所以要離開國內這個傷心地嗎？」

「沒有，聽說他是畢業典禮之前就臨時改變主意要出國了。」

還有這等好事？！

齊溪灰暗的內心一下子彷彿撥雲見日了：「天助我也！那現在這樣子他去美國，我留國內，以後大家井水不犯河水，這輩子不用再見了！」

雖然對於顧衍能出國深造有些羨慕嫉妒，但齊溪很快振作起來。

畢竟她對顧衍犯下了滔天的罪孽，這位債主遠渡重洋，對她而言也沒什麼不好的。

懷抱著這份釋然，齊溪很快就去競合所報到了。

「因為妳求職申請比較晚，雖然履歷各方面都很優秀，但其餘幾個資深合夥人團隊都招滿人了，所以就把妳安排給我們一位剛升合夥人的女par顧雪涵。」

人事帶著齊溪一邊參觀事務所，一邊貼心地解釋：「不過顧par很年輕也很有衝勁，是所裡最年輕的合夥人，而且剛組建團隊，所以妳跟著好好幹，未來就是團隊裡的核心成員。等等顧par會和妳先見面聊聊。」

齊溪在網路上查過顧雪涵的資料，她也是容大法學院畢業的高材生，升par速度可以說絕無僅有，人長得既漂亮也幹練，一看就是雷厲風行的女強人，雖然剛升成合夥人，但是升par第一年的收入，就已經是全所第一，幾個法律圈論壇裡，都非常看好她，覺得她未來或許是競合所裡最強的新星。

「我看很多論壇裡，都喊顧律師是律政界新一代女神。」齊溪有些憧憬道：「能跟著她工作，一定能學到很多新東西。」

也不知道是不是競合所氣氛過分正經，齊溪話裡帶了些微恭維的詩讚讓人事行政的同事愣了愣，對方神情複雜地看了齊溪一眼：「喊她女神的，一定不是競合所的，不過跟著她，妳一定能學到很多東西就是了。」

「進去吧。」

隨著行政同事的喊聲，齊溪整理了下儀容，也來不及細想，終於在忐忑和緊張的憧憬裡走進了顧雪涵的辦公室。

然後她就受到了強烈的視覺衝擊——顧雪涵本人比事務所官網上的照片還要好看，穿著高級套裝，人看起來既淡然又優雅。也不知道是不是因為同系學姐的緣故，齊溪總覺得對方的眉目間有些熟悉的影子，更讓她自然有種親近感。

難怪競合所不叫顧雪涵女神，因為齊溪覺得，對方的容貌和氣質，是連女神兩個字都無法完全形容和企及的。

顧雪涵見了齊溪的臉，也有些意外，她笑了笑：「看來我的團隊應該是所裡顏值最強的了。齊溪，歡迎加入競合。」

齊溪不自覺坐直了身體，從學校進入職場，多少還是有些緊張。

「雖然我手頭業務量不小，但我對團隊的目標是小而精，此前項目多數是由所裡一些沒有固定帶教律師的律師們合作完成的，這次組建團隊，想手把手帶兩個新人，算是自己人，除了妳之外，還有另外一個男生，是我弟弟，不過妳可以放心，我在業務以及收入分配上，絕對不會徇私……」

所以自己的未來團隊同事是老闆的弟弟？

那可要好好搞好關係了！

齊溪腦海裡正翻飛地想著怎麼和對方拉近關係，就聽顧雪涵繼續道——

「我弟弟和妳應該是同學，都是容大法學院今年應屆畢業生。」

同學好啊，她和全班男同學關係都還行，除了張家亮和顧衍，但張家亮回老家工作了，顧衍嘛，出國了。

顧雪涵的弟弟，表弟還是堂弟？如果也姓顧的話，是顧城還是顧益民？

這兩個和自己關係都還可以，至少都是正常的同學關係，沒有交惡過。

齊溪心裡安定下來，和老同學在同個團隊工作，她現在有把握自己未來的職場生活應該相當愉快了。

「這幾天妳先適應下，把入職手續辦好，再辦個小案子熱熱身，我弟弟去法院立案了，等他回來時間正好差不多，我請妳和他一起簡單吃個入職歡迎飯。」

顧雪涵喝了口水，然後看向了齊溪，姿態仍舊很優雅：「關於妳的熱身小案子，我有一件事想要請教妳。」

齊溪當即嚴陣以待起來：「請教不敢當，您說。」

「妳不用緊張，只是一點私事。」顧雪涵笑笑，「妳和我弟弟既然同個學校，那妳知道是誰在畢業典禮上汙衊誹謗他嗎？」

「……」

齊溪愣了愣。

是自己想的那個意思嗎……

她瞪著顧雪涵，恍惚覺得自己可能要送去搶救了。

顧雪涵低頭喝了口水，沒有注意到齊溪的僵硬，她的聲音涼颼颼的：「作為姊姊，還是一個律師，我必須為我親弟弟維權。」

顧雪涵說到這裡，又看了齊溪一眼，紅唇輕啟：「忘了說，我弟弟是顧衍，也就是妳未來的團隊同伴。妳和他熟嗎？」

「……」齊溪確定自己可以宣布搶救失敗拉出去直接火化了。

顧衍？！顧衍不是應該出國了嗎？！

齊溪還沒來得及消化情緒，就聽到優雅高冷的顧雪涵表情淡然道：「現在，妳去調查一下這個女生的姓名、身分證字號和聯絡電話。」

「這是交給妳的第一份工作——盡職調查。聽說有不少人當時錄了影片，不過我想去看的時候都被人投訴刪除了，妳負責去把影片證據找出來取證。」

顧雪涵性格爽快果斷，很快就交代完了安排的第一個工作，「這就是妳的第一個案子。先熱熱身。」

「……」齊溪除了強顏歡笑，已經不知道該做什麼表情了。

也是這時，辦公室的門被推開，一張齊溪覺得這輩子不用再見的臉出現在了門口——

「已經立好案了，另外一個小額貸款合約糾紛的當事人說下午的會議臨時需要改一下時間……」

「顧衍，你來得正好，跟你介紹下團隊裡另外的成員，也是你同學，齊溪。」

「……」

齊溪內心已經可以用欲哭無淚來形容了。

自己此刻可真是……不是冤家不聚頭，黃泉路上走一走。

齊溪和顧衍的視線在空中短暫相交，像是兩軍交戰前夕詭異的平靜。

齊溪堅強地對顧衍露出了展示友好的笑容，而顧衍幾乎是立刻沉下了英俊的臉。

顧雪涵卻沒有意識到氣氛的詭異，她還有些感慨：「顧衍，既然齊溪也是你同學，你就別瞞了，你受了天大的委屈，我問是誰也不說，還堅決不願意起訴對方，你說你怎麼回事？連自己的權利都不去維護，這樣子怎麼當律師？齊溪妳說是不是？」

齊溪哪裡敢說是，她看著顧衍乾笑道：「主要顧衍是一個大度包容又宰相肚裡能撐船的人，正因為這一點，在大學期間，我其實對顧衍就非常佩服，一直把顧衍的大度當成我的學習目標……」

顧雪涵皺起了眉：「那換作妳，這種事也和顧衍一樣能忍？」

齊溪頂著顧衍冷冷的目光，佯裝鎮定道：「可以的，顧律師，我覺得雖然律師要擅長進攻，但大部分時候也要學會隱忍，而且我佛慈悲，我主大度，還是要得饒人處且饒人。」

顧雪涵有點意外：「你們年輕人都這麼佛系了？」

齊溪就差雙手合十喊一句 love & peace 了，她鄭重地點了點頭：「是的，我信佛。主要是對身體好，心態好，未來也更容易成功。」

顧雪涵不太理解地聳了聳肩：「我不知道你們這些年輕人現在都怎麼回事，但我不是這種性格。做人應該有仇報仇有德報德，總之就我而言，就算欠我五毛錢，我花五十塊打官司都要要回來。」

「齊溪，妳不用有顧慮，大膽地說出那個女同學的名字，我去會會她。」

您這不是正會著嗎。

好在一個客戶電話打斷了顧雪涵的質問，她很快揮手讓齊溪和顧衍出了自己的辦公室。

顧衍走在前面，一直冷著臉，沒想理睬齊溪的模樣，齊溪沒辦法，只能主動出擊，一把拉住了顧衍的手。

「顧衍……我們就讓這段往事，隨風而逝吧……」齊溪眼巴巴地看著顧衍道：「你的寬容和忍辱負重的大恩大德，我來世做牛做馬再報答。大家四年同窗一場，以後又是同事，沒有什麼隔夜仇，我對你犯下的罪，我願意承擔……」

顧衍看向了齊溪：「妳怎麼承擔？」

齊溪可憐兮兮道：「我願意對你做出經濟賠償，上交我每個月大部份的薪水，你只要留一些生活費給我就好了。」

「當初張家亮那封信，也實在太有迷惑性，不信你看，要是你，你也容易誤解。」齊溪說著就調出了手機裡那封該死表白信的照片。

齊溪決定拉顧衍下水：「本身張家亮弄了這種署名，外加你又主動替張家亮送情書，那要我不誤解也確實很難吧？你要是不替他送情書，就不會出現這種事了……」

齊溪的暗示很明確，雖然錯在自己，但顧衍替張家亮跑腿也有點疏忽大意的過錯。

顧衍抿著唇，表情非常難看：「我如果知道他在妳LSAT考古題裡夾了情書，我絕對不會替他遞給妳。」

「所以你看，你和我，其實都是張家亮的受害人！」

很好很好，先轉移矛盾，大家一起同仇敵愾罵張家亮，距離一下子就能拉近了！

千穿萬穿馬屁不穿，齊溪看著顧衍的表情，再接再厲道：「其實我一直覺得這世界上沒有比你人品更好的人……」

顧衍冷著臉掃了齊溪的手機一眼，表情果然更難看了：「妳這麼相信我的人品，怎麼信都不看完就認定是我寫的？我就算表白，會寫這種噁心人的東西？字還這麼醜？」

他瞥了齊溪一眼：「而且妳信佛？妳什麼時候信的？以前攝影社團活動有一項是去燒香，妳不是還檢舉人家搞封建迷信？」

「……」媽的顧衍又不是那個社團的，他怎麼知道？！

齊溪堅強地維持著快堅持不下去的笑容：「我剛剛立地信佛的，但我信得很虔誠。」

「很虔誠？」

齊溪點了點頭：「是的，非常虔誠。」

顧衍皮笑肉不笑地看了齊溪一眼：「好，我姊昨天就說今天新人來，中午要一起聚餐，那我和她說一下，去素菜館。妳不能殺生吃葷。」

「……」

齊溪這次沒控制好自己的表情，她的五官整個都扭在了一起：「顧衍，你行行好，人類進化到食物鏈頂端，不就是為了吃肉嗎？我剛想了下，營養學告訴我們，葷素搭配才是健康飲食，為了有健康的體魄來替你姊姊打工，我決定放下心中執念，還是要吃葷。」

顧衍冷冷道：「妳可真貼心。」

「我知道之前的事是我罪該萬死，都是我的錯，但主要因為那天無意中撞見有女生向你表白被你拒絕，然後聽到你說要跟喜歡的女生表白，才加深了我的誤會……」齊溪小心翼翼道：「所以你後來表白成功了嗎？」

齊溪提完就後悔了，因為顧衍的表情顯然更難看了，這男人死死瞪了她一眼，然後扔出了咬牙切齒的兩個字：「沒有。」

齊溪心裡對自己這個愚蠢問題也懊悔至極，想也不用想，自己畢業典禮上那麼激情的一番演講，誰還敢答應顧衍的表白啊？

自己不僅是壞了顧衍的名聲，還毀了他的姻緣啊！

和顧衍的這個仇，感覺是不太好解了……

顧衍抿緊了嘴唇：「齊溪，上班不是用來敘舊的，我很忙，請妳不要浪費我的時間，找到妳自己的辦公桌，離我遠點。」

顧衍甩下這句話，冷著臉走到了自己的辦公桌前。

很快，齊溪亦步亦趨地走到了顧衍的旁邊。

顧衍臉色果然不太好看了：「和妳說了不要跟著我。」

齊溪訕訕笑了下，然後坐到了他的旁邊：「只有你旁邊這個是空的，行政剛剛正好安排我坐這……」

因為最近招聘了不少新人，座位相當緊張，行政最新採購的這批辦公桌椅都比較緊湊，座位之間都沒有隔板，誰動作幅度稍微大一點，就容易撞到對方的手臂。

齊溪看著和顧衍之間猶如高中隔壁桌一樣的距離，聲音也有些乾巴巴的無力：「對不起，所以最多只能離你這麼遠了，我會注意的，等一有別的空座位，我就立刻搬走，俐落地離開你的視線……」

顧衍虎著臉，感覺也像是快呼吸困難了，但他最終什麼也沒說，只抿緊嘴唇，然後埋頭看起卷宗了。

雖然同窗四年，但坦白說，齊溪從沒有什麼時候和顧衍坐得那麼近過，近到自己稍微側身，就能看到顧衍近在咫尺的側臉。

辦公區的白熾燈打在他的臉上，穿過細碎的頭髮，在顧衍臉上打出明暗的光影。這只是非常普通的辦公大樓頂燈，卻給齊溪一種錯覺，顧衍光是不聲不響安靜地坐著，都像是被萬束燈光照耀著坐在舞臺中央。

他的五官有一種凌厲的俊挺，氣質正經又清冷，偏偏他的眼睛生得非常有韻味，偶爾看人的時候微微上挑，即便是非常冷淡疏離的表情，也平添了一兩分轉瞬即逝難以捉摸的勾人。

勾人這詞通常不用來形容男生，但被顧衍那樣看了幾次，齊溪只覺得已經找不到更好的詞來形容他的眼睛了。顧衍被當成容大法學院的活招牌，臉蛋和腦袋都是真才實學，確實有幾把刷子。

雖然心裡酸溜溜的，但齊溪也不得不認可星探的眼光，她倒是有些埋怨星探的實力——怎麼就沒成功把顧衍挖去出道呢？要是當明星了，自己就不用在競合所裡和顧衍大眼瞪小眼了，以後行走法律圈，還少一個競爭對手。

「走了，去吃飯。」

好在終於熬到了中午，顧雪涵結束了客戶電話，帶著齊溪和顧衍一起找了附近一家環境不錯的淮揚菜館。

暫別了工作狀態，顧雪涵身上的凌厲感少了些許，人又恢復到優雅模樣，她慢條斯理地跟齊溪介紹了下競合所的情況：「總之，情況就是這樣。你們都過了司法考試，所以第一年在事務所就是掛證的實習期，等實習期結束才能正式獨立執業。我的業務偏商事，但是作為實習律師，我建議你們什麼案子都接觸一點，有一些五花八門的民事案件，我也會帶著讓你們一起做一做。」

顧雪涵笑了下：「畢竟你們剛畢業，還是一張白紙，其實自己到底擅長和喜歡什麼法律領域，還是未知數，所以各類案子都做一做，未來才能找準方向。作為實習律師呢，能辨的也是小案，相比商事類案子，可能一些生活類糾紛沒太大距離感，更貼近你們的生活，會更容易讓你們入門。」

她說到這裡，看了齊溪一眼：「顧衍比妳先入職，你們也是同學，總之以後有什麼不會的，也可以問他。」

齊溪滿臉堆笑：「好的，謝謝顧律師！我會好好向顧衍學習的！在學校裡他就一直是我的榜樣，他是永遠的第一名，我是永遠緊隨他身後的第二名，所以每一次都像是顧衍在指引我前進！」

可惜齊溪這番話，注定是獨角戲，顧衍在一旁涼颼颼地喝茶，完全沒有接話給個面子的打算。

他這個樣子，連顧雪涵也看不下去了，可惜她剛要開口提點顧衍，顧衍的電話就響了起來。

這男人抿唇站了起來：「是一通之前電話諮詢過我們事務所業務的客戶電話，我接一下。」

顧衍一走，顧雪涵露出了受不了的表情，她看向齊溪：「妳別理他，可能是最近被人汙衊，受了比較大的刺激，人有點悶。」

怎麼又繞到這件事上了？！

比起顧衍，顧衍的姊姊好像更難搞定！畢竟顧衍都沒有動作，顧雪涵卻成天盯著這件事追根究柢。

顧雪涵似乎打算對這個問題窮追不捨了，她看向齊溪：「所以，那個女生到底是誰？影片還能找到嗎？」

齊溪抑制住了逃跑的衝動，佯裝鎮定地解釋道：「其實畢業典禮那女生發言時，我正好去上廁所了，等我回來的時候已經講完了，後來網路上的影片您也看到了，都刪除了，我確實沒看到也不知情。」

「那段演講不是聽說挺長的嗎？妳都沒聽到？都在廁所？」

齊溪忍住了內心的崩潰，平淡道：「我那天便祕。」

顧雪涵大概被齊溪這個答案震懾住了，愣了片刻，才把齊溪面前的雪花牛肉移開，換上了一大盆蔬菜沙拉：「律師這行業本來就久坐，妳還這麼年輕，要注意點身體，今天這頓妳就吃素吧。」

「……」齊溪想不到靠自己的努力，最終還是成功吃上了素。

顧雪涵又貼心地點了好幾道素菜，這才揉了揉眉心，再次把話題移回了工作：「競合所整體的氣氛就是這樣，顧衍最近情緒可能有點悶，我會盡量提醒他，但他性格本來就叛逆……」

等等？顧衍性格叛逆？

顧衍哪裡叛逆了，模範生一樣的叛逆嗎……

大概看出了齊溪的疑問，顧雪涵聳了聳肩：「我剛升合夥人那陣子就勸他畢業後進我團隊幫我，結果他死活要去美國留學；後來我也決定尊重他的選擇，可好不容易申請到那麼好的學校了，結果又轉頭和我說不去了，準備來事務所工作。平時挺穩重的人，怎麼突然在職業選擇這麼重大的事情上，變得這麼想一齣是一齣了，可能是遲來的叛逆期吧。」

關於這一點，齊溪也是百思不得其解，尤其顧衍家裡條件看起來不差，他姊姊收入頗豐，也很尊重支持他，並不會因為資金問題才留學夢斷。

不過齊溪有點好奇的是：「那顧衍拿到的是什麼學校的 offer 啊？是讀 LL.M.（法學碩士）還是 J.D.？」

「哥倫比亞大學的 J.D.。」

！！！

這是什麼樣的孽緣啊？！顧衍原本竟然也要去哥倫比亞大學念 J.D.？

幸好自己沒去！否則在國內被顧衍壓著吊打四年還不夠，去異國他鄉竟然還要被他壓著吊打三年嗎？

只是剛慶幸完沒多久，齊溪又猛然想起，顧衍也沒去，兩人最終又殊途同歸地終結在同一個事務所同一個團隊裡。

既生瑜何生亮。

這真他媽是一個悲傷的故事。

「他最近不愛理人，妳也不要在意，他最近確實比較衰，之前還說，如果順利的話過幾天會帶女朋友和我一起吃飯，結果就沒有然後了。」顧雪涵傷感地說：「可能是被甩了吧，又正好被汙衊，導致性格大變。」

齊溪覺得應該就是因為自己的原因——顧衍表白失敗，生無可戀，所以可能對一切失去興趣，包括連追究自己責任都提不起精神了……

連談都沒談，這簡直是比被甩更悲傷的故事。

齊溪心裡愧疚，只好主動道：「顧律師，那您最近有什麼活都盡量安排給我，我多做點，讓顧衍輕鬆點，有時間好好整理收拾下自己的情緒……」

顧雪涵抿了抿唇：「妳就盡快把汙衊他的女生找出來就行，讓他好歹出出氣，整天憋著是不行。」

「……」

齊溪的愧疚消失得無影無蹤，表情也變得十分僵硬，好在這時，顧衍終於接完電話折返回來，顧雪涵也把話題繞了回來，開始跟齊溪顧衍講了下一些新人的注意事項。

這頓午餐沒有持續多久，因為顧雪涵的日程排得很滿，下午在另一個區還有一個庭要開，她又簡短交代了幾句，連甜點都來不及吃，就先買了單離開了。

於是餐桌上便只剩下了齊溪和顧衍兩人。

顧衍對自己還是愛理不理的，但齊溪抱著想要冰釋前嫌的心，因此主動熱臉貼冷屁股地找話題道：「你之前也申請到哥倫比亞大學的 J.D. 啦？我也……」

結果齊溪話還沒說完，顧衍就反應反常而激烈地打斷了她：「誰和妳說的？」

「你姊啊。」齊溪很好奇，「我呢，是因為我家裡突然不支持我去，沒錢去讀所以來工作了，你又是為什麼放棄 offer 啊？很可惜呀。」

顧衍皺起了眉，顯然不想再多討論這個問題：「突然不想去了。」

還能這麼任性？

不過這都不是什麼大事，齊溪唯一關心的是——

「那你看，我們以後也是同事了，還是同個團隊的夥伴，過去的錯誤我都承認，未來給我個機會彌補，然後我們還是朋友？」

結果也不知道怎麼了，如果顧衍剛才的表情只能算冷淡的話，這下看向齊溪就有些複雜的咬牙切齒了——

「齊溪，我永遠不可能和妳做朋友。」

顧衍講完，就冷著臉起了身。

甜點還沒吃呢……

「妳說我和顧衍，還有可能修復感情嗎？」

第一天入職，一頓團隊聚餐後，齊溪基本就在處理自己的人事檔案和手續裡度過了，當晚，她就回到了和趙依然合租的小公寓。

自從因為留學的事和家裡鬧脾氣後，齊溪就下定決心要脫離父母的庇護，自己闖蕩出一番天地，正好趙依然入職的法院和競合事務所都在這附近，趙依然租的兩房一廳正好還差個室友，齊溪當即就決定和趙依然合租。

「不可能了。」趙依然滿臉同情，「妳沒發現顧衍就是那種人狠話不多的類型嗎？現在他都放狠話了，說不可能和妳做朋友，我感覺妳是徹底沒戲了，要不然妳還是試試攻略妳老闆吧。同事關係冷淡沒事，拍好老闆馬屁就行。」

齊溪只想仰天流淚，老闆是顧衍親姊姊，而且看起來比顧衍還難搞，一心還想著幫顧衍替天行道，要是自己身分敗露，也不知道會死得多難看。

尤其那頓食不下嚥的團隊午餐結束後，回到競合所，齊溪才在其餘同事們的話裡行間，知道了顧雪涵真正的人設——他們不叫她女神，不是因為她比女神還女神，而單純是，顧雪涵女神的外表下，是一顆女魔頭一般的心。

「她一定和妳說，她想培養自己的親信團隊才選新人的是吧？其實不是的，是所裡別的實習律師都不願意長期加入她的團隊。顧律師收入雖然猛，但她加班就和吃飯喝水一樣，年輕人都頂不住啊。」

「在妳之前，其實她還招了別的新人進了團隊，人家幹了沒幾天，就申請調到別的律師團隊了……」

「她的精力就不是常人能及的，之前那個新人進所時白白嫩嫩的，一個禮拜就熬黃熬乾了，倒是顧律師，越發光彩照人。不過可能是體質問題，我看她弟弟進所被她磋磨了這麼久，一張臉還是這麼好看，難道他們有什麼採補的祕訣？」

「不過齊溪，別擔心，妳長得這麼漂亮，可能可以多熬一陣子才變黃變乾。」

這安慰，比不安慰還差。

齊溪一邊複述，一邊欲哭無淚地看向了趙依然：「總之，就是這樣，但我就算在這團隊裡混不下去，也沒辦法調職，因為別的律師那人手都滿了。」

因為此前鐵了心準備出國，齊溪找工作投履歷已經晚了，大部分事務所都招滿了人，也是運氣好才能在競合所裡撿漏拿到offer。

趙依然聽完齊溪的話，只能拍了拍齊溪的肩膀：「姐妹，沒什麼好說的，就節哀，厚葬吧。」

「……」

「不過反正都這樣了，妳不如厚著臉皮死馬當活馬醫。我覺得妳還不如從顧衍入手突破，畢竟顧衍剛進社會，還沒他姊那麼奸詐，不管怎樣，還和妳同學四年，總會顧念點情誼吧。妳呢，投其所好，平時多買點禮物送他，他有困難就幫他關心他，日積月累，總能修復下關係。」

話是這麼說，但問題就在這裡。

同窗四年，齊溪除了知道顧衍每一次考試、競賽都是壓著自己的第一名之外，其實並不了解顧衍。

「我都不知道他有什麼愛好，他喜歡什麼東西……」

趙依然一臉恨鐵不成鋼：「妳笨啊，你們總歸有些共同的人際關係，妳找他的朋友、室友打聽唄！再不行妳就上學校論壇，妳知道全校有多少人迷他嗎？甚至還有外校的天天專門蹲我們法學院求偶遇，那些追他的女生有個群組，叫『關愛顧衍協會』，妳加進去。」

「她們可全能了，有各種關於顧衍的資訊，整理了一本『顧衍大全』，囊括了顧衍的所有愛好和生活細節，群組裡有些神通的偶爾連顧衍週末會在哪都能知道。妳在那個群組裡待個一禮拜，以妳的學習能力，就能把顧衍摸透了！」

竟然還有這種群組！

等齊溪抱著手機滑著論壇時，簡直像是被打開了新世界的大門。

只是……

齊溪目瞪口呆地捧著手機控訴道：「加入這群組竟然還要做題！」

趙依然一臉淡然：「對啊，我的朋友，妳真是大學四年除了念書，都不了解現在的網路世界。現在一些群組進入前要驗證資訊，妳要答的題多半是關於顧衍的基本資料之類吧？」

趙依然說的完全沒錯，但這題目竟然洋洋灑灑有一百多題，涵蓋了顧衍的身高、體重甚至耳朵耳垂的大小、脖頸間紅痣的位置！

「妳還是先做做功課，再去答題比較好，否則題目錯誤率過高，是不會被接納進群組的。」

齊溪急於和顧衍修復關係，因此沒有太在意趙依然的話。不過好運的是，雖然一問三不知，只是憑本能答題，但大概因為齊溪備註了自己是顧衍的大學同學，她竟然在答完題立刻就收到了入群邀請。

齊溪一被批准進入群組，幾乎立刻直奔主題：『請問「顧衍大全」在哪裡下載？』

她一發言，群主很快就跳了出來，分享了一個雲端硬碟的網址給齊溪。

人間自有真情在！雖然顧衍本人挺難搞的，沒想到他的粉絲都是這麼溫柔的小天使！

『我們歡迎真正了解顧衍並且被他的內裡吸引的同好，但非常討厭那種對顧衍一概不知，光因為他的臉就膚淺地想認識他和他談戀愛的人，對於後者，我們不僅不歡迎，還會重拳出擊，教會對方什麼是對顧衍的尊重。』

是是是！想不到顧衍的粉絲三觀還挺正的！這點齊溪感同身受，她也最討厭死皮賴臉的外貌協會了！

此刻齊溪內心幾乎是感恩戴德了，她沉浸在得救了般的喜悅裡，飛速下載了雲端裡的「顧衍大全」，然後開始研究起來。

不得不說，這份大全做得確實相當精美，包含了大量的顧衍圖冊，大部分是街拍，並非出自專業人士的手筆，有些照片甚至有點糊，但是都無損顧衍的顏值。

雖說齊溪和顧衍同學這麼久，但也從沒好好盯著他的臉專注研究過，如今對著照片細細一看，才發現顧衍這男的是有幾分姿色。

不過越看顧衍的基本資料，齊溪越是汗顏，剛才入群那些題目，她最起碼有百分之八十答錯了，比如顧衍的身高是一百八十七，並不是她以為的一百八十五，他眼睛的顏色也不是純然的黑色，而是帶了點淺棕……

幸好自己備註了是顧衍的大學同學，否則未必能入群！

不過「顧衍大全」到手了，齊溪摩拳擦掌地消化起來，她像考前背誦重點一樣背起顧衍的喜好——

「最喜歡吃的是香菜、香菇、豆製品。最喜歡米飯，不喜歡麵點。喜歡吃甜食，所有菜裡都喜歡放糖，不吃辣。最喜歡巧克力，不喜歡喝牛奶。最喜歡的顏色是粉色，最不喜歡的顏色是黑色。最喜歡的水果是榴槤。最喜歡的音樂是重金屬搖滾。業餘空閒不喜歡運動，最喜歡的活動是去圖書館裡安靜地看書。喜歡金屬質感的東西，不喜歡戶外和大自然，特別討厭晒太陽。認為人生的意義不在於過程，在於結果，熱愛收集獎牌，認為參與就要贏……」

齊溪越往下念，越是驚愕，原來顧衍的喜好是這樣的？！自己果然和顧衍不熟，可以說真是一點也不了解顧衍！

不過，難怪顧衍老是和她搶各種考試和比賽的第一名！這不，兩個人的輸贏觀倒是很契合，說不定還是可以惺惺相惜的！

看著看著，齊溪發現了一個絕佳的切入點：「三天後就是顧衍的生日了！趁著他生日，我送個禮給他，既自然也能展現我的態度！」

趙依然連連點頭：「其實搞好關係很容易，妳就投其所好，顧衍喜歡什麼，妳就送他什麼，喏，就照著『顧衍大全』上寫的就行。」

如今自己內憂外患，如果不能把顧衍的馬屁拍好，萬一他告發自己了，顧雪涵豈不是要抽自己的筋扒自己的皮？萬一她的報復心強一點，說不定自己以後在容市法律圈都混不下去……

光想想這後果，齊溪就嚇出了一身冷汗。

說幹就幹，她當即絞盡腦汁開始想買什麼生日禮物給顧衍好。

買太貴的？第一自己沒錢，第二也顯得太狗腿太有目的性了。不行不行。

買太便宜的？顯得有些廉價而且沒誠意……

「妳就結合他的愛好，買有創意的！最好是特別訂製的！讓他收了以後忘都忘不掉的！」趙依然一邊看社會新聞，一邊熱情地建議道：「而且最好要能體現妳道歉的誠意！」

齊溪想了半天，也沒想出什麼，直到她試探性地把創意生日禮物這幾個字打入購物軟體搜尋欄，跳出來的東西突然讓她眼前一亮——

金屬製品、創意訂製、獨特難忘，還能展現自己道歉的誠意！又是顧衍喜歡的獎牌形狀！

就它了！

齊溪決定激情下單，再加錢弄個加急。

只是生怕只有這份創意禮物太過單薄，畢竟實在是良心價格，最近購物軟體搞活動滿兩百折三十，正好搜尋引擎推薦了一款男士領帶，齊溪抱著湊滿額的心，索性挑選了一條領帶最終一起付了錢。

創意禮品和男士領帶準時送達，正趕上顧衍的生日。

當齊溪把沉甸甸的禮物擺上顧衍辦公桌時，果然引起了顧衍的詫異。

他皺了皺眉，目光從案卷裡移開，有些戒備地看向了齊溪：「這是什麼？」

「給你的禮物！顧衍，生日快樂！」

果不其然，是人就喜歡收禮物，顧衍一聽這話，愣了愣，臉上肅殺的表情明顯有了緩和，他看了齊溪一眼，然後移開視線，看向了桌上齊溪包裝好的禮物，聲音也放輕緩了：

「妳知道我生日？」

「嗯！」齊溪拚命點頭道：「你放心，以後你每年生日，我一定都會幫你慶祝！大家都是同個學校畢業出來的，四捨五入就是家人！那你姊姊也是我的家人了！」

齊溪瘋狂暗示道：「雖然我之前做了錯事，但我希望你知道，我是來加入這個家的，不是來拆散這個家的。家人之間，沒有隔夜仇，真的做錯什麼事，一定也要給個機會改正，你說是不是？」

顧衍看著桌上的禮物若有所思，表情看起來也沒那麼冷了，似乎是真的在考慮原諒齊溪的可行性。

「你拆開看看！這份禮物是我按照你的喜好訂製的，也代表了我對你的一片心意。」結果讓顧衍拆禮物，顧衍倒是有些不自然起來，他移開了視線，挺冷靜道：「沒必要，我回家再拆。」

顧衍說完，就要把齊溪的禮物往桌下放，只是剛提起來，他就有些詫異了：「妳買了什麼這麼重？」

「禮重情義重！這沉甸甸的重量，代表的也是我沉甸甸的心意！」

「沒必要買很貴的東西。」顧衍的語氣雖然還有些冷，但齊溪總覺得他的態度稍微緩和了一些，自己和顧衍冰釋前嫌就在眼前了。

齊溪誠實道：「不貴！」

這真的不貴，齊溪才花了不到七十塊錢！

這創意禮物還不如她隨手買的領帶貴呢！

「你打開看看吧！」

顧衍最後大概被齊溪煩得沒辦法，這男人抿著唇，然後瞪了齊溪一眼，開始拆起禮物。

當那金光閃閃的顏色亮起，當那醒目的大字出現在顧衍眼前，顧衍的目光和表情，果然完全凝固了……

顧衍抬起頭，語氣充滿了不可思議的震驚：「這是什麼東西？」

「你不是喜歡金屬製品嗎？還喜歡有創意的、有特色、不走尋常路的，又喜歡獎牌，所以這個東西，不是正好可以當成獎牌一樣懸掛起來嗎？」

顧衍大概是太過驚喜，他盯著不鏽鋼上的一行字整個人都彷彿凝固了。

而循著他的目光，齊溪也看到了不鏽鋼上那幾行醒目的字——

「堅固的友情就像不鏽鋼一樣常伴你身邊！」

「生日快樂，顧衍！」

「來自真誠道歉的齊溪。」

一般的不鏽鋼刻字，也就幾行字，但齊溪這次是真的有誠意了，她手繪了一個蛋糕和討饒道歉的小人，加錢讓商家一起刻在了不鏽鋼上。

而另一個小禮盒裡，正躺著一條純粉色的領帶。

「這個圖是我親手畫的！」齊溪熱情道：「至於這條領帶，我也是挑了覺得你會喜歡的款式和顏色！」

「……」顧衍大概是面對這份驚喜，一下子失去了語言能力，他愣了好半天，才看向了齊溪，「妳為什麼覺得這條領帶是我喜歡的顏色？」

那當然，「顧衍大全」上寫了，顧衍最喜歡的顏色是粉色！

一個男的喜歡粉色，確實有點少見，不過誰心裡還不是個小公主呢？顧衍一定對自己竟然知曉他內心隱祕的喜好感到驚訝吧！

齊溪深藏功與名地笑了笑：「因為我內心的你，和粉色很配！」

雖然喜歡粉色，但實話說，顧衍平時從沒穿過任何粉色或者帶粉色元素的衣服，恐怕是礙於世俗的眼光，如今自己這樣支持他，他一定感覺到盟友般的動容！

理解——這不正是產生友情的最好溫床嗎？

不過對於自己的這份支持，顧衍好像並不是這麼想的。

這男人盯著不鏽鋼上的字，語氣有點咬牙切齒：「妳覺得我和妳能有堅固的友情？」

齊溪小心翼翼道：「不能嗎？脆弱一點的也行啊……」

齊溪以為顧衍至少會給個面子敷衍下，結果這男人斬釘截鐵地回了她兩個字：「不能。」

顧衍丟下這句話，把齊溪的生日禮物往桌底下一塞，再也不願意理睬齊溪了。

行行行，不能就不能吧，那沒了友情，好歹大家搞個塑膠同事情也是可以的，齊溪覺得自己還是得再接再厲融入「家庭」的，否則這兩個姓顧的左右環繞，自己豈不是各種意義上的腹背受敵？

因為趙依然工作的法院和競合所離得近，兩人午休時找了間競合所下面的拉麵館一起聚頭。

齊溪出師不利，中午和趙依然約吃飯，就和她吐起苦水。可惜趙依然完全沉浸在前幾天看完的小說裡，趁勢推薦了起來。

「現實打工生活已經這麼苦了，午休就看看小說看看劇，轉移下注意力，休閒放鬆下，船到橋頭自然直嘛。」

趙依然一邊說，一邊忍不住推薦起她沉迷的小說：「這本《逢仙》妳真的一定要看，是艾翔的成名作，難怪能以黑馬之勢大爆，雖然文筆差了點，但是故事情節反轉驚人，人物塑造得非常立體，最重要的是整個立意架構非常宏大，也很有格局，感覺作者本人胸中挺有溝壑的，能把一個架空的仙俠故事寫得這麼大氣，而且最重要的是，雖然是男作者，但整個故事女性角色塑造得有血有肉，完全沒有惡臭的男性凝視那一套。」

趙依然顯然已經完全成了艾翔的粉絲：「最重要的是，艾翔和他老婆的愛情真是太好嗑了。他是個只有高中學歷的窮小子，他老婆是個高知識分子家庭出來的白富美，結果艾翔對她一見鍾情，每天寫情書，堅持不懈苦追了五年，終於守得雲開見月明，如今和老婆也有一兒一女了。」

齊溪不太關心文娛圈的東西，但《逢仙》的熱門程度，連她都知道，這電視劇如今正在熱播，因此連帶著同名原著也頻繁被推薦，每天就是輪流上熱門。

趙依然對艾翔幾乎是讚不絕口：「艾翔這個人令人佩服的一點就是特別堅持，對愛情是，對事業也是，他寫小說其實寫了五六年了，前期幾乎沒錢，也是這本《逢仙》突然大爆，如今他的事業如日中天，連載新書《與狼》的影視版權又一下子高價賣掉了，聽說成交價是兩千萬！」

說到這裡，趙依然相當惋惜：「我大學怎麼沒寫小說呢，說不定堅持寫幾年，也發家致富財務自由了，學法律果然沒有前途……」

齊溪倒是沒有太動容：「那妳得有他這樣的老婆，家底還可以，又愛他包容他，願意讓自己老公五六年沒正經收入在那邊寫作，否則妳這樣寫幾年，是打算喝西北風過日子嗎？」

趙依然瞪了齊溪一眼：「妳這人怎麼一點浪漫細胞也沒有？愛和婚姻都是雙向奔赴和彼此付出，艾翔現在也終於靠自己的努力和老婆過上了神仙眷侶的日子，而且他結婚這麼多年了，還堅持著追他老婆時的習慣，每天在社群軟體上寫情書給老婆。」

齊溪撇了撇嘴：「我就關心這兩千萬他分給他老婆沒，寫情書有什麼好感動的？顧衍要是願意原諒我，別說情書了，就是認罪書，我也天天寫給他啊！他要是分一千萬給我，我當場嫁給他！」

齊溪這些話也是鬱悶之下的口舌之快，只是沒想到話音剛落，趙依然都還沒來得及嘲笑她，對面隔間裡就傳來了有人被嗆到咳嗽的聲音。

因為咳得實在太厲害，附近的服務生都被驚動了：「先生，您沒事吧？」

隔間這男的又咳了一下，齊溪才聽到了對方帶了點冷感的聲音：「沒事。謝謝。」

我靠，竟然是顧衍！

趙依然也聽出了對方的身分，只默默地看向臉上逐漸失去生的希望的齊溪。

齊溪此刻覺得已經不能用單純的倒楣來形容自己的人生了。

好在顧衍大概也懶得理她，逕自吃完麵，就結帳離開了，留下齊溪在巨大的尷尬和食不下嚥裡，體悟謹言慎行的重要性。

不過只要臉皮厚，日子總能過下去，尤其只要有工作填補時間，人就沒空想那些亂七八糟的。

第二章　顧衍大全之榴槤情

午休結束齊溪回了辦公室，終於遇上了她工作以來的第一位客戶。

準確來說是顧雪涵的客戶，只是接待時，顧雪涵叫上了齊溪和顧衍。

慢慢接觸客戶和案件，也是資深律師帶實習律師的正常手段，從旁聽開始，偶爾配合做點錄音或者紀錄的工作，並沒有真正辦案的壓力，但卻可以逐漸介入案子，最終平穩過渡進律師的角色。

顧雪涵這次的客戶叫陳湘，是一位長相溫婉的長髮女性，看起來二十七八歲，穿著講究體面，她和顧雪涵像是早就相識，一見面，就笑著朝顧雪涵揮了揮手。

顧雪涵挺幹練，也沒多餘的寒暄：「怎麼了湘姐？是什麼合約糾紛？」

「是我老公的影視合約糾紛。」陳湘從包裡拿出了合約影本，她貼心地準備了多份，給了在場三人一人一份，「這是他連載新書的影視版權授權合約。」

影視版權授權合約糾紛？聽起來還挺有意思。

結果齊溪剛拿起合約看了一眼，就覺得更有意思了。

這竟然是作家艾翔的影視版權合約！

所以……眼前這位溫婉典雅的陳湘，就是作家艾翔的太太？

陳湘笑了下：「這個合約是我先生新書剛開始連載就簽下的，當時《逢仙》還沒有播出，所以這本新書《與狼》的合約金額也比較普通，但如今《逢仙》播出大爆，接連來問他這本《與狼》版權的公司非常多，金額也比此前成交的高了不只幾倍，所以我們想主張這份老合約無效。」

可連載新書當時不是就號稱是兩千萬成交的嗎？這金額還比較普通嗎？

只是等齊溪把合約翻到成交金額部分條款，這才發現……

「五百萬？新聞裡不都說是兩千萬成交的嗎？」

面對齊溪的震驚，顧雪涵直接代為解釋：「影視版權成交價格其實算是商業機密，有時候會有些水分，有些作家願意對外把價格宣傳得更高些，以提高自己的身價和行情；有些影視公司呢，也為了把盤子弄大後方便把整個項目倒賣，或者把承製費用拉高，會虛報採購費用。所以對外的宣傳口徑上價格常常會有些水分。」

陳湘點了點頭：「就是這樣，不過我先生這本新書《與狼》，目前確實有公司已經出到了兩千萬的價格。」

顧雪涵挑了挑眉：「所以妳想解約？覺得之前五百萬出手賣虧了？那對方有違約嗎？」

說到這裡，陳湘也面露難色：「沒有違約。但我們算過一筆帳，違約的話，根據合約，除了退回足額版權費，還要支付百分之二十的影視款作為違約金，這些我們都支付得起，但對方影視公司號稱在開發中了，不願意解約……」

所以就是陳湘的老公想要單方面違約。

畢竟解約退回五百萬，再賠付百分之二十的違約金，總共也才一百萬的違約金，再簽兩千萬的新合約，不僅不虧，還淨賺了一千四百萬。

顧雪涵點了點頭：「我懂了，我會代為和對方溝通，妳放心，一定會在最優的方案下幫妳解決好解約事宜。但影視版權授權人畢竟是妳先生，所以還需要他簽一下委託代理協議。」

陳湘看起來像是鬆了口氣：「那就好，我老公這個星期都在外地出差，你們準備好合約電子檔，我讓他直接列印簽名後寄回來。對方公司實在是……總之難以溝通，所以我想還是請你們專業人士對接吧。」

陳湘說到這裡，有些抱歉：「不好意思，我得去接孩子了，後續有什麼事請隨時聯絡我。」

陳湘一走，顧雪涵便把與影視公司協調解約的溝通工作交給了齊溪和顧衍：「這個案子很簡單，你們可以介入，先去和對方溝通下時間，約到事務所來，我來談一下。」

顧雪涵一走，齊溪就看向了顧衍：「所以是你去還是我去？」

「妳去。」顧衍言簡意賅，不願意多理睬齊溪的模樣，「我手頭還有別的案子在處理。」

「可是……」齊溪有些緊張，「這完全是陳湘他們不講契約精神，為了更多錢就不遵守已經生效的合約，我怎麼跟人家影視公司開這個口，做這種事，肯定是討罵啊，我怕等等電話被人家一頓噴……」

「那是妳的事。」

顧衍扔下這句話，就坐回了座位，並不想再說話的模樣。

齊溪沒辦法，只能硬著頭皮撥通了影視公司的電話。

果不其然，她剛提了解約兩個字，對方就破口大罵起來，齊溪總算是懂了為什麼一個這麼簡單的解約事宜，陳湘寧可付律師費也要讓別人去溝通，因為對方實在非常粗鄙——

『你媽了個逼的當初是不是你們求著我簽約的？說急著拿錢去湊頭期款買房，《與狼》還沒交稿，按理說都沒履行完合約義務呢，老子就先轉了五百萬給你們，讓你們買房子了，現在房子漲價了，你們又正好趕上《逢仙》播出走狗屎運爆了，就坐地起價了，打算解約賣給別人了。』

之前自己試圖和對方溝通過，因此幾乎齊溪一開口說是艾翔的律師，影視公司負責人就炸了，把一股腦的氣都撒在了齊溪身上：『和你們好說歹說，我找到了業內最一線的團隊來承製這個項目，做出來艾翔的ＩＰ就能再爆一次，結果你們眼皮子就這麼淺，要和老子解約，以為退個五百萬再賠個一百萬就能打發我？那這半年來是把老子當猴耍？什麼好都讓你們占著了？老子就是不同意解約！妳這個死媽的傻逼女律師！』

如果說一開始對方的咆哮齊溪還能忍，等後面那些帶了各種髒字的國罵出來時，她就有些撐不住了。

剛從象牙塔第一次入職場的新人，一直在良好有秩序和禮儀的環境裡長大，也總以為律師是個體面的工作，這樣的羞辱是齊溪此前無論如何都沒料到的。

她想要忍住，但是鼻尖的酸澀一路蔓延，很快攻占了她的雙眼，那些酸意讓她的眼睛迅速積蓄起了水氣。

對方的咆哮辱罵聲音很大，齊溪附近辦公區的人大概都聽到了，然而大家似乎都習以為常，還是忙著自己手頭的事。

電話那端對方還在發飆，就在齊溪不知道如何是好時，一直對齊溪不理不睬的顧衍朝她伸出了手。

他好看的眉微微皺著，言簡意賅道：「拿來。」

見齊溪愣著沒反應，顧衍瞪了她一眼，然後逕自拿走了她手裡的座機話筒——

「在商言商，合約裡既然規定了違約責任，那麼我方客戶違約後願意按照合約承擔這個責任，從法律上來說就是互不相欠了。你覺得你一百萬的違約金太少了？那是你的事，是你此前訂立合約時請的律師不行，才寫了僅僅百分之二十的違約金。根本沒有規定一旦這個百分之二十的違約金不足以彌補全部經濟損失的情況下，我們客戶方還需要承擔直接和間接損失的賠償責任。所以根據合約，一旦我方違約，就只需支付百分之二十的違約金。」

顧衍的樣子冷酷又鎮定：「所有合約如果不夠專業，就會有法律風險，你自己聘用了不夠專業的律師，自己簽名履行了有風險的合約，就應該承擔相應的後果。至於你說項目你已經開始製作產生費用成本了，那也是你自己應該拿出證據證明的事，在這裡和律師糾纏沒有意義。」

「最後，麻煩以後嘴巴放乾淨點。如果你在後續溝通裡再辱罵和人身攻擊我的同事，我會錄音並會為我的同事維權。」

顧衍說完，才甩出了最後一句：「明天上午十點半，競合事務所，請你準時參加，大家友好協商賠償金額。」

他幾乎是一氣呵成地說完了這些話，然後也不等對方回覆，逕自掛了電話，這一連串行雲流水的行為，看得齊溪一愣一愣的。

「這就結束了？」

顧衍板著臉看向她：「不然呢？」

「那萬一惹怒了對方，對方明天不來怎麼辦啊？」

「他會來的。」顧衍抿了抿唇，「如果他不願意配合走解約手續，幾乎可以預料到他這個項目會官司纏身很難順利開發，畢竟艾翔的粉絲非常多，戰鬥力也非常驚人，本身他採購IP也是看中了這一點，想藉著IP熱度和粉絲的熱情上位，如今不僅得不到粉絲的助力，還會被龐大的粉絲群辱罵，最後甚至連六百萬的資金都要靠走法院流程拖沓幾年才能拿回來。再不甘心，他懂這個利害，也只能來。」

齊溪內心有些混亂和複雜，她有些難受道：「嗯……我就是沒料到律師會被罵成這樣……」

「客戶正是因為不願意自己去面對協商這件事，才交給律師作為中間人代為處理，被對方當事人罵也是律師人生的一部分，否則妳怎麼賺這個律師費？」

顧衍說完，看了齊溪一眼：「而且妳畢業典禮上不是挺能罵我的？怎麼他罵妳，妳一句話都不說了？」

「……」

被顧衍這麼一說，齊溪的尷尬又回來了，倒是一點都不想哭也顧不上委屈了，她赧然道：「那次是意外，對不起，顧衍，一萬個對不起……這次謝謝你啊，你是好人，替我出頭。」

結果話音一落，顧衍就不樂意了，他看起來不太高興的樣子：「誰替妳出頭？是他罵妳的聲音太吵了，吵得我看不進案卷，妳別自作多情。」

他說完，看了齊溪的手臂一眼：「越界了，離我遠點。」

好的好的，知道了。

齊溪立刻識相地從善如流，把自己的椅子往旁邊挪了挪，盡可能地遠離顧衍。

她發誓，絕不再侵犯顧衍辦公桌上的「領空」了！從此要以外交禮儀對待顧衍！

令齊溪意外的是，第二天，那位影視公司的負責人還真的準時出現在了事務所，也不再罵罵咧咧。這次對方帶了一名律師，終於擺出了在商言商有事說事的態度。

一涉及談判，顧雪涵非常幹練，此前她已經和陳湘溝通了陳湘和艾翔方的底線，幾乎雷厲風行地給了影視公司幾種可行的違約賠償方案，為了表達主動違約的歉意，陳湘方面願意在合約約定的數額之外，再給予對方一定程度的賠償作為情緒安撫。

影視項目的合作一旦開始，就涉及巨大的投資額，如果項目一開始推進原著方就有諸多阻撓，等投入真金白銀了，再鬧起糾紛，恐怕更被動，因此這一次，影視公司的負責人無奈地接受了對自己最有利的賠償方案。

只是臨走時，他還是忍不住有些怨氣：「幸好我剛採購了版權，還沒正式投錢推進，否則要是進度太快，這些損失，說不定還要我自己承擔。」

「不過艾翔走不長遠的，眼皮子太淺，本來他這個新書的項目，我已經找好了一線團隊操刀製作，雖然影視版權的價格確實不是最高的，但當時他還沒紅，我給出的價格，以當時來說，是非常有誠意的。而且我這人雖然說話大老粗，但在影視行業混了二十幾年了，我的項目製作和演員絕對不會差，劇本也打算找知名大編劇，本來就快簽約了，他現在這樣一折騰，行了，隨便他吧。」

對方冷笑道：「世上沒有不透風的牆，業內如今能出得起兩千萬這種價格的，我也知道是哪家，只能說，就是泥腿子出身，搞房地產的老闆想來投影視，團隊裡連個完整帶過一個項目的人也沒有。我看看能幫他把項目開發成什麼樣。兩千萬的誘惑是很大，但為了錢完全沒有商業道德來違約的，我只能說早晚也會栽坑裡去。」

雙方達成合作時，必然是彼此說盡好話，一旦拆夥，自然是什麼難聽詛咒的話都能講。

對此，陳湘並沒太在意，雖然是違約方，但她一看就受過良好的教育，整個態度都非常溫和，對方幾次近乎人身攻擊的話，她也只是不斷道歉著接受。

齊溪覺得，要不是她這樣的態度，影視公司未必能這麼快同意解約。

對於此次協商，陳湘顯然非常滿意，對顧雪涵也是連連道謝：「委託合約我先生簽名後今天應該就能寄到事務所，是留小齊律師的聯絡方式，等後續我會讓我老公盡快付律師費，這次真是謝謝妳了。」

只是……

第一個案子，解決得比自己想的順利多了，齊溪也鬆了口氣。

而沒過多久，她果然收到了艾翔已經簽名的委託協議書快遞。

齊溪隨意瞥了一眼，然後發現這快遞是同城快遞。

陳湘不是說艾翔去外地出差了？

可這明明……

可能是回來了吧？

齊溪很快按照所裡流程申請用印把委託協議合約走完了，這才聯絡陳湘把一式兩份中的一份寄回去。

齊溪試探著問道：「陳女士，是寄給您還是寄給您先生？」

陳湘在電話那端笑得很溫和：『妳寄給我就行了，他還在外地出差談合作呢。』

齊溪掛了電話，還是覺得內心有點複雜。

她聽趙依然說過一嘴，陳湘原本在大學裡當講師，算是有一份穩定體面的工作，艾翔成名之前，也是這份工作支撐著兩個人的生活。可艾翔成名後，有大量的訪談、合作或者瑣碎工作，於是陳湘便辭職，以艾翔助理的身分幫他處理這些瑣事，包括平時的校稿、修改錯別字病句，以及如今出面請律師談解約等。

不過……艾翔的錢，看起來並不像是交給了陳湘。因為如果不僅是工作事務，假設連財政大權也交給陳湘的話，律師費就不需要等艾翔「出差」回家後才能給。

這個案子雖然結束了，但齊溪多少也有點好奇。

午休時間，她便查閱了網路上關於艾翔的資料。

艾翔自然是筆名，筆名的含義也和妻子有關，取自「愛湘」的諧音。

齊溪翻到了艾翔的社群主頁，發現他社群的內容除了宣傳自己的作品外，其餘幾乎都和妻子有關，包括每天雷打不動的對妻子的一句情話，以及頻繁的炫妻晒恩愛。

因為《逢仙》最近的火爆，艾翔也應邀參加了不少出鏡訪談，幾乎每一個訪談裡，他都忍不住談起妻子，因此坊間給了他一個「炫妻狂魔」的稱號。

也正是因為這點，趙依然覺得嗑到了神仙愛情。

艾翔長得其實並不好看，甚至可以說醜，體重管理也明顯因為長期的居家寫作而完全放棄了，皮膚黝黑，還有點三角眼，但談吐說話確實算得上幽默風趣，而他對愛情和妻子的忠貞，不僅為他贏得了大量像趙依然一樣的女粉絲，還有大量的男性擁護者，從他身上獲得了逆襲走上人生巔峰的代入感——只要你有有趣的靈魂，就可以吸引美麗的皮囊。

本來看起來是挺美好正面的故事，只是齊溪越看艾翔的訪談影片，越是有種不自在感——

『是，我對我太太幾乎是百依百順，我會帶她去最貴的頂樓旋轉餐廳，準備九百九十九朵玫瑰，還從法國空運了紅酒……』

『我就希望她不用工作了，因為我現在的收入，完全養得起她。』

『我當時其實是去應聘了她家社區的物業保全，然後對她一見鍾情，當時為了追她，真的是費盡了心思，天天寫情書，天天蹲在她家門口，她長得好看，也有很多別的追求者，都開豪車的那種，我就天天藉故，不讓人家進社區……她剛開始對我不來電，一直拒絕我，還警告我說要報警了，但最後反正是從了我。』

影片裡，主持人笑著打趣艾翔是個「醋王」，底下留言裡也是一片笑哈哈，但齊溪卻覺得不舒服極了。

艾翔這行為，不就是個騷擾猥瑣男嗎？怎麼因為最終成功了，就洗白成了愛呢？而且他那些炫妻行為，與其說是在誇讚妻子，不如說主題最終是在說自己，誇讚的也是自己——自己厲害，即便窮、教育程度又不高，還是追到了白富美的妻子逆襲成功，自己現在賺錢多，所以給了妻子很多看起來奢侈的浪漫……

然而，陳湘真的需要這些嗎？

齊溪總覺得，陳湘的氣質而言，她並不是那種物欲很高或者喜歡高調奢侈生活的人，倒是她眉眼間有些淡淡的疲憊遮不掉，火急火燎去接孩子的樣子還縈繞在齊溪的心間。

也是這時，旁邊座位拉動的聲音引回了齊溪的思緒，是顧衍回來了。

顧衍上午去法院立案，因此也沒有參與陳湘艾翔的解約談判。

齊溪第一時間向顧衍同步了成功解約的進展，進而便是感謝：「顧衍，還是你有辦法，對方最後還是十點半準時到的。」

「嗯。」

可惜顧衍沒什麼太大的反應，他逕自坐下打開電腦，一副準備埋頭辦公的模樣。

不過齊溪卻發現了一些不尋常的東西。

從來喜歡穿冷色調衣服的顧衍，今天竟然穿了一件粉紅色的襯衫！

大部分男生穿淡粉色的襯衫並不好看，然而顧衍卻因為他的高級冷白皮，真的完全能駕馭這個顏色。

坦白說，他穿這件粉色襯衫，竟然真的非常好看。

齊溪原本想像不出他穿粉色的模樣，然而如今一看，自己此前溜鬚拍馬說的話竟然成真了。

「粉色真的很適合你呀顧衍！」

「妳無不無聊？能不能關注點專業的東西？」

話雖然這麼說，齊溪還是敏銳地發現顧衍的聲音雖然冷冰冰的，但臉色明顯好看了一些。

「顧衍大全」誠不欺我，顧衍果然喜歡粉紅色！也喜歡自己的喜好被人認可和誇獎！自己此前的一番話，看來不是一點效果也沒有！畢竟，要是顧衍沒聽進去自己的誇讚，他能勇敢地做自己，生平第一次穿這種粉色襯衫來上班嗎？

可見自己的鼓勵、理解和包容，還是給了顧衍內心莫大的支持。

齊溪的內心充滿了再接再厲的激情，只要功夫深鐵杵磨成針，顧衍再冷酷再難搞，自己天天這樣投其所好，還怕最終不能和他和平共處？

顧衍是次次第一，但無敵是多麼寂寞，要是身邊有自己這個優秀程度不輸給他，又能支持贊同他古怪的愛好的人，豈不是很快能惺惺相惜？

一想到這裡，齊溪便掏出了自己剛才午休特地出去買的一整顆新鮮榴槤，重重地放在了顧衍的辦公桌上：「顧衍，這是我特地買給你的！」

大概自己實在太精確瞄準了他的喜好，掏出榴槤的那一刻，齊溪覺得，顧衍內心是劇烈震動的，因為他的眼神驚愕複雜地盯向了榴槤，沉默了很久，才找回了聲音和理智：「妳買這個什麼意思？」

要拉近關係成為好朋友，第一步就是成為同好。但凡兩個人喜好相同興趣相近，總是能很快打成一片。

雖然齊溪並不喜歡榴槤，甚至有點害怕這個味道，但她還是在顧衍的目光裡，鎮定道：「因為我最喜歡的水果是榴槤，雖然很多人不喜歡它的味道，但我還是忍不住要把它推薦給全宇宙！我相信，一定能找到和我一樣喜歡榴槤的人！」

顧衍沒有正面回答，只看向了齊溪：「妳很喜歡榴槤？」他黑亮的眼珠盯著她，「那為什麼從沒有見妳在大學吃過？」

雖然自己沒在大學吃過榴槤，但瞧顧衍這話說的，彷彿很了解自己的一舉一動似的。

齊溪乾笑道：「大學住宿舍呢，你看，現在這榴槤還沒開，離得近就能聞到味道，要是真的開了，還不把室友熏倒？而且吃這個東西，就是要有同樣喜歡的人陪著吃，才有感覺有氣氛，她們都不喜歡，就算不介意這味道，我一個人吃，也很寂寞。」

鋪墊得差不多了，就差最後一擊了。

齊溪狀若不經意地看向了顧衍：「你如果喜歡，以後我們可以一起吃榴槤啊！正好一個人吃不完一整顆！我平時找不到同好，所以都沒什麼機會吃！所以顧衍，你喜歡榴槤嗎？」

顧衍盯著桌上一整顆巨大的榴槤，可能是驚喜得完全說不出話了，他整個人看起來定定的，愣了好久，才重新看向了齊溪，像是憋一樣憋出了兩個字——

「還行。」

齊溪沒想到，顧衍還挺害羞的，自己都說到這分上了，這男的還這麼矜持，面對這麼大一顆貓山王特級榴槤，竟然還能坐懷不亂般來個「還行」，還說得那麼勉強，裝得可真像！要不是早有「顧衍大全」在手，齊溪還不一定能識破顧衍的口是心非，真當他多勉強呢。

顧衍盯著榴槤，表情很難以形容，也不知道在想什麼，過了片刻，他才轉頭看向了齊溪：「所以要我和妳一起吃這顆榴槤？」

「不不！不用！我買了兩顆！還有一顆送到我家裡了！這顆你直接帶回家！我們各回各家吃！」

搞什麼啊，光是聞到這顆榴槤此刻散發出的味道，齊溪就恨不得憋住呼吸，更別說等打開這東西吃了，她完全無法理解顧衍對這類水果的喜好。

顧衍看向了齊溪：「妳剛才不是說，一個人吃就感覺到寂寞？」

「不不！我現在找到了同好的你，心裡已經不寂寞了！即便不在同個空間裡吃，但我心裡知道同一座城市裡，有個愛榴槤的人也正和我以同樣的心情品嘗這絕美榴槤，我就彷彿有了歸宿般的感覺！」

顧衍抿唇看向榴槤，然後不說話了。

雖然他的榴槤可以由他一個人獨享了，但他的樣子，卻不是太高興的模樣，難道……自己買小了？

齊溪趕緊補救道：「下次你陪我一起去超市，我們買更大顆的，主要今天中午我一個人提回來，只能搞顆小的了。」

顧衍一定是嫌齊溪買小了，徹底不理齊溪了。

不過顧雪涵的內線電話很快打破了兩人之間的沉默——

『有一份合作方的合約，明天就要簽署，對方提出要以雙語版簽約，所以今晚你們必須翻譯出英文版，有點急，等等寄郵件給你們，你們兩個分工一下，可能稍微加班一下。』

作為剛工作的實習律師，齊溪還處於滿腔精力無處發洩的亢奮狀態，如今領了任務，她簡直是激情四射——大學法律英語她學得相當好，對翻譯合約簡直是自信滿滿。

這種時候，不正是對顧衍溜鬚拍馬的好機會嗎？

齊溪當即看向了顧衍，一臉誠懇道：「顧衍，你今晚就正常下班回家休息吧。不用你翻譯合約了，交給我一個人就行！你帶上榴槤，回家好好享受！」

齊溪的話音剛落，顧雪涵的郵件提示訊息也到了。

齊溪臉上還帶著對顧衍體貼的笑意，然後她隨手打開了郵件附件，看到了——一個五十頁的合約。

而齊溪臉上殘存的笑意隨著對著合約往下看，逐漸凝固。

這五十頁的合約，還並不是一般的範本性條款。這是一份光學儀器批量採購協議，因為涉及到儀器的型號和性能，大部分用詞都非常專業，光是齊溪看中文都看不懂的「定義」部分，就長達兩頁紙……

齊溪乾笑著看向了顧衍：「顧衍……要不然……」

顧衍也看到了郵件，如今正平靜地看向齊溪：「妳剛剛不是叫我提前下班？既然這樣我先走了。」

「……」齊溪不好意思直接反悔，只能急中生智找了個藉口，「我看你這顆榴槤，也太大了，你一個人吃，容易上火，我想了想，榴槤確實一起吃才有氣氛，不如你留下來我們一起吃？」

齊溪不給顧衍拒絕的機會，繼續道：「不過大家都還沒下班，現在吃味道太大了，不如你留下來和我一起翻譯合約，等晚點同事們也走光了，我們找個會議室一起吃榴槤。」

齊溪這已經純屬胡謅了，她並沒有對顧衍會留下抱太大的希望，然而出乎她的意料，顧衍放下了電腦包，重新坐回了辦公桌：「好。」

他並沒有再看齊溪，但還是輕輕咳了下，像是解釋：「哦，我爸媽不喜歡吃榴槤，家裡吃那個味道太大了，晚點在會議室裡可以，吃完通風一下。」

然後顧衍打開了電腦，下載了合約附件：「我翻譯前面二十五頁，妳翻譯後面二十五頁。」

他說到這裡，隨意地掃了齊溪一眼：「反正要等同事都走完，正好沒事幹，留下順手翻譯下，這樣妳早點翻譯完，早點去開榴槤。」他頓了頓，補充道：「正好我不會開。」

那簡直太妙了！

雖然……聽起來每人翻譯二十五頁很公平，然而合約裡專業術語的「定義」和專業詞彙，主要都集中在顧衍負責的前二十五頁，後面的二十五頁，幾乎都是正常的雙方權利義務、違約責任、保密協議等常規法律術語和條款。

不得不說，顧衍這個人工作效率真的非常強，雖然作為對手時相當可怕，但一旦成為了隊友，簡直是讓人能夠安心依靠的存在——

「我看了一下，妳後面條款裡也涉及部分專業術語的翻譯，正好我前面二十五頁都會翻譯到，為了合約翻譯的統一性，妳這些專業術語可以先空著，等我翻譯完我這邊的，我會統稿。然後我們再交叉檢查下各自翻譯的部分，順一下潤色一下。」

齊溪飛快地比了個ＯＫ的手勢：「沒問題。」

兩個人一旦進入工作狀態，倒都是全情投入。

雖然是第一次和顧衍搭配幹活，但意外地非常有默契，因為兩個人的法律英語水準相當，彼此溝通起來完全沒有障礙，效率和速度也差不多。

齊溪以往很討厭小組學習這類方式，更喜歡自己單幹，因為同組成員常常無法那麼快跟上她的速度或者思緒，然而這次和顧衍的配合第一次讓她嘗到了有同伴的好——兩個人一起搭配，很快就把合約都翻譯完了。

此時此刻，已經是晚上近九點，所裡確實已經沒有別的同事了。

這……

雖然齊溪萬般不願意，但她也知道，到了該幫顧衍開榴槤的時間了……

榴槤這麼臭……齊溪也不喜歡吃……

但……自己都說了自己也喜歡榴槤，而且說好了翻譯好兩個人一起分享……

齊溪只能佯裝出開心欣喜的笑容，硬著頭皮抱起了巨大的榴槤往會議室去：「走，顧衍，是時候享受人生啦！快樂的榴槤時光開始啦！」

顧衍大概是太過投入翻譯，翻譯專業詞彙讓他有點累了，一下子也沒反應過來，等看清齊溪手上的榴槤，人看起來甚至還有點恍惚。

雖然恍惚，顧衍還是跟著齊溪走進了會議室。

齊溪費了九牛二虎之力用水果刀撬開了榴槤，幾乎是一打開，難以形容的味道就飄滿了整個會議室，齊溪幾乎是靠著強大的意志力，才堪堪維持了波瀾不驚的表情，甚至還堅強地朝顧衍擠出了幾個笑，試圖再次以共同愛好套近乎——

「顧衍，聞到這熟悉的香味，我的心情都立刻好起來啦，其實真的不理解為什麼會有人不喜歡榴槤，實在是太好吃了，不過以後都有你和我一起分享吃榴槤的快樂，我們以後算是同好啦！」

但只是一顆榴槤，可能還不足以收買冷酷的顧衍，這男人面對他最愛的榴槤，臉上竟然有些面無表情，然而他微微皺起的眉頭，還是洩露了他那面無表情下的情緒波動，他像在竭力忍耐著什麼。

還用說嗎？一定是在忍耐著那份面對美味的巨大快樂和滿足！

顧衍真是一個不願意面對自己內心真實欲望的人啊！假！

你看看，面對這麼大顆成熟的榴槤，還搞什麼泰山崩於前而色不改那套，不就是為了傳遞一個理念給齊溪——他不會因為一顆榴槤的收買就輕易原諒自己嗎？

不過這都不是問題。

齊溪憋著氣，自信地想，一顆榴槤不行，那就兩顆，兩顆不行，那就三顆……

只要她堅持，不行的話每週一顆榴槤攻勢，還怕顧衍最終不對榴槤袒露出自己真實的感情？

她一邊想，一邊當即取出了最大塊的榴槤肉，放在免洗餐盤裡遞給了顧衍：「來！這塊最大的給你！」

大概因為自己主動示好，顧衍端著榴槤，在面無表情的表象下，那眼神似乎更幽深複雜了，仔細分辨一下，似乎還有點……有點想死？

所以是因為伸手不打笑臉人，面對自己此刻的榴槤攻勢，雖然內心不想原諒自己，但饒是顧衍，也會覺得有點不好意思？

對齊溪的仇恨和此刻對齊溪同樣熱愛榴槤的惺惺相惜之下，讓顧衍矛盾糾結到都有點想死了？

看起來自己這一步真的走對了。

為了融入這個新團隊，齊溪覺得，自己此刻所做的一切犧牲，都是值得的。

她這樣想著，便也切了一大塊榴槤，當即在顧衍複雜的神色裡，憋著氣，裝出了極度的快樂，大口吃下了榴槤肉。

那一瞬間，齊溪眼淚都要流下來了。

顧衍愣了愣，他還沒吃，只是看向了齊溪：「妳怎麼像是要哭了？不好吃？」

齊溪的雙眼含著淚：「好吃！怎麼會不好吃？！太好吃了！簡直人間美味！一想到這次

還有人陪我吃，我差一點就要高興哭了！」

救救我吧……這味道也太衝了吧……怎麼吃進嘴裡還這麼難聞呢，自己這嘴回家刷刷牙還能要嗎……

然而在顧衍的視線下，生怕被他看出破綻，齊溪激情演著對榴槤的愛：「讓人吃了還想吃！根本停不下來！」

自己這破手，怎麼會買這麼大顆的榴槤？下次一定買顆小的……

皇天不負有心人，自己這番表現，可能終於讓顧衍放下了心防，徹底認可自己也是他的榴槤同好。這男人這才低下頭，看著他手裡的榴槤，然後像是也做了極大的心理建設一樣，邁出了原諒齊溪的第一步——

他吃了一口齊溪買的榴槤。

好！萬里長征邁出第一步！

齊溪憋著嘴裡難以下嚥的口感，恨不得當場幫顧衍鼓掌。

很快，顧衍在難以形容的複雜神色裡，又吃了第二口第三口……

只不過，大概是這男人太喜歡榴槤了，又很久沒有吃過，齊溪第一次發現顧衍吃東西這麼快，快得都能稱得上狼吞虎嚥了，要知道，他可是一貫以吃東西慢條斯理的優雅被眾多女生視為紳士做派的。

看來自己買的這顆榴槤，品質很不錯，完全符合顧衍的口味！瞧他吃得多快，彷彿連嚼也沒嚼就囫圇吞下去了。

這讓做出巨大犧牲的齊溪稍感安慰，她繼續強顏歡笑地和顧衍一起吃榴槤了。

等把大部分榴槤解決，齊溪覺得自己的味覺嗅覺離壞死也只有一步之遙。

顧衍也吃了不少，只是他整個人看起來也沒有因為吃榴槤而精神百倍，反倒像慘遭蹂躪，相當疲憊。

大概還是之前翻譯太累了！

今天這二十五頁的專業術語翻譯，還真的多虧顧衍了！

她看向了顧衍：「榴槤好吃嗎？」

顧衍像是緩了片刻，才看向了窗外，表情還有些恍惚，然後才憋出了兩個字：「還行。」

口是心非啊！

齊溪想了想，覺得自己還是要多買幾次榴槤犒勞一下顧衍。

自己再忍辱負重幾次，齊溪覺得很快就能和顧衍做朋友了。

吃完榴槤通風完，等和顧衍收拾完離開事務所，已經是晚上十點了。

齊溪嘴裡都是榴槤味，憋得難受，決定去樓下便利商店買點口香糖。

顧衍也沒走，只看了齊溪一眼，然後跟著她進了便利商店。

「你不用陪著我……你可以先走呀。」

顧衍瞥了齊溪一眼：「便利商店妳開的？」

「……」行吧，是自己自作多情了。

這個時間的便利商店已經沒什麼人，店員也有些昏昏欲睡，齊溪拿完口香糖，正在順手挑選零食，就聽見店門被再次推開的聲音。

她下意識順著聲音掃了眼，然後看到了一雙有點熟悉的眼睛——一雙微微下垂的三角眼。

來人戴著口罩和帽子，皮膚有些黑，身材微胖，然而跟著他進來的女性，即便也同樣戴著口罩，也能看出膚白貌美，那逆天的大長腿踩著細跟高跟鞋，比同行的男人高出了一個頭。

對方很快地挑選了什麼東西就低頭離開了，全程並沒有很親密的肢體動作，但齊溪明顯從兩人偶爾的對視裡感覺到曖昧不明的情態。

這男人為什麼看起來這麼熟悉？

而直到對方付錢離開，齊溪才突然恍然大悟。

她知道為什麼覺得眼熟了！剛才那個男的，不正是此刻應該身在外地的艾翔嗎？！齊溪沒多久前才因為好奇查過對方的資料，看過對方的訪談，難怪會覺得那麼眼熟。

原本應該出差的艾翔深夜和陌生女子出現在這裡，怎麼想都怎麼微妙。

齊溪很快把這一發現分享給了顧衍：「你說艾翔是不是出軌了？我好替陳湘擔心，其實之前收到快遞的時候我就感覺怪怪的，但一直在糾結要不要暗示一下陳湘……」

雖然顧衍號稱要來便利商店買東西，但是挑了半天也沒見他拿了什麼，聽了齊溪的話，這男人只淡淡道：「夫妻之間偶爾也有些祕密，也需要空間，他或許是忙小說項目或者撒了好意的謊言，就算剛才和一個長得很好看身材很好的女人一起來便利商店，但也沒有什麼鐵證能說明那兩個人有不清不楚的關係。」

這正是齊溪猶豫的地方，畢竟自己也是捕風捉影。

但……齊溪良心上還是有些過意不去，她總覺得，艾翔的成功一大半是陳湘的犧牲鋪就的。

正在猶豫間，顧衍似乎決定好要買什麼了，齊溪看著他走到了收銀臺，和店員說了一句，然後……

然後齊溪就眼睜睜看著店員遞了一盒保險套給顧衍。

顧衍大半夜來買保險套？！

不是喜歡的女生沒追上還是單身嗎？夜生活一下子這麼豐富了？怎麼都買保險套了？所以是……

齊溪瞪大眼睛看向了顧衍：「所以你後來追到那個女生了？誤會解除了？如果還有必要的話，我可以當面和她解釋！為你進一步正名！這樣一定能更加快速增進你們的感情！」

不提還好，一提，顧衍大概又想起畢業典禮上的一幕，臉當即就不好看了：「不用了，誤會已經解除了。」

原來解除了啊！那太好了！

只要顧衍戀愛生活順心，自己和他恢復友好關係豈不是更指日可待了？

結果齊溪還沒來得及恭喜顧衍成功脫單，就見顧衍抬了抬眼皮，面無表情道：「她知道是誤會，但她還是不喜歡我。」

這……這就有一點點慘了。

齊溪小心翼翼道：「那你買這個……不是要深夜買醉放縱自己吧？」

顧衍沉下了臉，露出相當無語的表情：「妳以為我買這個是因為誰？」

齊溪不怕死地追問道：「因為誰啊？」

顧衍沒好氣道：「因為妳。」

！！！

這不太行吧……顧衍這是什麼意思啊，這男人在暗示什麼東西啊！

齊溪剛處在巨大的震驚中，就聽顧衍繼續道：「我對店員說，我要剛才那男的買的一樣的東西。」

齊溪愣了愣，這才終於反應過來：「所以店員給了你這個？」

「嗯。店員以為我是臉皮薄不好意思開口直接要的年輕人，所以沒懷疑，直接給了我這個。」

原來如此！

所以艾翔剛才買的是保險套！那麼齊溪的猜測沒有錯，艾翔確實出軌了。

顧衍點了下頭：「妳現在可以確認了，他確實有問題。」

齊溪真心實意道：「顧衍！你也太機智了吧！」

結果齊溪這麼一誇，顧衍就陰陽怪氣了：「剛才不是還說我要放縱自己？」

這一定是追人沒追到的遷怒了……

齊溪當即同仇敵愾地拍了拍顧衍的肩：「既然關於畢業典禮的誤會都解除了，這女的還沒答應你的表白，那可見，這人眼光不怎麼樣，恐怕是個瞎的。」

顧衍看了齊溪一眼：「嗯。」

他竟然難得同意了齊溪的觀點！安慰感情受挫的朋友，這可是感情昇華的一大途徑，齊溪當即再接再厲道：「沒事的顧衍，你長得一表人才，未來前途無量，換一個吧，下一個更乖！」

可惜齊溪錯誤預計了失戀男人翻臉的速度，剛還和齊溪一起罵對方眼光不好呢，結果此刻顧衍又遷怒了。

這男人瞪了齊溪一眼：「我就不換，妳管得著嗎？」

他說完，把保險套俐落地扔進了垃圾桶，然後黑著臉走了。

齊溪簡直驚呆了，顧衍這人怎麼這麼固執？追不到那還能怎麼樣？行吧，不換就不換！反正撞南牆的人又不是她！

無語！

但齊溪很快就忘記了這個小插曲，因為她開始想怎麼提醒陳湘比較適合。

也是巧，第二天，陳湘因為此前解約流程成功推進，拿了一些自己手工製作的餅乾來送給顧雪涵，因為顧雪涵出去開庭，因此就由齊溪接待了她。

兩個人聊了些寒暄的話題，見陳湘要打算走，齊溪才拿出了今早緊急從書店買來的書：「陳女士，能麻煩艾翔老師幫我簽個名嗎？我朋友是艾翔老師的鐵粉，希望能有個To簽。」

陳湘不疑有他，笑著應下了。

齊溪也回了個笑容，然後她狀若自然道：「其實昨晚我和我朋友在樓下意外撞見艾翔老師，但是當時太緊張了，沒想起當場找他要個簽名，幸好今天您正好來，就麻煩您把書帶給艾翔老師了。」

陳湘這下果然皺起了眉：「妳昨晚看到他了？」

「嗯，就在樓下的便利商店，他可能是剛結束工作吧，還帶著一個工作人員一起，買了東西就立刻走了。」

陳湘臉上的表情果然凝重了起來：「他帶的是女的還是男的？」

齊溪笑了下：「是女性工作人員。」

陳湘的臉色已經很難看了，但她還是很體面，朝齊溪笑了下，但樣子已經很勉強：「那應該是他的助理，昨晚可能是趕稿吧。」

只是齊溪明顯能感覺到，說這話時，陳湘有些維持不住表面的寧靜了。

她是個聰明人，齊溪裝作並不知情的意外點到為止，就足夠能引起她的注意了，樓下便利商店有二十四小時監視器，她真要查，絕對能查到線索，她如果不想查，那齊溪如此並不知情般的提示，也保全了她的臉面，陳湘也可以繼續睜一隻眼閉一隻眼。

很快，事實證明，陳湘並不能對此睜一隻眼閉一隻眼，因為三天後，她重新回到了競合所，約見了顧雪涵——

「艾翔出軌了，我要離婚，希望你們能為我爭取盡可能多的財產。」

陳湘臉色蒼白疲憊，一下子像蒼老了十幾歲，眼睛裡都是怨恨和不甘：「他能有今天，都是因為我，那本《逢仙》的世界觀，也是我做的，他寫感情戲不行，所以男主角的感情線幾乎都是我搭建的，幾個大受好評的女性角色也都是我設定的，結果他竟然這樣對我，明明沒錢的時候對我百依百順，沒想到現在竟然在我眼皮底下出軌。」

看得出來艾翔的事對她打擊非常大，因為原本一向冷靜克制的人，如今絮絮叨叨控訴著這段婚姻裡的不如意。

陳湘紅著眼圈：「你們知道他和誰出軌了嗎？是我的高中學妹！竟然是我自己引狼入室！」

「這個學妹是偏遠農村來的，家境不好，成績也很一般，但長得不錯，所以報考了藝校，只是藝校裡漂亮的女孩多了去了，她並不出挑，因此畢業後也沒什麼大的機會，只是跑些小龍套，走些商演，日子過得挺拮据。我從高中時候就一直資助她，看她畢業後這樣，也一直想幫幫她。」

陳湘提及這事，還十分痛苦：「艾翔的《逢仙》影視化，當時開機後導演對劇本不滿意，臨時找不到可靠的編劇，所以讓艾翔進了組跟組寫劇本，他也是因為這樣，認識了一些影視圈的朋友，我想著既然他有點人脈，那就讓他幫我學妹引薦一下，最後也挺巧，《逢仙》原定的女三排不開，就讓我那個學妹演了這個女三。」

「我本意一來是提攜下學妹，覺得她不容易，有機會就幫襯點；二來是覺得劇組環境複雜，我要帶孩子也不能跟著艾翔一起，讓學妹在身邊也能盯著他點。」

陳湘說到這裡，眼淚終於滾了下來：「我是死也沒想到，她竟然是個白眼狼，監守自盜起來了，跟組編劇辛苦，我讓她多照顧照顧艾翔，沒想到照顧到床上了。」

齊溪很同情陳湘，試圖安慰，然而顧雪涵卻非常冷靜地打斷了陳湘：「女人遭遇出軌，抱怨和哭訴不會改變現狀，有這個時間，不如我們來梳理一下艾翔所有的資產名目，好在離婚時爭取先機進行分割。」

「我們共有兩間房產，但這兩間都是我家裡出的頭期款，登記在兩個人名下，早年貸款的錢也都是我出的，也就《逢仙》紅了以後，他才一起還貸款，要分割，只有我被分走錢的份……」

「那他的新書影視版權收入呢？」

之前那個影視公司明明說了艾翔拿了錢買了房還漲了呀……

陳湘低下了頭：「那是付全額登記在他父母名下的房子，因為當時第三間契稅高……」

顧雪涵又問了艾翔別的收入，可惜陳湘連他手頭到底有多少流動資金都不知情，只知道他開了間工作室，說要創業，還要和影視公司以版權入股的形式投資自己的影視項目，但對工作室帳目和資金流向完全沒有掌控權和知情權。

不過陳湘很快拿出了一個USB：「自從懷疑艾翔出軌以後，我在家裡裝了監視器，拍到了艾翔趁我不在，把我學妹帶回家裡卿卿我我的影片。這足夠能證明他出軌了，證明他是婚姻過錯方，可以讓他淨身出戶吧？」

別說顧雪涵了，就連齊溪，都想嘆一口氣。

妳連對方財產明細都不知道，談什麼淨身出戶呢？更何況……

「一方出軌判決離婚時確實可以酌情考慮少分財產，但是這完全看法官的認知，有些法官認為，雖然出軌了，但是出軌方是財產的主要貢獻人，那麼幾乎不會判決出軌方少分的，比如全職太太和富商，婚內財產幾乎都是富商工作收入得來的，因為出軌就判決富商少分財產甚至不分財產，這會被認為是不公正的，所以很多時候，還是會按照五五分的比例來判決。」

陳湘一聽，倒也沒有大受打擊的模樣，她只是有些咬牙切齒：「我不分錢都沒事，我當初根本就不是圖他的錢，還是圖他當時對我好！我不要錢，我就想要他們受到懲罰，我想讓他痛苦，我想發文曝光這對狗男女！我想讓他的粉絲看看他是什麼人！」

「一個男人對妳沒感情了，背著妳出軌，妳再怎麼曝光他，對他而言影響都只是一時的，網路上每天發生那麼多奇葩故事，輿論很快就有新的討論和關注問題，他完全可以靠時間洗白。而妳手裡唯一的談判籌碼目前可以說就是這份他的出軌證據，妳這麼快就把自己的牌出完了，如果曝光的時候沒想好想要什麼，那這場離婚分割案例，妳已經失去所有主動權了。妳老公大可以想著反正被曝光了，那就躺平吧。」

顧雪涵循循善誘道：「最能報復一個男人的唯一方式，就是讓他損失錢，就是離婚分走他所有能分走的財產，讓他知道不守婚姻契約就是這種下場。」

顧雪涵的聲音冷靜而理智：「妳為了一個男人要死要活，都不會讓他記住妳，只有帶走這個男人的錢，他才能記妳一輩子。男人可比女人現實得多，妳就算現在拿了刀把妳學妹刺死，或者帶著妳和他共同的孩子跳樓自殺，妳老公是會痛苦一陣子，但只要他有錢，他很快就會遇到新的女人生新的孩子，妻子、情人、孩子，沒什麼是不可代替的，對男人來說，最不可代替的是他的錢和他自己。」

也不知道陳湘最後有沒有聽進去，總之，她和顧雪涵簽署了委託代理合約，希望顧雪涵能跟進這起離婚案，並爭取幫她多分割財產。

陳湘一走，顧雪涵就分配了任務給齊溪和顧衍：「根據陳湘已有的線索，你們再去查查艾翔其餘的收入情況，尤其是從他的出軌對象著手，艾翔應該花了不少錢在小三身上，這錢是屬於婚後財產的，只要有證據，陳湘是可以要回屬於自己的那一半的。」

對顧雪涵而言，這或許只是她經手的那麼多案子裡相當普通的一個，然而對齊溪而言，卻是人生裡第一個非常正式的案子。

她非常重視這個案子，顧衍也同樣。

兩個人幾乎是比拚一樣地外出調查取證，終於在一個禮拜後，向顧雪涵交出了滿意的答案卷——

「這是我們整合後梳理的艾翔的資產，包括他的版稅、還有他買給小三的一間房一輛車，但是關於他工作室的營收資訊很難拿到，一旦陳湘提出離婚，艾翔一定會把工作室的利潤做虧，不僅不願意分割這部分財產，甚至可能會炮製債務，到時候我們可能需要專業的審計團隊入駐，爭取這部分的權益。」

顧雪涵看了齊溪和顧衍提交上來的清單一眼，點了點頭：「做得不錯，那我問問你們，如果模擬下後續的操作，你們要如何處理？尤其是陳湘取證的那段出軌影片？你們打算怎麼用？」

齊溪想了想，先行回答：「如今我們已經在力所能及的範圍內，摸底調查了艾翔所有的財產，那麼接著陳湘就可以找艾翔攤牌，要求離婚和分割財產，因為她手裡有艾翔出軌的影片證據，他出軌是板上釘釘，一旦談判中他不願意對財產做出讓步，那麼只能走起訴流程。雖然法院判決時對出軌方只是酌情少分財產，但是至少影片可以證明艾翔是過錯方，我們可以竭力爭取更多的財產分割。」

顧雪涵點了點頭：「妳這算是中規中矩的處理方式，那顧衍，你有什麼要補充的嗎？」

顧衍看向了顧雪涵：「我覺得還可以同時起訴小三，當然，雖然取證的難度很大，這類案件中，能勝訴的都是出軌方願意回歸家庭配合原配妻子，提供當初給小三金錢的流水明細和轉帳證明，原配妻子才得以勝訴，一旦艾翔不配合，我們勝訴的機率不大，但起訴小三至少能讓小三自亂陣腳，把她拖進訴訟的流程裡，她不得不分心和精力請律師周旋，被拉扯進負面情緒裡，很大機率她會開始和艾翔鬧，艾翔有可能為了她在財產分割上讓步，以換取原配放過對小三的糾纏。」

顧雪涵笑了下：「作為新人，你們兩個能想到的處理方式都還不錯。尤其是這份財產明細，可見你們還是花了功夫的。」然而顧雪涵沒有再說自己會如何處理，她只是看了下手錶，「陳湘馬上會來，我會和她溝通方案。」

幾乎是顧雪涵話音剛落，前臺的電話就來了——陳湘已經到了。

顧雪涵帶著齊溪和顧衍進入了會議室。

顧雪涵從來乾淨俐落，她向陳湘展示了取證得來的財產清單，然後就在齊溪以為顧雪涵會把自己和顧衍剛才的方案闡述給陳湘時，顧雪涵卻只是笑了笑，然後向陳湘提供了一個完全不同的方案——

「配合妳在自己家裡合法取證的監視器影片，以及艾翔簽訂的影視版權合約，我們完全可以不進入訴訟繁雜的流程，僅僅透過談判，最終達成妳能分割到大部分財產的協議離婚方案。」

別說齊溪，就連顧衍此刻也微微訝異地瞪大了眼睛。

顧雪涵不是在吹牛吧？都說了律師不可以對客戶誇大所能達成的案件結果，僅僅透過這些證據，男人到離婚翻臉這一步，撕破臉皮可是很難看的，才不會顧及情誼或者自己是過錯方，就對財產分割進行讓步。

然而顧雪涵卻相當自信，在齊溪和顧衍不可置信的目光裡，她拿出了陳湘此前補充提供的《逢仙》影視授權合約影本——

「注意看第十五條違約責任這裡：『簽署本合約至首輪播出完畢之前，如果乙方作者出現犯罪、違法、違反公序良俗、黃賭毒、婚外情第三者等嚴重違反社會道德的負面新聞，或出現違反國家新聞出版廣播電影電視總局有關規定的行為，導致自身聲譽、形象受到負面評價，給甲方、授權作品、改編作品造成負面影響的，甲方公司有權解除合約並要求乙方作者退還授權許可費，並賠償甲方公司及影視專案投資方的所有經濟損失，包括但不限於改編作品的總投資金額、維權律師成本等』。」

顧雪涵勢在必得地笑了笑：「如今《逢仙》正在熱播，這時候如果妳以這段出軌影片公開譴責艾翔婚內出軌品德敗壞，並且出軌方還是在《逢仙》中飾演女三的演員，按照如今廣電對失德藝人的管理，外加艾翔作為一個知名寵妻人設的作者，出軌對他帶來的負面影響，恐怕是很大很大的，絕對會對《逢仙》播出造成負面影響，這時候影視公司如果要索賠，妳覺得艾翔吃得消嗎？」

「何況他只要未來還要吃寫作這碗飯，如果口碑徹底壞了，未來的作品是否能授權得出去？或者就算能授權，影視方一定會評估他負面新聞帶來的風險，勢必會對他的版權價格進行壓價，有些甚至會為此解約索賠，總之，對他的影響是空前的。」

顧雪涵講到這裡，看向了陳湘：「如今妳卡在《逢仙》播完之前去找他談判，只要我們律師介入，會把握好談判尺度，不會涉及敲詐勒索，絕對可以圍繞這個條款，讓艾翔不得不讓步共同財產的分割，以保全他後續未來的發展。」

顧雪涵娓娓道來，但一席話，讓齊溪和顧衍都有種恍然大悟的感受——

法律維權是一個系統性的工作，所有割裂的證據糅雜起來，或許都能成為推動性的關鍵邏輯鏈。

因為《逢仙》這個影視合約早在幾年前就簽署完畢，當時的收入艾翔也早就用於工作室注資和購買登記在自己父母名下的房產，因此不論齊溪還是顧衍，都沒有想過再關注這筆錢和合約，而是全盯著工作室近期的財務帳本問題去思考了。

齊溪只想到了站在陳湘的立場，用陳湘所有可用的力量去對抗艾翔，卻沒想到借力——

個人和個人對抗裡，尤其婚姻中永遠很難做到徹底碾壓，尤其要是其中有錢的一方早就有針對性地做過財產隱匿等舉動，另一方很難是對手。但如果引入資本方，藉著資本方的力量去對抗個人，那簡直事半功倍。

顧雪涵望著齊溪和顧衍：「做《逢仙》的這家影視公司，前兩年剛因為一個主演失德違法，導致一個上億投資的項目最終無法播出，當初影視合約裡都沒有讓主演藝人簽署這些違約條款，因此這上億的投資損失就只能自己打掉牙齒和血吞了，但所有公司都只會跌倒一次，一旦吃了某方面的苦，未來合約裡對這方面的條款規定會越發苛刻。所以我留意了下《逢仙》的合約，果然發現了這個對我們有利的條款。」

齊溪的心裡升騰起了對顧雪涵徹底的崇拜和佩服。

顧雪涵能這麼年輕就升為合夥人，是真的有兩把刷子的。

對顧雪涵另闢蹊徑的方案，齊溪非常雀躍，因為她這個方案，絕對能幫陳湘爭取到最大的權益。

這本來是個絕好的消息，陳湘也顯得有些意外。

顧雪涵笑了下：「所以，要按照這個推進嗎？沒問題的話我們隨時可以推進和艾翔的談判。」

到底是多年的感情，陳湘事到臨頭，反倒有了一些猶豫：「等我再考慮兩天，畢竟談判之前孩子這邊的情緒和安排也要顧及到……」

陳湘在齊溪給出暗示後，離婚、要求查清財產明細都很主動，雖然最後有些猶豫，但齊溪從沒想過三天後她再來競合所，態度卻是天差地別了——

「顧律師……你們做得很好很專業，但我……」

顧雪涵挺耐心：「妳還有什麼顧慮嗎？」

陳湘嚅囁了片刻，但最終還是鼓起勇氣說出了自己最終的決定：「我不打算離婚了。」

顧雪涵表情很鎮定，然而齊溪卻徹底愣住了。

這是什麼峰迴路轉的發展？最初表現出完全不能接受艾翔出軌的不正是陳湘嗎？怎麼才過了幾天，她的態度就有了雲霄飛車式的轉變？

顧衍也頓了頓，顯然也和齊溪一樣意外，他皺著眉問道：「艾翔打算回歸家庭了？」

一說起這，陳湘的表情就很痛苦：「我沒忍住，質問了他，沒想到他一點也沒覺得愧疚，反而很肆無忌憚，告訴我就是對我沒感情了，我要離就離，錢和房可以稍微多給我一點，孩子他一個都不要，可以給撫養費，我看他的態度甚至都願意放棄目前的共同財產，只要我簽署保密協議，不曝光他們狗男女的行徑，還和我說好聚好散，給孩子一個體面。」

既然對方都肯主動談判了，還表現出了讓步，這本來是好事啊。

「他不是真的心中有愧才願意說房子跟錢稍微多給我一點，而是因為他這個《逢仙》的熱度目前還在持續上升，他目前的ＩＰ價格水漲船高，甚至有不少影視公司願意高價預訂他還沒寫的小說，但他為了防止這些成為婚內共同財產，都拒絕了簽約要求，只等著和我離婚分割完現有明面上的那些財產，然後和那個賤三結婚，之後再光明正大的簽一個個高價的影視合約。」

陳湘原本是個溫婉的女人，如今臉上卻是扭曲和仇恨的表情：「他想得美，他急著想擺脫我，我偏不讓，我就要耗死他。他從一文不值到現在大紅，都是我默默付出和投資的結果，現在我轉身離開，拱手把自己打下的江山讓給來收割勝利果實的下賤小三，沒門！」

齊溪終於有些忍不住了：「可他明顯對妳已經沒有感情了，這段婚姻已經名存實亡了……」

「只要我在一天，我那個白眼狼學妹就別想上位，就不是他名正言順的妻子，他對我再沒感情，還不是只能喊我老婆，只能在社群晒和我的恩愛？我就要讓這個下賤的小三沒有名分，這輩子沒辦法光明正大地和他有關係！也絕對不會放任他們兩個把我甩開，把艾翔後續高價的影視版權收益正大光明地變成他們的婚後財產！」

「……」

陳湘還是按照顧雪涵團隊付出的勞動成果支付了律師費用，也最終恢復了得體的模樣，感謝了顧雪涵一行人的幫助，但她顯然主意已定，是堅決不打算離婚了。

陳湘離開競合所的時候是齊溪去送的，她看著眼前如鬥雞一般精神不正常又亢奮的陳湘，想起一開始陳湘溫婉優雅的模樣，心裡是難以形容的難受。

陳湘在艾翔身上已經浪費了近十年的青春，但如果及時止損，至少下一個十年，下下個十年，都還可以有自己的人生……和漫長的人生相比，陳湘多年輕啊……

這是何必。

然而對於白忙活一場，顧雪涵反倒是很淡然，她看了明顯因為這案子戛然而止而有些失落的齊溪和顧衍一眼，挺語重心長：「習慣就好，很多民事糾紛的當事人，都可能在律師做了大量前期工作後要求撤回起訴的，其中尤其是婚姻糾紛，很可能一開始都提著菜刀互砍了，結果一到法院兩人抱頭痛哭回憶往昔了。」

「做律師，就要做好當事人隨時可能反悔的準備，陳湘至少是個支付了前期費用的好客戶，多的是因為改變主意不離婚，直接賴掉律師費一分也不願意支付的客戶呢。」

顧雪涵很快就轉頭忙自己另外的案子了，但齊溪還是有些遺憾和失落，她轉頭看向了顧衍：「顧衍，你說為什麼陳湘不願意離婚呢？她這個舉動聽起來是耗死艾翔，可同樣被捆綁在一段沒有愛只有背叛傷害的婚姻裡，何嘗不是也耗死了自己。」

顧衍收好了筆電，眼神低垂：「耗死他只是她的自我安慰和對外說辭，其實是對他還有期待對婚姻也沒徹底死心吧，所以不願意放手，尤其不願意接受對方真的已經不愛自己的這個事實，更不能接受離婚後對方就會和小三開展新的生活。所以嘴上說著是為了耗死對方，實際是自己有執念。要是真的想要報復對方，也不會把自己這樣搭進去。」

齊溪不明白了：「可離開一個渣男或者渣女，不應該是很容易的嗎？畢竟渣男對陳湘也不好，財政大權也沒交給她，繁雜的育兒工作也是甩給她的，出軌後攤牌離婚甚至一個孩子的撫養權都不爭奪，可見對孩子的親職投資不多，應該很少和孩子相處，也沒什麼感情，最重要的是，如今心和身體都不在陳湘那裡了……」

顧衍抿了抿唇：「沒有妳說的那麼容易。」

一般而言，女性才更容易在這個時候同理被背叛的妻子，但顧衍這番話，倒像是很感同身受的樣子……

突然一個激靈，齊溪終於反應過來顧衍為什麼這麼敏感細膩了——可不是感同身受嗎？

他不是喜歡一個女生，結果女生不喜歡他，他還要繼續喜歡人家嗎……

這可不是和陳湘的心態有些相似嗎？明知道應該死心，但就是不願意放手，自己耗死自己……

這聽起來實在有些悲情和可憐了。

一瞬間，齊溪對顧衍的眼神都忍不住憐愛了：「你就這麼喜歡她啊？」

顧衍愣了愣，然後大概是想到齊溪說的是自己喜歡的女生，他的睫毛垂下來，避開了齊溪的眼神，抿緊了嘴唇。

「工作時間別談這種無關的話題，我先走了，妳收拾一下會議室。」

這男人說完，轉身走了。

顧衍的態度越這樣，齊溪心裡的焦慮就越嚴重。

她總覺得自己是有罪的，畢竟就算澄清了誤會，但顧衍這個口碑……還是拜自己所賜，人家女生可能先入為主受了影響也難說。

何況顧衍失戀，那麼顧衍就不快樂，顧衍不快樂，就會想遷怒，那找什麼遷怒？自然是成天在他眼前晃蕩毀了他清譽的自己……

齊溪想想顧衍，再想想顧雪涵，感覺前有狼後有虎，這日子著實不太好過，尤其明天週五，顧雪涵會分別找她和顧衍談話，梳理一下一週以來的工作完成情況，並一對一給出一些工作建議和指導。

唉，自己還是得加把勁，齊溪想了想，趕緊又從網路上下單了一顆榴槤，今天下班爭取再拉攏下顧衍，捨命陪君子，再一起吃一次榴槤！交情，都是吃榴槤吃出來的！

第三章 感情世界的謎

齊溪覺得自己都快漸漸適應榴槤的味道了，第二天起床想起昨天的一頓榴槤，顧衍和自己的關係可能又進一步了，對未來再次充滿期待。

只是她沒想到，這期待很快就熄滅了。

顧雪涵找完顧衍單獨談話，就輪到了齊溪——

「因為你們是新人，每個人對案件的適應能力和處理能力不同，所以我也會調整分配給你們的工作量，妳先說說入職以來的工作安排，對我交辦任務的處理情況。」

其實入職以來，顧雪涵交辦的多數是零星的任務，包括修改合約、幫忙解答顧雪涵常年法律顧問單位的法律問題，以及幫顧雪涵梳理案件的基本案情，整理證據和證據名錄等，這些事項齊溪都保質保量很快完成了，陳湘的案子，目前因為她決定不離婚，也算告一段落，齊溪手頭唯一沒完成的……

就是顧衍的那個名譽侵權案……

果不其然，顧雪涵也想起來了：「哦，還有顧衍畢業典禮那件事，妳打算怎麼處理？」

齊溪心跳如鼓，但還是決定另闢蹊徑垂死掙扎：「顧律師，名譽權侵權是自訴案件，只有顧衍本人才是適格原告，雖然您是他的姊姊，但是顧衍本人不想追究的話，光是我們想幫他維權其實也沒用……」

比起顧衍，顧衍的姊姊好像更難搞定！畢竟顧衍都沒有動作，顧雪涵卻彷彿準備盯著這件事追根究柢。

齊溪心裡一下子閃過了好幾個方案，比如顧雪涵發現後大發雷霆要把自己逐出團隊，她就靠著榴槤之情，跪求顧衍來替她求情……要是顧衍不同意，就答應承包他這輩子的榴槤……

結果齊溪腦子裡亂七八糟的想了一堆，顧雪涵聽了她的話，卻只是輕笑了下：「恭喜妳，通過了我給妳的第一個小考驗。」

啊？

在齊溪詫異的目光裡，顧雪涵挑眉看了齊溪一眼：「我當然知道名譽侵權案是自訴案件，我再想替顧衍維權，也沒有用。」

「但透過這件事，我只是想告訴妳，很多新人會對老闆的話通盤接受，即便老闆說的東西裡有低級的原則性錯誤，但因為對老闆存在濾鏡或者基於對權威的服從，不願意去指出上級犯的錯誤，就盲目地接收了錯誤的資訊。」

顧雪涵喝了口茶：「這是我給妳上的第一課，我雖然是妳的帶教律師，但是我未來也會犯錯，甚至可能會犯很多低級錯誤，之後我們的合作裡，一旦妳發現這樣的問題，一定要及時指出，我也隨時歡迎你們指正。」

原來如此！齊溪內心感激涕零地鬆了口氣。

顧雪涵抿唇笑了下：「不過，那個女生到底是誰？」

「您不是說了不打算幫顧衍維權了嗎……」

顧雪涵的表情優雅而冷靜：「哦，除了考考妳外，幫他維權這個理由比較冠冕堂皇，我也想看看是誰把他罵成這個樣子。讓妳找影片，也不是真的要取證，我就是好奇，想看看他當時是什麼表情，顧衍遭遇這種事，還挺難得的，我留個念吧。」

「……」

「所以，那個影片還能找到嗎？」

「……」齊溪有點震驚，顧衍真的是顧雪涵的親弟弟嗎……

顧雪涵大概知道齊溪心中所想，但卻毫不在意：「顧衍是成年人了，未來又是從事法律行業的，他自己是獨立的個體，有能力判斷要做什麼，既然他不想追究，也不想澄清，那只要自己能承擔這個後果和責任，我也不會干涉。」

「……」齊溪小心翼翼試探道：「那如果以後被妳發現那個女生是誰，妳會不會為顧衍伸張正義啊？」

「我不會。」顧雪涵想也沒想就乾脆道：「我就想看看是什麼厲害角色，能讓顧衍吃了這麼大虧還全身而退。我從小和顧衍一起長大，仗著自己大他幾歲想欺壓他就沒一次成功。」

齊溪想，您還是不要知道了，厲害角色本人正在您面前晃蕩呢，也就是一條菜狗罷了。

好在顧雪涵確實並不打算糾結顧衍的話題，很快又轉回了主題，她簡單評論了齊溪入職以來的工作表現，並指出了幾個細節上的小注意點，鼓勵齊溪再接再厲。

雖然只是短短半小時的談話，但齊溪從顧雪涵辦公室出來，只覺得自己彷彿是刑滿釋放人員，如今已經改造成功，從此以後晴空萬里，就剩下好好做人了。

顧雪涵並不會盯著畢業典禮演講的事不放，自己腹背受敵的情況大有緩解，如今只需要團結、緊張、嚴肅、活潑地好好和顧衍培養同事情，搞定了顧衍，只要顧衍不戳穿自己不去告狀，自己在顧雪涵眼裡就是一個正直上進的好青年。

齊溪的心情頓時大好，這天午休她正準備好好研究一下《民法典》裡的一些專家解讀，結果她爸的電話就來了。

自從齊瑞明拒絕支付齊溪去美國念書生活的費用後，齊溪就和他冷戰了。她也是憋著一股勁，從家裡搬出來並且進了競合所工作，如今見了爸爸的電話，心裡說不高興是假的，畢竟是父女，沒有隔夜的仇，想必自己的爸爸最終也能想明白理解自己，尊重自己的職業選擇。

『溪溪，進了事務所後是不是很忙？今晚有空嗎？』

見父親關心自己，齊溪的態度也軟化了下來：「今晚有空，整體都還行，剛進來，很多事情還沒上手，其實挺空閒的，大量的時間可以用來自我學習……」

作為實習律師，在從學生過渡到律師的階段，齊溪其實有很多感悟想和齊瑞明分享，不過齊瑞明看起來很忙：『爸爸馬上還有個會議要開，今晚一起吃個飯，等等我把地址和時間傳給妳。』

雖然有些失落，但齊溪多少還是期待的，雖然自己的爸爸創立的只是個小事務所，但畢竟是事務所合夥人，他人肯定是忙的，但即便這樣還能勻出晚上的時間當面好好聊，可見爸爸對自己還是重視的。

很快，齊瑞明就把晚餐的地址和時間傳來了，是一家挺出名的米其林二星餐廳，齊溪心裡那點不痛快徹底煙消雲散了，這高級程度，可見爸爸還是上心的，齊溪如今也做了律師，覺得和爸爸更有共同話題了，晚上一定能聊得很開心冰釋前嫌。

以往每次家庭聚餐，齊瑞明永遠是行色匆匆遲到的那個，然而齊溪沒料到，等她下班後趕到餐廳，齊瑞明竟然先到了。

可惜齊溪還沒來得及感動，就發現齊瑞明還帶了一個年齡和齊瑞明相仿的中年男人以及一個和齊溪差不多年紀的年輕男人。

「溪溪，快來見見妳李伯伯，還有他的兒子李陳新，你們兩個年紀差不多，我想著妳正好剛工作也不太忙，多結交結交同齡朋友，就一起約來吃頓飯。」

齊瑞明笑得開懷：「李伯伯是爸爸的大客戶，我們平時熟得很，這次我們兩家人一起認識認識，下次啊，妳就和陳新單獨約就行了，畢竟我們老一輩和你們年輕人關注的事情都不一樣，興趣愛好也跟不上你們年輕人，我們就只知道聊點工作，哈哈哈哈，你們共同話題才多。陳新是澳洲回來的，一表人才，妳有什麼事情啊，可以多請教他。」

齊瑞明心情看起來大好，但齊溪心情就完全相反了。

就是再笨她也看出來了，今晚根本不是自己的爸爸找自己聊聊工作學習，齊瑞明也沒耐心傾聽齊溪的生活工作感悟。

說到底，自己的爸爸腦子裡還是那一套封建糟粕——女孩不需要追求事業，早早找個好人家結婚生子才是正途。

自己才剛剛畢業，自己的爸就已經開始幫自己張羅起相親了！

果不其然，沒聊兩句，齊瑞明和所謂的李伯伯，就找了個工作上要忙的藉口提前溜走了，包廂裡便只剩下了齊溪和李陳新。

坦白說，李陳新長得不算醜，甚至也很自來熟，挺能聊，並不會冷場，但……

「妳去過國外嗎？沒去過？哦，那有點 pity 哦，我每年都會 travel abroad，最近上個月剛去了 Alaska，前幾天剛從 L.A. 回來，可惜沒早點認識妳，不然我就在那邊帶個 gift 給妳了，CHANEL 的包或者別的之類的，妳有喜歡的 brand 嗎？」

「我最近在研究車，前幾天去試駕了朋友的法拉利，覺得那個引擎聲音太吵了，還是暫時不買了。」

「……」

這男人熱衷的話題齊溪一點興趣也沒有，她勉強維持著禮貌的笑，不時嗯嗯啊啊應付一下，結果對方滔滔不絕，根本沒給齊溪講話的機會，而且看起來對齊溪相當滿意，話裡行間都快以齊溪的男朋友自居了。

好不容易插上嘴，齊溪的求生欲很強：「不好意思，我去一下洗手間。」

幾乎是一離開包廂，齊溪就躲進洗手間打電話給趙依然求助：「妳五分鐘後打電話給我！」

趙依然從善如流，齊溪整理了下儀容回了包廂，五分鐘後，電話準時響起。

齊溪一臉柔情蜜意地對著電話唱起了獨角戲：「啊？妳要來接我哦？行，那我等妳哦。」

她掛了電話，抱歉地看向了李陳新：「不好意思，我男朋友馬上會來接我，有點事，我先走啦。」

一般人說到這個地步，對方會立刻接收到婉拒的訊息，也不再強求，以一種比較禮貌安全的方式結束這次烏龍相親。

可惜齊溪沒想到，這個李陳新並不是一般人，齊溪掛了電話，他卻不讓齊溪離開，這男人堵住了包廂的門，晃動著自己的超跑鑰匙，一臉寫滿了自信和了然：「妳剛才出去，是找朋友打電話給妳裝樣子嗎？我知道妳和我之間家庭差距還是有一點大，都不屬於同個階層了，但不必用這種方式試探我，也沒必要因為這樣沒安全感，妳放心，我對女朋友都很好，不會在意妳是高攀還是不高攀的。所以不用裝有男朋友來刺激我，我在感情裡，從來都是掌握主動權的那一個，我討厭別人給我制定規則或者步調。」

「……」

見過自我感覺良好的，沒見過自我感覺這麼良好的。

齊溪沒辦法，只能再偷偷傳訊息給趙依然求助：『妳有熟悉的男性朋友嗎？能找一個來假扮我男朋友接我一下嗎？好讓這男的從源頭上死心！我快受夠了！』

可惜趙依然愛莫能助：『我熟悉的男的妳也知道，就我弟，今年十三歲，就算姐弟戀，和妳這年齡差也太驚世駭俗了……』

齊溪沒死心，又問了幾個自覺關係還可以的男同學，可惜不是去外地出差了，就是有別的事走不開。

她翻了一圈好友，就在快要絕望之際，突然福至心靈般地想到了。

這不是有顧衍嗎？！

如果沒記錯，今晚顧衍有個合約臨時要加班改，恐怕這時候還在所裡呢，離這間餐廳並不遠！

雖然並不抱太大希望，但抱著死馬當活馬醫的心態，齊溪又號稱要去洗手間溜出了包廂，然後打電話給顧衍——

「顧衍……」

結果齊溪話還沒說，顧衍那邊的拒絕倒是先來了：『今晚不吃榴槤。』這男人像是生怕齊溪破費一般，幾乎是飛快地補充道：『我自己已經吃過了。』

對榴槤的愛也太過頭了吧！怎麼什麼事都想到榴槤啊！

自己才不是要和他講榴槤的事呢！

齊溪清了清嗓子：「行行行，今晚不吃榴槤，明天再吃，我就是今晚有個忙想請你幫一下。」

顧衍的聲音重新冷靜下來：『什麼事？』

雖然挺糗的，但齊溪還是大致簡單講述了下自己的窘境，然後她求助道：「你能來假扮一下我男朋友救救我嗎？」

大概是這個請求真的太過奇葩，電話那端的顧衍聲音聽起來果然不高興：『所以妳在相親？』

「要是不方便就算了……」

『方便。』

好在就在齊溪覺得求救無望之際，顧衍答應了她的請求，這男人相當雷厲風行：『地址傳給我。』

競合所離齊溪的用餐地點雖說不遠，但一路上紅綠燈相當多，這個時間又是塞車尖峰時段，按照預估，顧衍最快也要二十分鐘左右才能到，然而十分鐘後，齊溪就接到了顧衍的電話。

『到了，出來。』

齊溪心裡幾乎充滿了感恩，她轉頭看向了還在自我吹噓的李陳新：「不好意思，我男朋友來接我了，我們之後約好一起看電影，就不和你聊啦，這次認識你很愉快。」

直接再次跟對方強調自己有男朋友明顯不合適，畢竟李陳新已經表示不信齊溪的說辭了，齊溪要是再說什麼，對方說不定會覺得空口無憑，還覺得齊溪過分矯情。如今這樣順其自然地引出自己非單身真的有男友來接，既不太駁對方的面子，照顧了對方的情緒，也確實能取信於對方，再恰當不過了。

聽聞齊溪有男朋友來接，李陳新果然愣了愣，他有些意外，但到底也是聰明人，很快就有些了然：「妳爸不知道？」

「嗯。」齊溪笑了下，信口雌黃道：「還沒告訴我爸，剛談的。」

「既然剛談，感情也不深，不然妳分手跟我吧。」

不等齊溪婉拒，有一個冷硬的男聲便替她回答──

「不會分手。」

齊溪回頭，看到了顧衍的臉。

他的聲音還帶了點喘息，像是剛跑過步運動過的樣子，但意外的非常性感。

這男人身高腿長，此刻還穿著今天跟著顧雪涵去開庭而換上的西裝，顯得挺拔又充滿了菁英氣質，只可惜這位菁英臉色有些沉，模樣冷峻拒人於千里之外。

哇！顧衍也太厲害了！這一秒入戲的能力！齊溪就差幫顧衍拍手了。

顧衍都這麼講道義了，齊溪自然也從善如流，她像是頗為嬌羞般地笑了下，然後就蹦跳著走到了顧衍身邊，挽住了他的手，然後抱歉地看向了李陳新：「不好意思可能給你添麻煩了，這頓飯我來請吧。」

李陳新用帶有敵意的眼神看向了顧衍，然後看了齊溪一眼：「不用了，我來買單吧，這家店對普通工薪階層而言很貴，但對我而言沒什麼。」

顧衍面無表情地打斷了李陳新的炫耀：「我已經買過單了。」

李陳新顯然非常不悅，他又一次攔住了齊溪，有點皮笑肉不笑的模樣：「這個時間，挺難攔到車的，我開車了，我送你們吧。」

顧衍一點也沒退卻，冷冷道：「不用，我也有車。」

顧衍說完，看了齊溪一眼：「走了，不要在這裡浪費時間。」

齊溪就這樣被顧衍帶出了餐廳。

齊溪一出餐廳門，鬆了一大口氣：「對了顧衍，你的車呢？」

顧衍的樣子挺鎮定，他抿了抿唇：「停得比較遠。」

齊溪不疑有他，畢竟米其林餐廳外的停車位確實都停滿了，她就這樣跟著顧衍沿著熙熙攘攘的街道走著，米其林餐廳內整個氣氛確實都帶了種昂貴的意味，但齊溪直到站在熱鬧而普通的大街上，才覺得能真正地自由呼吸。

不過顧衍這車好像真的停得有些遠，齊溪從繁華的金融街一路都快走到了小巷口，齊溪才終於聽到了顧衍的聲音——

「到了。」

「？」

齊溪望著根本容不下一輛車通過的小巷口：「啊？車呢？」

然後她就看著顧衍冷靜地走到電動車自行車的停車棚，然後掏出了鑰匙，鎮定自若地打開了一輛自行車的車鎖。

顧衍冷靜地瞥了齊溪一眼：「車不就在妳眼前？」

「……」

整體也沒說錯，確實是車……

不過……

齊溪目瞪口呆道：「所以你是騎自行車來的？」

「嗯。」

可如果是騎自行車，從競合所到這餐廳，怎麼也要花十五分鐘，顧衍是怎麼做到十分鐘就到了？

可能是騎很快吧，畢竟腿長……

雖然顧衍的自行車有後座，但齊溪還是有些不好意思坐，她正好剛收到顧雪涵的郵件要她加急研究一個無形資產入股比例問題，也打算去競合所裡，於是打算和顧衍一起走過去。

結果顧衍皺了皺眉：「上車。」

「這不太好吧……要不然還是你推著車我跟你一起散步走回去？正好當消消食，平時辦公室坐太久了，多走走有利於身體健康。」

可惜顧衍並不買帳，他只是言簡意賅道：「我趕時間。」顧衍抿了抿唇，「還有合約要改。」

這麼一說，齊溪立刻就愧疚起來，要不是自己請求顧衍臨時來幫忙，他也不至於加班中途還出門，說不定合約都改完了。

難怪剛才從事務所趕過來只用了十分鐘！還不是為了早點結束好回去工作嗎！

這下齊溪也不糾結好不好意思了，直接跳上了顧衍的自行車後座，顧衍沒說話，只是開始騎了。

雖然穿了西裝，然而顧衍身上還是帶了非常強烈的少年人氣息，既有點成熟的韻味，又沒有褪去青春乾淨的大男孩模樣，因此西裝配自行車這樣的搭配，竟然也完全不突兀，甚至還挺別有風韻的。

對於這一切，坐在自行車後座上的齊溪後知後覺，但路人頻繁投射來的目光最終還是讓她感知到了這一事實——所有人眼裡，顧衍都是很帥的，即便騎著自行車都很英俊。

只不過……

明明趕時間，剛才騎過來的時候也挺快的，可這回程的路，顧衍的車速並不快，甚至可以說很慢，慢到齊溪都有些忍不住了——

「你不是趕時間嗎？」

「嗯。」

「可你過來的時候只用了十分鐘，現在已經過了十分鐘了，我們離所裡的路好像還剩三分之二……」

結果面對自己的疑問，顧衍相當冷靜：「我來的時候後座沒有妳。」

這男人不怕死地補充道：「妳覺得妳很輕嗎？」

……顧衍，你禮貌嗎？

但不得不說，這樣慢悠悠地坐在自行車後座，看著這座城市流光溢彩的夜晚，看著身邊笑著走過的人群，還有偶爾拂過臉頰的夜風，和空氣裡傳來街邊糖炒栗子的香味，以及冰淇淋車的音樂，齊溪覺得心情是放鬆而愉悅的。

這才是她喜歡的觸手可及普通平凡又熱熱鬧鬧的生活。

齊溪內心突然有些感慨，忍不住由衷道：「謝謝你啊顧衍，謝謝你今晚還特地趕過來幫我解圍。」

齊溪以為顧衍會懶得理睬自己，沒想到顧衍竟然還接話了，只可惜內容差點把齊溪氣死——

「我不是來幫妳解圍的。」

這男人理直氣壯道：「妳作為團隊的一員，如果剛開始工作沒多久就談戀愛，那我的工作壓力豈不是會更大？」

是是是。

齊溪翻了個白眼，剛想反駁，結果父親的電話就打來了。

齊瑞明大概是聽說了今晚相親的後續，語氣有些生氣：『溪溪，妳今晚怎麼回事？妳這樣爸爸很難做。』

齊溪懶得理論，只堅稱道：「我有男朋友了爸爸，麻煩你不要擅自介紹對象給我了。」

『妳那男朋友家裡什麼背景條件？和妳門當戶對嗎？多半是妳學校同學吧。爸爸就勸妳一句，妳還年輕，學校的愛情頂不住現實的壓力，女孩子的婚戀嫁娶還是要聽父母的建議，爸爸這邊介紹給妳的肯定是爸爸幫妳物色把關過的，李陳新妳如果沒有眼緣也就算了，爸爸這邊還有個客戶，目前爸爸已經在為他們家企業做輔助ＩＰＯ（首次公開發行）上市了，他的兒子孟凱正好比妳大三歲，下次你們一起吃個飯。』

齊溪有點厭煩：「爸！我和你說了！我有男朋友了！」

『我知道我知道。』齊瑞明這是鐵了心打算曲線救國了，他的語氣不容分說，『但年輕人多認識點朋友沒問題吧？而且妳和妳那男朋友就一定能走到底？妳多認識優秀的男青年，妳有了對比，妳才能發現妳在學校裡交的男朋友不怎麼樣。』

『爸爸先不和妳說了，我這還有個飯局，總之今天李陳新沒眼緣就算了，明晚孟凱妳見一下。』

齊瑞明身後的背景音很嘈雜，他像以往一樣，下達完指令，很快就掛了電話，空留齊溪一個人對著手機生氣。

因為齊瑞明的聲音太大聲了，這通電話，顧衍也聽得一清二楚。

這讓齊溪很尷尬。

顧衍倒是沒說什麼，他只是繼續騎車，但等過了一條馬路轉了個彎，這男人到底沒忍住，語氣也挺陰陽怪氣的——

「妳相親局倒是挺多的，今晚忙完，明晚又要上了，明晚如果失敗了，後天是不是再繼續？」

也不怪顧衍有意見，作為新手，顧雪涵安排工作常常讓齊溪和顧衍兩人一組，即便自己不是主動的，但要是每晚都要被迫去相親，顧衍肯定有意見……

齊溪覺得自己完全能理解顧衍。

「我也不想去，但那是我爸的客戶，完全不去，他也不好收場。」齊溪一邊說一邊靈機一動，想出了個辦法，「不然這樣，明天我就去晃一下，到時候我傳訊息給你，你就中途打通電話給我，我好謊稱有事要走，萬一再遇到今晚那個那麼難纏的，你就過來接我一下？」

「最近我手頭的工作確實有點多。」顧衍看起來像是深思熟慮了一番，然後他像是勉為其難答應了齊溪的請求，「但我工作效率很高，所以稍微浪費一點時間問題不大。」

顧衍這人，其實還挺上道的！

齊溪當即感恩道：「明天我就請你吃榴槤！」

顧衍這人倒是不邀功，他當即拒絕了齊溪：「不用。」

這男人飛快道：「不用請我吃榴槤了。同學和同事之間，不需要這麼客氣。」

那太好了！

一顆貓山王榴槤說實話也不便宜，齊溪如今為了證明給齊瑞明看，自從工作後就不跟家裡要錢了，可實習律師的薪水並不高，扣掉房租的費用，剩下的生活費本來也就緊俏，以後要是不用買榴槤，可不是正好節省了一波開支嗎？

只是齊溪還沒來得及高興，就聽顧衍接著道——

「請我吃點別的。」

「啊？」

顧衍鎮定道：「我沒錢了。」

齊溪瞪大了眼睛：「不是幾天前剛發薪水嗎？！」

此刻已經到了競合所樓下，顧衍停下車，從車上下來，看向了齊溪，面無表情冷靜道：「剛才幫妳結帳花完了。」

怎麼忘了這件事！

齊溪立刻向顧衍要了帳單，結果接過來一看，她人就暈了——三千多！剛才那頓飯竟然花了三千多！米其林二星竟然這麼貴！

齊溪痛心疾首：「早知道我剛才應該吃完再走的！」

因為急著從剛才那尷尬的場景裡離開，齊溪幾乎沒怎麼動筷，上的菜還剩了好多。

齊溪一想到這裡，一臉悲憤地看向了顧衍：「這麼貴，你就不應該付呀！你這人也太實誠了吧，萬一你付完我賴帳不還給你呢？」

顧衍此刻正彎腰鎖著自行車，因此他的聲音也有些不真切：「不還就算了。」

此刻一陣風過，路邊的香樟樹葉發出了沙沙聲，在這背景音裡，顧衍冷淡疏離的聲音像是被打碎，聽起來彷彿都有種破碎的美感——

「這樣我就對妳死心了。」

不過就在齊溪打算探究這句話末梢的語氣時，風停了，連帶著顧衍剛才彷彿有一種脆弱的氣氛也不再，齊溪聽到顧衍用非常正常的語氣繼續講著剛才未盡的話語——

「對妳人品看清了，可以自動和妳劃清界線，不用培養什麼塑膠同事情了。」

原來如此！

「你放心吧顧衍，我會對你負責到底的！這錢我暫時肯定無法一次還清，我分期付款！在此之前，我管你的飯！」

如今為了省錢，齊溪大部分時候晚飯都自己下廚，無外乎就是多煮一些量罷了，負擔並不重，完全可以把顧衍邀請到和趙依然合租的房子一起吃頓晚飯。

不過自己曾經對顧衍犯下重大錯誤，雖然如今顧衍的情緒看起來比較穩定，但萬一哪天不順心，又把自己告發了怎麼辦？

齊溪覺得回家還是得翻翻「顧衍大全」，做飯迎合顧衍的口味！

齊溪覺得自己暫時沒了近憂遠慮，此刻幾乎已經把握住了自己的人生——自己的爸爸應付過去了，顧衍和自己的關係看起來也沒那麼水火不容了。

她對自己的工作再次充滿熱情，只覺得越幹越順暢，然而坐她旁邊的顧衍，倒是一早來就有些心事重重的樣子。

當別人遇到困擾時，挺身而出排憂解難，這完全是朋友的最佳打開方式！

齊溪覺得自己不能錯過這個機會，畢竟今晚相親，還要靠顧衍打掩護。

齊溪狠下心花錢買了塊好吃的榴槤千層，趁著午休的時間，決定以顧衍熱愛的美食打開話題：「顧衍，你是案子上遇到什麼麻煩了？」

結果大概是提及顧衍的煩心事，這男人看著榴槤，臉色顯得更差了。

齊溪熱情道：「有什麼我可以幫忙的嗎？」

顧衍大概是為這案子都有些食欲不振了，很勉強地吃了兩口榴槤蛋糕，就放下了湯匙，他顯然不想說，但抵不住齊溪不斷追問。

最終，這男人垂下了視線，簡單說明了情況：「是一個撫養權糾紛的案子，我已經梳理完畢所有的證據和資料，應訴書也都寫好了，基本有把握我們這方可以勝訴，但撫養權案子，當事人是必須到庭的，本來明天下午開庭，當事人也答應了，結果現在反悔了，死活不願意出庭。」

「還有這種事？」齊溪眨了眨眼睛，「那可以申請延期嗎？」

「對方當事人常年居住在國外，這次也是難得回國，只有明天有空，如果申請延期，這案子不知道要拖到猴年馬月。」

齊溪聽完也有點納悶：「那既然能勝訴，你的當事人明天為什麼死活不肯出庭？」

顧衍抿了抿唇，言簡意賅地解釋道：「客戶說自己掐指一算，明天是大凶，忌出門，他如果出門一定有血光之災，死活不肯去。」

他揉了揉眉心：「他說今天下午是黃道吉日，要今天下午開庭，明天開庭就是法官要他死，他人進不去法院鬧，所以馬上要來所裡鬧了。」

這可真是……

林子大了，什麼鳥都有。

不過……

齊溪覺得自己有辦法：「這個當事人還有多久到？」

「大概半小時。」

「行，他來了以後你就拖住他，別讓他走啊，等我一下，我去去就來。」齊溪相當自信地對顧衍笑了一下，「一定能讓他明天出庭。」

顧衍臉上充滿不信的表情：「妳不知道他對黃道吉日有多迷信和固執，還是試試繼續和他講道理吧……」

這有什麼？！

半小時後，等齊溪風風火火趕回來，果不其然，會議室裡，這客戶是個老頭，正在指著顧衍的鼻子大鬧——

「你這個小律師懂不懂啊？我自己鑽研易經八卦很多年了，算出來，明天出門有血光之災，我自己算得可準了，之前也是算自己出門會遭遇不測，結果那次旅遊沒去，果然那輛巴士翻車了！全車二十幾個人，死了五個！還有十幾個都斷手斷腿的！」

「這次的卦象比上次還凶險，我如果出庭然後死了，你能負責？我不去！你讓法官今天給我開庭今天給我判決！」

顧衍倒沒有被客戶凶悍的態度嚇到，仍舊不卑不亢地試圖穩住對方情緒，然後講解其中的利害，可惜這老頭完全聽不進去，臉紅脖子粗的，一看就是情緒徹底上來了。

而齊溪拉開會議室門的聲音同時吸引了老頭和顧衍的注意力。

顧衍率先站了起來，他幾乎是快步走到門前，壓低聲音快速對齊溪道：「他的情緒不穩定，之前偶爾會有暴力傾向，這裡不安全，我來處理。」

可惜齊溪根本不怕，她自信地朝顧衍笑了下：「我找到幫手啦！你放心吧！」

她說完，轉身看向身後：「進來吧道長！」

齊溪打開了門，然後恭敬地站在門邊，把自己身後的人請進了會議室。

顧衍這才看清來人——是個穿了道袍留著仙風道骨小鬍子的道士。

這道士倒是挺有模有樣，一進會議室，就行了個挺講究的禮。

會議室裡本來正在鬧騰的老頭也被這發展驚到了，他瞪著眼睛盯著道士，又看了看顧衍：「這人是誰？」

「本人道號正陽子，修道於白雲觀，此次前來，特為這位道友算上一卦。」

白雲觀是相當有名的道觀，這癡迷易經八卦的老頭一聽，果然露出些既嚮往又狐疑的表情：「你是白雲觀來的？那易經八卦你很懂嗎？」

道士微微一笑：「自然是略通一些。」

老頭還不信：「你真的是道士？那你說說道教的四大名山是什麼？」

「自然分別是安徽的齊雲山、湖北的武當山、四川的青城山和江西的龍虎山。」

「那道教的創始人？我們的教義呢？」

這老頭倒還真的對道教挺有研究，拉拉雜雜問了一堆，道長都相當儒雅而自信地回答，沒多久，這老頭情緒就緩和了，開始恭敬地稱呼起「正陽道長」。

「這位道友，我掐指一算，你明天外出恐怕有血光之災。」

這下可好，聽正陽道長這樣說，老頭更起勁了：「怎麼不是！我就說了，我算的不會錯。」他怒目瞪向齊溪和顧衍，「你們看，道長和我英雄所見略同啊！」

「但也不是不能化解。」道長摸了摸自己的鬍子，指了指身邊的齊溪，「這位小尊者與我頗有結緣，聽聞你的遭遇，替你向我求了一個符，只要隨身攜帶，不僅明日外出無血光之災，還將逢凶化吉，從此命運坦途一片……」

道長一邊說著，一邊掏出了符紙，從布袋裡拿出了毛筆，當場揮筆即興發揮一通「鬼畫符」，還沾了點自己的口水，然後將符摺好，鄭重交給了老頭。

最終齊溪送走道長時，這老頭還如獲至寶般捧著符咒，一臉敬仰，等道長一走，他登時回頭，開始對齊溪千恩萬謝：「這位小尊者，多虧妳了！謝謝啊！我明天一定帶著道長的符出庭！一定去法院！多虧你們了！謝謝謝謝！」

看著老頭一改來時的暴跳如雷，哼著歌離開競合所的背影，顧衍的臉上相當複雜。

他看了齊溪一眼：「就這樣？」

齊溪自信地點了點頭：「就這樣。」

「那道士妳哪裡找的？真道士？」

「假的，就學校天橋下那個拉著人算命的。以前校園論壇裡不是天天有人討論他？拉著誰都是『同學你有血光之災可以買個符化解一下』，都投訴無數次了，過兩天就又來了。之前不是還賣回心轉意符嗎？結果沒一個靈的。」齊溪忍不住嘀咕道：「但烏鴉嘴挺靈的。」

「……」顧衍顯然相當無語。

齊溪搖了搖頭：「你還別說，現在人家算命的，知識儲備都挺專業的，你看看剛才那些回答，還挺鎮得住場的，糊弄糊弄一般人足夠了。」

顧衍大概是沒想到自己花那麼大精力解釋法律流程分析利害沒搞定的事，最終竟然以這種方式收場了，臉上還是震驚和不可思議：「妳怎麼說服這道士過來的？」

「兩百塊，明碼標價童叟無欺。」

「……」

齊溪嘆了口氣：「有時候吧，還是要用魔法打敗魔法，用封建迷信打敗封建迷信啊！」她笑著看向了顧衍：「怎麼樣？我是不是很能另闢蹊徑，而且解決問題還非常高效？辦案成本也才兩百塊。」

齊溪哼著小曲，心情真的相當好，她拍了拍顧衍的肩：「朋友之間，就是這樣你幫我，我幫你的。所以晚上我那個相親局，你注意看我訊息啊，該打電話的時候就打電話給我！」

果不其然，剛過了午休，齊溪的爸爸就傳來了今晚「相親」的用餐地點和時間給齊溪，齊溪想也沒想，立刻順手轉傳給了顧衍：「正常來說應該你打通電話就沒事了，但地址也給你一下，萬一又遇到個和昨晚差不多自我感覺良好還喜歡糾纏的，就只能再拜託你出面救我一下啦。」

齊溪雙手合十，朝顧衍做了個拜託拜託的姿勢，然後她想起什麼似的立刻關照道：「不過今晚的單求求你別買了，我真的沒錢還給你了。」

大概今天幫顧衍解決了開庭問題，顧衍心情看起來不錯的樣子，他點了點頭：「嗯。」

到了晚上，齊溪也懶得打扮，直接穿著職業裝到了用餐的餐廳，她本來計畫禮貌地聊天和用餐半小時，然後用訊息指揮顧衍打電話給自己。

結果到了用餐地點，出乎意料的，今晚齊瑞明幫自己找的「相親對象」竟然長得還挺帥，這男的比齊溪大了三歲，但聽說已經是家族子公司的副總了，為人挺儒雅，談吐也高雅，說話也挺幽默，光是聽他吐槽自己請的律師，齊溪就有些忍不住想笑。

雖然並沒有動心的感覺，但對方那種哥哥的氣質讓人覺得挺有親和力，和對方交談也能聽到一些企業主對法律服務的需求和期待，換位思考一下也挺好的，說不定可以做個朋友試試。

齊溪決定吃完這頓飯，她趁著間隙偷偷傳了訊息給顧衍——

『今晚這個不錯，你不用打電話給我了！』

結果不知道是不是顧衍根本沒注意訊息，半小時都沒到，幾乎是齊溪的訊息剛傳完沒多久，齊溪的手機就響了起來。

齊溪和對方正探討到創業公司法務體系的構建問題，對這一話題還相當感興趣，見勢就掛斷了顧衍的電話，結果顧衍這傢伙完全get不到自己的用意，馬不停蹄的，新的電話又來了。

齊溪這一次索性調成了靜音，她對相親對象笑了下，解釋道：「騷擾電話哈哈哈哈。」

可惜齊溪沒想到的是，十五分鐘後，響起來的不再是她的電話了，而是包廂門的聲音。

緊接著，是顧衍熟悉冷淡的聲音——

「齊溪，我來接妳回家了。」

齊溪循著聲音看去，然後在門口看到了顧衍的身影，明明今天都沒有開庭外出的事宜，並不需要穿太過正式，但顧衍此刻卻是全套西裝，一絲不苟到每個細節都近乎完美，他的頭髮也明顯打理過，多了一分成熟和幹練，配上絕佳的身材比例和冷若冰霜的臉，完全是行走的禁欲系代言人，而這位代言人，此刻正以一種正室問責般的姿態難以取悅地看向齊溪——

「還不走？」

雖然知道這是假的，但這一刻，齊溪的心還是忍不住緊張和狂跳起來。

顧衍這種人，是恃靚行凶吧。

問題是齊溪面對顧衍冷冷的目光，還真的感覺到有點被抓奸般的心慌。

顧衍嚴肅起來，氣場相當有威壓。

對顧衍的出現，齊溪整個人措手不及，本次「相親對象」自然也相當意外，對方愣了愣，才挺禮貌地看著齊溪笑了下：「這位是？」

顧衍的語氣挺冷淡：「哦，齊溪的男朋友。」

這位相親對象顯然挺有涵養，他愣了愣，看向了顧衍：「她有男朋友了？你好，我是……」

可惜顧衍的聲音極其冷傲：「我對你是誰沒有興趣。」他看向齊溪，「走了。」

直到齊溪再次坐上顧衍的自行車後座，還有些一頭霧水——

「這個聊起來還行啊，我還想多聊聊看呢，剛才我都傳訊息跟你說不用打電話啦，你怎麼連人都來了？」

顧衍騎著車，聲音很冷靜：「哦，剛才沒看到訊息，以為妳沒接電話是被對方搶走手機掛掉的，所以我還是勉為其難出來找妳一下。」

齊溪回想剛才那幕，還覺得有些頭皮發麻的尷尬：「而且你剛才的態度也太冷酷了吧！感覺我以後想和人家做朋友也沒戲了……你這個男朋友的態度拿捏得有點過頭了啊顧衍，你不覺得剛才的人設有點太善妒了？男人這麼善妒感覺不是好事啊，你剛才有點用力過度了！」

結果不說還好，一說，興許是自己投入的演技沒有得到齊溪的認可，顧衍肉眼可見的有些不高興了，這男人竟然為此開始據理力爭：「我不覺得人設有什麼問題，男人為什麼不可以善妒？妳這樣子有性別歧視的嫌疑，難道善妒是女人專屬嗎？女人可以陽剛，男人當然也可以善妒，性別不應該設限。」

齊溪坐在顧衍的自行車後座上，本來看不到顧衍的臉，但光從顧衍的聲音裡，她都能想像出顧衍的臉有多臭，這男人很不高興道：「我覺得我剛才態度已經很好了，如果我真的是妳男朋友，我態度只會更差。」

「……」大概是代入了正牌男友的視角，齊溪總覺得顧衍的聲音聽起來都有些咬牙切齒了。

對此，齊溪有點意外，因為她沒想到顧衍這傢伙竟然是這麼善妒的類型，看起來不太像啊……看起來好像挺鎮定挺穩重的呢，結果內心竟然這麼有占有欲啊？所以對自己那個白月光死也鬆不了手？

顧衍說完，頓了頓，才挺自然道：「怎麼不說話了？我來把妳接走妳很遺憾？」

齊溪整理了下思緒，沒再想亂七八糟的，她一本正經解釋道：「那倒也沒有，不過覺得這個整體還行，可以完整吃頓飯試試吧。」

「很多事就是這樣開始的，一開始覺得還行，吃頓飯，後面就覺得還行，那談個戀愛，最後就覺得還行，結個婚。我們律師為什麼總接到這麼多離婚案，就是因為這種糊里糊塗還行就將就的人太多了。」

齊溪都有點感動了：「顧衍，原來你能講這麼長的句子！你沒發現嗎？你今天真的和我講了超級多的話！」

「……」

「所以你是死也不會將就了？」齊溪想了想，到底有些好奇，「那你喜歡的那個女生，要是一直不喜歡你，你怎麼辦啊？就完全不開始另一段感情嗎？」

晚風把齊溪的髮絲吹得有些亂，她攏了攏頭髮：「當然，你要是不想談這個，那我們換個話題也行。」

然而出乎意料的是，在長久的沉默後，顧衍並沒有迴避這個話題——

「我是想過不要再喜歡她，也決定重新開始。」

顧衍的聲音一如既往的冷感和淡然，然而齊溪卻整個人都坐直了。

勁爆啊！

她即將成功打入顧衍的內心世界，從此成為能為顧衍的感情生活排憂解難的好同事，和顧衍真正意義上的冰釋前嫌！

雖然顧衍沒有更多的表示，然而當齊溪的視線越過他挺拔的脊背，齊溪發現顧衍幾乎是一提及拒絕他的那個女生，握住自行車把手的手背上是微微緊繃而突出的筋脈，這是要非常用力才會展現出的姿態。

這麼在乎對方啊……

齊溪一瞬間心裡也不知道是什麼滋味。

從大學到職場，她一門心思只想著得到父親的認可，杜絕了一切別的感情，生怕談戀愛會影響她的成績，只想著成為第一。

齊溪覺得自己一路走來，應當是不後悔的。

然而這一刻，也不知道是不是風過於曖昧，還是夜色過於溫柔，她心裡突然有些空落落的悵然，要是能被顧衍這樣全心全意地喜歡和在乎，好像也很珍貴，彷彿這樣的青春才很值得。

對於過去無法改變的事，齊溪選擇最好不要去回想，於是她看向了顧衍的後背，決定轉移自己的注意力：「所以後來呢？後來為什麼沒能重新開始？」齊溪想了想，補充道：「你如果不想說就算了。」

顧衍的聲音有點悶，但他還是回答了齊溪：「因為我每次要放棄的時候，她總是會出現。」

雖然這份青澀的悸動很動人，但……

「這完全是渣女啊！」齊溪有些憋不住義憤填膺了，「這不就是吊著你嗎？就是把你當備胎，利用你對她的喜歡，和放風箏似的，看你快飄遠了，就拉你一把把你拽回來，也太有手段了吧！你看，都拒絕你了，又不斷出現在你的生活裡，時不時讓你想起她，和毒品似的沒辦法戒斷！」

顧衍回頭看了齊溪一眼：「嗯，她是挺有手段的。」

「長得很好看？」

「嗯。」

「身材很好？」

「嗯。」

「成績呢？成績也很好？」

「嗯。」

顧衍的聲音很淡，彷彿晚風一吹，就會飄散在風裡，然而齊溪好像能從他語氣的末梢裡感知到他對那個女生的感情。

在顧衍眼裡，對方一定是哪裡都好，畢竟情人眼裡出西施。

這完全是高段位選手啊！也難怪顧衍栽了。

齊溪心下了然：「所以對你肯定也很好？」

這種女的，一定是平時打著「我當你是朋友」的口號，對顧衍溫柔似水，貼心關懷，才會讓顧衍產生自己對於她而言是特別的，自己和她有希望的錯覺，若即若離曖昧叢生，即便表白被拒絕了，還能讓人死心塌地繼續執迷不悟，才把顧衍吃得死死的。

結果一談及這個話題，顧衍的答案竟然是否定的：「不，她對我很差。」

？？？

那你還上趕著？？？

齊溪驚呆了：「對你有多差啊？」

「送給我的東西，永遠是錯的，永遠是我不喜歡的。」

顧衍一貫冷靜的聲音也難得沾染了點情緒波動，齊溪能聽出來，他其實是憋著氣的，還是有些不高興的，但大概是真的喜歡，還是忍了下來。

這也太過分了吧！

雖然不是本人，但是代入一下，齊溪覺得自己完全都要窒息了：「顧衍，你不能這樣啊！別人送你不喜歡的東西，你就應該明確地告訴她，你不喜歡這個，幹什麼要委屈自己接受呢？」

顧衍平時性格看起來很難搞，也完全不像是會委屈自己的人啊！

結果顧衍的邏輯完全讓齊溪措手不及，這男人平靜地回頭掃了她一眼：「至少她能送我。明確拒絕後，她可能都不送我了。」

「……」顧衍，男人，要站起來啊！！！

「雖然我知道你很喜歡她，但我覺得這種女生人品有點問題啊，吊著你養備胎也要有點職業道德吧，好歹要了解一下你的喜好，感覺完全不在乎你啊……你要不要換個人喜歡啊……」

這女的對顧衍也太不上心了，瞧瞧自己，自己就只是得罪了顧衍，想和顧衍搞好關係，好歹也花費精力去找了本「顧衍大全」呢，這「顧衍大全」又不難找，對方但凡做個人，也好歹能搞一本敷衍一下顧衍啊！

齊溪一想起這，登時覺得自己還是幸運的，多虧這本「顧衍大全」，自己投其所好，送給顧衍的，都是他非常喜歡的東西，才迅速在短期內和顧衍拉近了距離緩和了關係。

可惜顧衍彷彿對這個渣女鐵了心，不論齊溪怎麼說，他內心似乎也不認為對方有什麼過錯：「她沒問題，她只是不喜歡我罷了。」

雖然顧衍此刻的語氣非常平靜，但齊溪卻讀出了一種備受打擊後心死般的滄桑和充滿愛意的隱忍。

顧衍，這也太可憐太卑微了吧！

想不到平時要風是風要雨是雨，任何活動比賽都是輕鬆得第一的顧衍，竟然也有求而不得的事，齊溪一瞬間想起自己求而不得的第一名，一下就同理了，頓時覺得自己和顧衍簡直同是天涯淪落人，這完全應該惺惺相惜做一對好戰友啊！

齊溪平時不會過多干涉這種私人感情問題，但這次是真的語重心長：「顧衍，換個人吧，這女的不行，長得好看身材好又怎麼樣呢？喜歡和倒追你的人那麼多，總也有符合你要求，還能和你聊得來性格好的吧？這女的聽起來性格不怎麼樣，你還是趕緊走出來重新開始吧！」

可惜齊溪的苦口婆心，只換來顧衍的一個白眼，這男人回頭看了齊溪一眼，然後重新看向了前方的馬路：「她們又不是她。」

他聽起來像是賭氣一樣地宣布——

「我就喜歡性格差的。」

「……」齊溪簡直無話可說，男人，可真是賤啊！

但齊溪轉念一想，又有些同情顧衍，這不能怪顧衍，畢竟這女的段位這麼高，每次顧衍要放棄就出現撩撥他，顧衍飽受相思之苦，又喜歡對方喜歡得這麼死心塌地，就算理智上認清對方的真面目，感情上也過不去那個坎，還不是照樣被對方拿捏嗎？

「不然這樣，下次這女的來找你，你自己感情上沒辦法拒絕和她保持距離，你就找我，我來幫你懸崖勒馬，我來做那個棒打『鴛鴦』的人！」

顧衍都挺身而出為了幫自己擋相親局冒充自己的男友當工具人幾次了，自己設身處地投桃報李，也沒什麼問題。

結果顧衍皺了皺眉，顯然想要拒絕齊溪的提議。

齊溪有些不高興了：「怎麼了怎麼了？難道我還不夠格你嫌棄我嗎？我長得也還行各方面也都不錯吧，除了性格好了點，其他地方還是可以和你心裡那個渣女一戰的吧？」

「妳性格好？」

齊溪挺自信：「我性格難道不好嗎？」

「妳性格好妳畢業典禮當眾罵我？」

「……」

行了行了，怪自己多嘴，繞來繞去竟然把自己也繞進去了。

齊溪趕緊亡羊補牢：「總之我這個人在大家嘴裡的口碑都是性格好，但過去的事情不說了，我們還是一起展望未來吧，我們現在跟著你姊好好幹，一定能賺大錢，兒女情長這種東西只能是我們進步的阻力，我們還是來聊點別的吧。」齊溪想了想，「我們就定一個小目標，未來你賺到一千萬以後打算怎麼花？」

「給她。」

「？」

齊溪簡直沒轍了，顧衍還過不過得去那個坎了：「一千萬啊！你給那個女的一千萬要幹什麼？」

「給她一千萬，說不定當場嫁給我。」

不是吧！

齊溪簡直想翻白眼：「哇，這麼貪財的女生，給一千萬就嫁給你，是真的愛你嗎？男人要有點骨氣啊顧衍，你怎麼喜歡這麼貪財的女生！而且這女的眼皮子也太淺了吧，既然貪財，怎麼給一千萬就嫁了啊？要是我，要是真的貪財起來，最起碼一個億才嫁吧！」

「……」顧衍臉上果然露出了不想再和妳聊了的表情。

「算了算了，真給我一個億，我也不會嫁的。」齊溪坐在顧衍的自行車後座上，任由晚風吹拂她的髮絲，她盯著不遠處的車水馬龍，決定幫自己澄清，「我可能連戀愛也不會談的。」

顧衍明顯頓了頓，大概這個話題也引起了他的好奇，這男人幾乎是飛快地問了齊溪：「為什麼？」

「我爸囉，我爸從小就不認可女孩子，覺得女生做律師不行，覺得女生闖事業不行，覺得女生唯一的成功是早點找個好人家結婚生子，但我偏不，我就要讓他看看，你們男的能做到的，我們也可以做到。」

「那和談戀愛有什麼關係？」

齊溪甩了甩頭髮：「談了戀愛玩男人喪志，不就被我爸說中了？」

結果顧衍陰陽怪氣：「我看妳和今天的相親男不是聊得不錯？」

「我和今天這個相親男想完整吃頓飯，也單純是覺得對方有些閱歷對我而言可以汲取經驗，談戀愛是死也不會談的，男人，是前進路上的絆腳石。」

大概感情問題很容易讓人拉近距離，顧衍顯然對這個問題很感興趣：「那妳等事業站穩腳跟，然後才會考慮談戀愛？」

齊溪點了點頭：「是吧。最起碼事業上小有成就吧。」

「所以妳沒去哥倫比亞大學，是妳爸爸的原因？」

一說起這，齊溪就不開心：「是，他覺得女生不用讀那麼多書，逼我去個朝九晚五的穩定崗位然後早點結婚生孩子呢，我偏不，我就要在事務所長長久久幹下去，直到成為你姊姊那樣的大 par。」

不過不說還好，一提起留學的話題，齊溪就想起了顧衍：「對了，你不是就業意向調查時寫打算進事務所嗎？怎麼後來又說要去美國了？結果拿到哥倫比亞的 offer，你又不去了，能問問是什麼原因嗎？」

這個問題比較私人，換在別的時候，齊溪是不會問的，但如今氣氛正好，齊溪也敞開心扉講了自己與哥倫比亞大學失之交臂的內情，覺得這時候和顧衍友好交流下同一份遺憾，應該能拉近更多距離，說不定好好聊聊，這一晚以後，顧衍和自己就昇華成知己了！

結果就在齊溪以為顧衍的沉默是在思考如何表述他職業規劃的改變時，她聽到顧衍蹦出了兩個字——

「不能。」

「？」

顧衍的聲音挺冷靜，冷靜到齊溪以為自己聽錯了。

自己都把自己的煩惱傾吐出來了，投桃報李，也得說句什麼意思一下吧？這不是當代人正常社交的打開方式嗎？

結果顧衍倒是冷著臉，一點都不覺得自己不上道，他停了車，看向了齊溪，像是在生悶氣的樣子：「到了，下車。」

「……」

知道你不能去哥倫比亞大學心裡也不好受，但你生什麼氣嘛！

又不是我害你改變你職業規劃的！

再這個樣子，也不請你吃榴槤了！

齊溪回到家，第一件事就是轉帳給今晚的「相親對象」。

點菜後齊溪就有注意看過帳單，知道那一餐的價格，她也有對方的手機號碼，因此直接在支付軟體裡搜索到了對方，決定直接轉帳，雖然價格有點高，但AA制，也不欠人情。

然而當她按照AA的價格把一半的錢轉過去後，對方卻直接退回了錢，並附上了一則留言——

『妳男朋友已經買過單了。』

？？？

買單？怎麼又買單了？

齊溪簡直想狂掐人中，顧衍都沒和自己說啊！

她當即打了通電話給顧衍，結果面對質問，顧衍的態度相當冷靜——

『忘記和妳說了。』

齊溪有些無語：「這都能忘？你不是都沒錢吃飯了？而且我本來打算和對方AA呢，至少這樣只花一半的錢，另一半對方自己出，你一買單，我這就是整單虧損啊。」

結果顧衍還挺冷靜：『「男朋友」過來帶走自己和異性吃飯的女朋友，難道連單都不買？我當然只能騎虎難下去買單，不然那男的如果覺得妳男朋友不行，還繼續糾纏怎麼辦？』

他說到這裡，語氣又忍不住有些陰陽怪氣了：『當然，可能是我自作主張了。』

話都說到這分上了，齊溪也不好意思了，說到底，顧衍還不都是為了自己來義務幫忙的嗎！

但……

齊溪差點對著電話下跪了：「主要是我欠你的這樣就更多了……」

結果顧衍沒忍住冷哼了下：『妳欠我的，錢能還清？』這男人冷冷道：『那麼大額的都欠了，妳還怕欠幾塊錢？』

說的也是……

『少想相親談戀愛，有空多替我姊姊打工。』對面的男人冷酷道：『不說了，我要加班了，掛了。』

真是一個無情無義的冷酷男子。

不過顧衍冷酷無情，齊溪還是有情的，她翻開了「顧衍大全」，決定準備明天的飯菜。

顧衍明天下午就要跟著顧雪涵去處理那信道老頭的撫養權糾紛案，上午又還有一個客戶會議，基本上時間很趕，恐怕沒空出去吃飯。

這時候，就需要一份充滿友情的便當了！

競合所裡有微波爐，齊溪計畫得很好，自己只需要做好，等顧衍短暫的午休時間幫他熱一下就行了，不論如何，總比訂那些多油多鹽多糖的外送強！何況齊溪對自己的做飯技術還是挺自信的。

根據「顧衍大全」，顧衍最愛吃香菜、香菇、豆製品、米飯和甜的東西。

齊溪想了想，當晚就投其所好地做了一份豐盛的便當——糖醋排骨、素炒香菜、香菇燉豆腐，都是顧衍愛吃的東西，然後搭配顆粒飽滿的白米飯，最後她還撒上了一層黑芝麻，等最終裝在便當盒裡，簡直是既賞心悅目也色香味俱全。

齊溪做完飯，把留給趙依然的那份遞給了對方，趙依然接過當即是一頓馬屁亂拍，不過她的表揚顯然很不走心，因為沒過多久，趙依然又繼續滑起手機了——

「太幸福了吧！太虐狗了！」

趙依然的眼裡一片憧憬：「妳看見沒？艾翔的老婆陳湘開社群帳號了，現在每天和艾翔恩愛互動，要不要這樣啊？這對夫妻給我們這些單身狗一點活路吧！」

齊溪愣了愣，基於保密客戶資訊的原則，她不能和趙依然說什麼，只是點開手機，她很快就明白了趙依然在看什麼。

原本一直在艾翔幕後，活在艾翔社群裡的陳湘開了帳號，雖然風格很歲月靜好，但開始頻繁和艾翔互動起來，每天的生活點滴裡，也充滿了和艾翔的恩愛日常，她甚至露了臉，接受了好幾家自媒體的採訪，在訪談中大方談及了和艾翔相識相戀的細節，回味了兩個人的愛情。

訪談裡的陳湘落落大方又溫婉得體，談及艾翔，也是一臉小女人的嬌羞和愛戀，要不是齊溪切身經歷過，她甚至無法想像陳湘遭遇到了什麼——從明面上看，她和艾翔的婚姻美滿，完全看不出有任何陰霾。

陳湘是這麼演的，廣大網友也是這樣想的，網路上充斥著對她和艾翔婚姻的祝福和羨慕。

難道艾翔最終認知到錯誤懸崖勒馬了？

只是當齊溪抱著好奇的心情點開艾翔那個小明星小三的社群帳號，她就不這麼想了。

那位陳湘提攜，如今是個小明星的學妹，社群上也正頻繁地晒著恩愛——

『男朋友買給我的車。』

『男朋友特地買給我的包。』

『找了好幾家代購，男朋友才終於買到這雙適合我尺寸的鞋。』

配合著文字，這小明星晒出了豪車的鑰匙、愛馬仕的包裝袋以及名牌鞋的款式。

她字裡行間都是對男友的炫耀和占有欲，彷彿軍備競賽一樣和陳湘互相比拚著晒恩愛。

因為並沒多紅，也沒有人追根究柢去挖掘小明星的男友是誰，只是貼文下面也一片「好虐狗，姐姐好幸福，漂亮姐姐都有男友了」的祝福和羨慕。

很顯然，艾翔並沒有真的回歸家庭，小明星也並沒有就此偃旗息鼓，陳湘的婚姻恐怕正醞釀著更大的風暴。

然而礙於人設，艾翔確實只能在社群上配合陳湘互動著，在訪談裡也演技精湛地表演著顧家寵妻的男人，吃著這一人設的紅利。

也不知道，這是不是陳湘想要的生活。

不過這都和旁人無關了。

即便這麼關心艾翔的趙依然，在看了十分鐘艾翔陳湘的訪談後，也不再關心這件事，而是轉頭和齊溪交流起了最近上班遇到的奇葩案子。

齊溪也很快把陳湘的事拋到了腦後，她有更重要的事要忙——認真工作，團結夥伴。

第四章　有很多共同愛好

第二天一早，齊溪信心滿滿地帶上了便當。

顧衍果真忙了一上午，完全來不及吃飯了，齊溪瞧準時機，當即把熱好的便當遞了過去。

「顧衍，這是我特地幫你準備的午飯。」

明明自己早就研究過「顧衍大全」投其所好了，但齊溪還是打算營造出冥冥之中自己和顧衍惺惺相惜的感覺：「菜色是我隨便準備的，但我總感覺你應該喜歡吃。」

顧衍愣了愣，然後這男人垂下視線，接過了便當盒，言簡意賅道了謝。

雖然沒什麼特殊表情，但齊溪能感覺到，顧衍的心情還可以，嘴角甚至也有了點難以抑制的弧度，畢竟誰會想餓著肚子去開庭呢？自己此刻這一舉動，豈不就是雪中送炭嗎？

只是顧衍再不喜形於色，在打開便當盒蓋子的那一刻，臉上還是露出了巨大的驚訝。

這是自然。

齊溪擺盤得非常可愛，而且香菜、香菇、米飯、豆製品，甜甜的糖醋排骨，每一樣都是顧衍愛吃的，他能不驚喜嗎？

齊溪挺得意：「這是我花了一整晚做的，怎麼樣，合你胃口嗎？」

顧衍大概是感動壞了，他捧著便當盒，盯著裡面豐盛的飯菜看了許久，才終於「嗯」了一聲。

「那你要多吃點呀！你下午那個庭，應該要開挺久的！」

顧衍沒再說話了，他捧著便當盒坐了下來，然後在齊溪的注視下，開始吃了起來，只是齊溪的視線太熱烈了，顧衍在這樣的目光下，吃得多少有些不自然，齊溪甚至覺得這男人連握筷的姿勢都很僵硬。

換成自己，被人看著吃飯，多少也不習慣，齊溪登時移開了視線。

只是等她玩了一下手機，轉頭再看顧衍，發現便當盒裡的飯菜竟然已經快沒了！

明明顧衍吃飯是最慢條斯理講究用餐禮儀的，這才過了多久就吃完了？恐怕只有狼吞虎嚥才能做到。

顧衍倒是很淡定，他迎著齊溪震驚的目光，鎮定道：「趕時間。」

齊溪看了手錶一眼：「可……離開庭時間不是還有點距離嗎？」

這麼快，恐怕都沒嚼就嚥下去了！都來不及感受飯菜真正的味道！

對此，顧衍卻很冷靜，他惜字如金道：「餓了。」

還別說，顧衍大概是真的餓了，明明剛才從會議室裡出來時還精神奕奕，如今倒是一臉菜色，可見剛才當著客戶的面還必須強撐，實際早已是強弩之末，在齊溪面前，也不再偽裝了，表現出餓到恍惚的脆弱。

有點可憐。

但齊溪的心裡也大受鼓舞——她覺得自己和顧衍的距離更近一步了！畢竟平時風光霽月近乎完美的顧衍，都在自己面前展露出他脆弱的一面了！瞧瞧此刻他那虛弱的臉色！根本不是裝的，那是真真實實的苟延殘喘啊！

齊溪一瞬間充滿了關愛和友善：「晚上你有地方吃飯嗎？要不要去我和趙依然那邊吃？晚上我打算做香菜雞蛋餅、豆腐魚湯還有糖醋咕咾肉……」

結果齊溪還沒報完菜色，顧衍的拒絕就斬釘截鐵地來了：「不了！」

他眼神複雜地看了齊溪兩眼：「我最近減肥。晚上不吃了。」

「可你身材很好啊！不需要減了啊！」

「還是需要的。人要精益求精。」

「……」

不論齊溪怎麼規勸，顧衍都打定了主意，直到顧衍一臉心累般地外出開庭，齊溪還有些搞不明白，難道顧衍身材這麼好，不是鍛鍊健身出來的，而是靠節食？

好在齊溪很快就沒心思想顧衍的身材管理了，因為她收到了程俊良傳來的一則訊息——

『齊溪，能不能借我一萬塊？』

程俊良是齊溪的大學同班同學，說起來和顧衍還是同個寢室的，齊溪和他並不熟悉，只記得是個成績還不錯的男同學，家庭條件不太好，一路都是拿國家助學金過來的，原本已經保送研究所了，但為了減輕家庭壓力，畢業後就急匆匆進了一家小事務所。

齊溪把這件事傳訊息告訴了趙依然。

趙依然幾乎是立刻就回電給齊溪：『程俊良啊？竟然也向妳借錢了？』

趙依然得知後語氣非常了然，她規勸道：『妳千萬別借給他，他從上個禮拜開始就到處借錢呢，一開始還以為他帳號被盜了，結果我們核對了下，還真的是本人，他現在已經把我們班同學能借的都借過一輪了，稍微和他熟悉點的人問他借錢的原因，他都含含糊糊，藏著掖著的，一看就是有什麼見不得人的原因，果然，之前借的錢，一分都沒還呢。』

趙依然有些無語：『他也好意思，和妳不熟，竟然張口就要一萬塊，當妳是什麼有錢人啊？他還欠了我一千塊沒還呢！妳直接封鎖保平安吧。』

話是這樣講，可齊溪還是覺得有點在意。

程俊良因為長相清秀性格文靜，在大學期間其實挺受歡迎，追他的女生不少，但是也不知道是不是家境原因，他拒絕了所有追求者，過的也相當節儉自律。

只是這個節儉自律還挺有自尊心的男生，為什麼到處借錢，甚至向根本不熟的自己借錢啊？一開口還是一萬這麼大的數額？不會是深陷什麼高利貸深淵吧？

齊溪想了想，最終還是打了通電話給程俊良：「程俊良，你要借一萬塊？」

果不其然，程俊良的聲音吶吶的：『我也知道找妳借錢挺奇怪的，妳如果不方便就算了，不好意思就當我打擾妳了。』

他越是這樣，齊溪就越覺得蹊蹺，她穩了穩情緒，鎮定自若道：「一萬塊有些多，你要的話得當面寫張借據給我才行。晚上一起吃個飯，你請我。」

果然，程俊良的聲音充滿了意外的驚喜：『妳願意借給我？那太好了！妳放心，我願意寫借據，之後也一定會還給妳。』

齊溪和程俊良確定好時間地點，當即傳了捷報給趙依然：『妳等著，要是程俊良根本沒什麼苦衷，今晚不管怎樣，我至少幫妳把一千塊追回來！』

顧衍這個庭開了很久，直到快下班，他才回到了所裡，此刻的齊溪正在收拾電腦準備走人赴約，見了顧衍，她倒是想起了什麼——

「顧衍，你借錢給程俊良了嗎？他如果跟你借了的話，你把借款的證明截圖給我，我今晚和他吃飯跟他要回來，他打算跟我借一萬塊呢。」

顧衍皺了皺眉：「沒跟我借，妳今晚和他吃飯？就你們兩個人？」

齊溪點了點頭：「是的，約好時間了，我馬上走。」

結果齊溪剛準備走人，顧衍的聲音就響起了──

「我今晚沒飯吃。」

啊？

齊溪停住了腳步，有些意外道：「你今晚不是不吃了要減肥嗎？」

顧衍的聲音聽起來有點生悶氣，這男人瞪著齊溪：「我還需要減肥嗎？妳是在諷刺我胖嗎？」

「……」

明明是你自己說要減肥啊！

「總之我餓了，我要吃飯。」顧衍的聲音鎮定而坦蕩，「但是我沒錢了。」

他看了齊溪一眼，平靜道：「錢已經為妳相親買單花完了。」

「……」

好吧好吧！

「那你不介意的話，要不要和我一起去跟程俊良吃飯呢？」

顧衍的聲音聽起來有點勉強：「也行吧。」

雖然這麼說，但是他走得比齊溪還快：「在哪裡吃？」

「……」

齊溪找的是個平價的大排檔，氣氛挺熱鬧，然而到了齊溪這一桌，成了熱鬧氣氛裡的格格不入。

顧衍和齊溪坐了一排，他看著對面的程俊良，連客套話也懶得講，帶了審視和戒備，直接開門見山道：「你為什麼跟齊溪借這麼多錢？」

雖然氣氛有點沉重，但看顧衍這個樣子，齊溪想，他下面一句一定是嫌程俊良不夠意思，既然都跟不熟悉的齊溪借錢了，還不跟曾經是室友的顧衍借。

畢竟齊溪早就和顧衍講過今天程俊良和自己約飯的目的是借錢，顧衍還願意跟著一起來，恐怕和自己一樣，是有些擔憂這位同窗的，因此也不排斥把錢借給他救急，不然這類借錢宴，誰沒事願意沾上呢！都是生怕自己跑得不夠快。

果不其然，下一刻，顧衍就開了口：「你別跟她借。」

就在齊溪以為顧衍要對程俊良慷慨解囊，說出那句「跟我借」時，卻聽顧衍一字一頓道——

「她還欠了我不少錢，沒錢借給你。」

？？？

這發展好像不太對啊……

程俊良果然一臉尷尬，倒是顧衍鎮定自若地喝起茶。

沉默了片刻，程俊良終於繃不住，他嘆了口氣，一臉羞愧和無措：「對不起，借錢這件事，你們就當我沒說過吧，跟其餘同學借的那些錢，我也都記著，我一定會一筆一筆還的……」

程俊良說著，就打算起身離開，也是這時，顧衍才又再次開了口：「你缺多少？」

程俊良很侷促：「就只剩下一萬塊缺口……」

「我借給你。」

別說程俊良，齊溪也很意外，唯一淡定的就是說話的顧衍本人，這位債主抿了抿唇：「但你要坦白你到底為什麼突然需要這麼多錢。」

程俊良本來已經覺得借錢無望，如今峰迴路轉，他這段時間以來的故作堅強終於再也撐不下去——

「不是我家裡有人生病，也不是我自己提前消費去借了網路貸款，我借錢單純是因為我把一個案子辦砸了。」

程俊良說起事情起因，終於露出了疲憊和痛苦：「雖然我在學校成績算中上，但英語是拖後腿的地方，現在競合這樣的大所都要考核英語，我根本進不去，想著快點賺錢養家，所以就找了家小所入職，雖說比較小，但入職福利除了底薪外，案子裡還有分紅，聽起來自由度也挺大，只要自己足夠努力，賺的錢不會比大所差。」

「可入職後我才發現自己還是想的太簡單了，小所能接到的都是小案子，像我們這樣的新律師就更別說能拓展案源了。就那些雞毛蒜皮的民事小案子，有時候跑前跑後忙死累死，結果當事人可能突然撤訴了，或者賴帳了，或者案子無法推進了，總之是一地雞毛，錢也沒賺到多少……」

隨著程俊良的講述，齊溪和顧衍才了解了程俊良借錢的真相——

他好不容易接到了一個借款糾紛案件，標的金額雖小，但勝在有借據，資金流轉也有明確證據，是個相對而言比較好打的官司，只需要按部就班走完流程就行，可問題就出在這借據上。

「客戶把借據的原件給了我，我就放在了桌上，那幾天正好幫我的帶教律師整理卷宗，不知道怎麼的，那借據原件就被弄丟了，怎麼找都找不到。」

程俊良垂下了視線，一臉羞愧難當：「現在案子因為借據原件損毀，面臨敗訴的風險，客戶要求我把這錢賠出來，不然就要來事務所拉橫幅鬧事，這客戶甚至找人人肉搜索了我爸媽的聯絡方式，打電話騷擾他們要求我立刻把錢賠出來……」

齊溪這下終於有些明白過來：「所以大家問你借錢的原因，你死活不說是因為覺得太沒面子了？」

程俊良默認了齊溪的話：「這種事傳出去太難聽了，而且犯了這種低級錯誤，確實是我的問題。我知道大家都很好奇我借錢的原因，我本來也可以騙大家說家人突然生病急用錢這種話，但我不想騙人。」

「所以你就選擇了支支吾吾什麼也不說？」

「嗯。」

程俊良有點急切：「但我一定會還錢的，大家願意借給我，我都記得這份恩情，就是不會那麼快……」

看著程俊良身上那件洗得已經發白的襯衫，齊溪心裡也不太好受：「滅失的證據借據裡金額總共是多少？」

「十二萬……」

饒是知道這數額大概不小，一聽這數字，齊溪還是忍不住倒吸了一口涼氣，像程俊良這樣在小所開始自己職業生涯的實習律師，很可能不吃不喝，也得兩年才有這些稅後收入，更何況程俊良還有房租、吃飯交通等等開銷要承擔了……

「你說就差一萬塊了，那你跟同學們已經借了十一萬了？」

程俊良低下了頭：「我跟其餘同學還有親戚借了一共將近五萬。」

「那其餘六萬呢？」

「我借網路貸款。」

齊溪頭痛地直想扶額：「問題是，網路貸款利息那麼高，而且也有償還的週期，你這筆錢根本不是一時片刻就能周轉來的，等六萬的網路貸款到期後你打算怎樣？拆東牆補西牆去借另一個平臺的網路貸款？然後積欠的債務像雪球一樣越滾越大？你自己就是法學生，現在還是個實習律師，你能不知道這些借網路貸款的受害者後續的遭遇嗎？你還這麼年輕，就把自己的信用搞壞了，以後房貸車貸什麼也貸款不到，還可能被各種催債電話騷擾到崩潰！」

顧衍相比冷靜很多：「那你事務所怎麼說？正常情況，你是實習律師，你不應該單獨承辦案件，出了這種差池，你的帶教律師是不是也有過錯，忘記對你做出風險提示？他應該去和客戶溝通，上報事務所，事務所也應該為此擔責，幫你盡可能減少損失才是。」

結果不說還好，一說，程俊良的表情更垮了：「我不敢說。我的帶教律師很嚴格，雖然沒提醒我，但這確實是我自己疏忽了，當時那個客戶自己身上沒有口袋，說自己正在搬家，生怕原件不見了，求我暫時保管幾天，我心軟答應了，但明明收好放在桌上的，可再找的時候就沒了。」

「一旦我和帶教律師坦白這件事，事務所肯定會開除我，這筆十二萬的賠償，帶教律師沒有過錯，也不可能會幫我出，到時候除了讓我的名聲在法律圈一塌糊塗外，沒有任何幫助，甚至可能失去現有的工作，那樣我連還錢的能力都沒了……」

齊溪和顧衍對視了一眼，也覺得這真是進退兩難，但兩人顯然都覺得賠錢並不是良策，幾乎只是幾個眼神交流，齊溪就知道，顧衍恐怕是和自己想到一塊了。

果不其然，顧衍的話很快證明了齊溪的猜測——

「也就是說，你這個客戶借給了被告十二萬，並且有一張對方手寫的借據，目前找你是希望透過起訴手段強制執行要回這筆借款，結果你把借據原件弄丟了，導致客戶來你這鬧事，要求你賠付這十二萬？」

程俊良點了點頭：「是的，沒錯。」

齊溪看了顧衍一眼，直接接過了顧衍的話頭：「那你為什麼要自己賠付？你就不應該賠呀！」

程俊良愣了愣。

「證據滅失不一定打不贏官司呀！」齊溪看向了程俊良，「借據不見了確實不利於案子勝訴，可並不是一定打不贏官司，因為你的當事人和被告之間，很可能有別的證據鏈能證明這筆借款的存在，而且就算沒有借據，只要被告不知道證據滅失了，很可能因為心虛還是會直接承認這筆借款存在。」

顧衍也抿了下唇：「原本你有借據原件，那麼結果就是案子勝訴，你可以替客戶申請強制執行，如果現在沒有借據，但你能為對方達成的結果不變，仍舊能讓你的當事人勝訴，那有沒有借據並不影響，你根本不需要自己去賠償這十二萬。」

一語點醒夢中人，程俊良聽完，果然醍醐灌頂，眼睛都亮了，他拍了拍腦袋：「我怎麼沒想到這個辦法！」他懊惱道：「事情發生後我只想著自己有問題只能賠錢了，腦子一根筋，根本沒往你們說的辦法上去想！」

「總之，你好好和客戶溝通下，讓客戶配合提供其餘輔證，努力打贏這場官司，這十二萬，你就不用承擔了。」

程俊良整個人都精神了起來：「沒錯！」

他說完，看向了齊溪和顧衍：「多謝你們！我這就去聯絡客戶！」

程俊良趕著去和客戶溝通，匆匆謝完買完單就走了，留下齊溪和顧衍等待甜點。

程俊良一走，齊溪就沒忍住自誇：「你看，我人緣還是很好的，程俊良最後這一萬沒跟你借，反而跟我借了，這說明在他潛意識裡，還是覺得我這人大方可靠上道。」

結果顧衍看了她一眼，無情地打斷了齊溪的自我吹噓：「我看是因為覺得只有妳看起來人傻錢多好騙。」

「……」

「以後別隨便借錢給別的男生。」

「啊？為什麼？」

「妳都還欠我錢，還問我為什麼？難道打算欠著我的錢還要去借給別人解人家的燃眉之急？」顧衍一本正經冷酷道：「以後我是妳的債主，第一順位的，有優先權的那種，妳注意點。」

行吧……

齊溪想了想，覺得確實無法反駁，她決定還是討好一下自己的債主：「感覺你還沒吃飽，要不要加個甜點？聽說這家的榴槤酥特別好吃……」

結果話還沒說完，顧衍幾乎迫不及待地打斷了她：「不要了！」

這男人咳了咳，鎮定自若道：「妳省點錢，早點還給我，不要亂點什麼甜點了。在分期還清我的錢之前，榴槤也不要再買了。」

「那我平時就沒辦法請你吃榴槤了……」

齊溪以為自己這話說出口，顧衍會赦免自己平時「上供」水果的義務，沒想到這男人一點也沒遲疑，逕自道：「沒關係，吃點便宜的，蘋果什麼的就行。」

？？？

齊溪本以為自己和顧衍算是替程俊良解決了這個危機，然而沒想到僅僅過了一天，她和顧衍就收到了程俊良走投無路的求助電話——

『客戶說什麼都不肯，要我立刻賠她十二萬，否則就立刻去律師協會投訴我。』程俊良的語氣焦急而無助，『我本來約她來咖啡廳溝通，結果現在她找了幾個人把我堵在咖啡廳裡，讓我簽字據答應三天內給她錢，否則就不放我走……』

事出緊急，齊溪和顧衍顧不上別的，幾乎是立刻趕去了程俊良被堵的咖啡廳，兩人也終於見到了這位客戶——

令人意外的，對方年紀看起來非常小，但作風卻相當老練，明顯是有備而來，還帶了幾個彪形大漢。

齊溪幫對方叫了杯飲料，緩解了下氣氛，然後笑著看向了對方，語氣盡量溫和道：「我們是程俊良的朋友，有什麼事情大家坐下來慢慢商量，妳的事我們也知道，程俊良正在湊錢呢。」

一聽說程俊良在湊錢，對方情緒終於有所緩和，揮手讓幾個同行的彪形大漢先行離開，自己則坐了下來。

談話間，齊溪大致了解了程俊良這位客戶的資訊，對方名叫盧娟，年紀竟然比齊溪他們還小兩歲，十六歲輟學後就出來打工，按照工作年資算，倒是個老江湖了，因此做派已經非常社會。

雖然文化水準不高，但盧娟為人看起來相當精明。

明明齊溪一行才是律師，然而和盧娟的溝通談判中，一涉及到錢，盧娟簡直是步步緊逼相當強勢，拿出了寸步不讓的氣勢。

欠了盧娟十二萬的潘振東，則是她的前男友，兩人一起在KTV工作，都是異鄉人，年齡也相仿，因此有很多共同語言，很快就戀愛同居了。

「我們感情很好，本來計畫今年結婚，去年年中我都帶他回我老家見我爸媽了，結果因為我爸媽要十萬的彩禮，他一次拿不出那麼多錢。從我老家回來後，他就號稱為了存彩禮娶我，所以他的錢都要節省下來。」

盧娟喝了口奶茶，頓了頓，才繼續道：「我想了想，覺得也合理，畢竟我家裡有個哥哥，這筆彩禮錢我爸媽肯定是要用來讓我哥找老婆的，也不會補貼給我們小家庭，潘振東不嫌棄我們家這樣，願意踏實和我過日子，我也覺得挺感動。」

齊溪有些了然：「所以之後你們之間所有的開銷都是妳出的？」

果不其然，盧娟點了點頭：「沒錯，之後房租水電、日常吃喝用，這些都是我出的，可

KTV的工作收入並不高，他存了很久也沒存下什麼錢，他說他認識了個老闆，為了能早日娶我，決定下海創業跟著老闆幹，但缺一筆啟動資金……」

齊溪皺了皺眉：「所以妳借了錢給他？」

盧娟點了點頭：「我這些年賺的錢除了自己吃喝花了，剩下的都寄給家裡了，也沒什麼存款，但為了潘振東能創業成功，為了我們能早日湊夠彩禮錢結婚成家，我就借了網路貸款，其實才借了五萬，但是利滾利，現在已經變成十二萬了。」

毫無意外的，潘振東的創業看來是失敗了。

盧娟說到這裡，也有些低落：「哪裡知道他不僅沒賺到錢，還倒虧了好些錢，把之前為了娶我存的錢全填進去了。現在我身上這筆網路貸款逾期了，我天天被人討債，電話都不敢開機，KTV的經理也都被騷擾了，所以我連工作都丟了，潘振東又拿不出一分錢還我，而且都不肯好好去找個工作上班慢慢還債，還一門心思想著繼續跟那『老闆』創業，要我再去借網路貸款，說什麼這次一定能成功……」

這番話，齊溪聽了相當唏噓，她沒想到這麼精明的盧娟，一遇到愛情，竟然會這麼天真。

沒有經驗眼高手低，這樣的創業怎麼可能成功。

畢竟能創業成功的人才是鳳毛麟角，大部分人能有穩定的工作和收入就已經非常幸運了。

可沒想到事到如今，盧娟提起潘振東，卻還忍不住美化對方：「他雖然沒什麼錢，但對我真的特別好，可能是我這輩子遇到對我最好的人了，比我爸媽對我都好。」

盧娟講到這裡，眼圈忍不住微微泛紅：「催債的天天找我，我心情特別不好，就整天和他吵架，結果把感情吵沒了，最後是他提了分手，但欠的錢他都認了，給了我一張十二萬的借據，答應我的網貸他來承擔負責。」

盧娟吸了吸鼻子：「我現在也不想感情不感情的事，我就想把這筆錢拿到，潘振東最近跟著那創業小老闆還真的賺了點小錢，本來拿著這張借據還能去要錢，結果程俊良律師把我的借據弄丟了！」

果不其然，一進入錢的正題，盧娟的精明就回來了：「現在潘振東一知道我沒了借據，死活不承認跟我借過錢了！他當初和我分手寫借據時對我還有點感情，願意像個男人一樣負責，現在我們分手也有一陣子了，他創業有了起色又需要更多的投入成本，所以聽說借據弄丟了，打算賴帳了！」

盧娟說到這裡，瞪向了一旁手足無措的程俊良：「所以本來能要回來的這筆錢，因為你粗心大意弄丟我的借據，我要不回來了！你知不知道十二萬是我多少年才能存下的數字？你知不知道我沒這筆錢，那些催債的公司把我逼成什麼樣了！」

不得不說，盧娟的情緒簡直是收放自如，她前腳剛質問完程俊良，下一刻眼淚就掉了下來，情緒也急轉直下變得痛苦不堪：「程律師，你一定得對我負責，這錢一定要給我啊，我爸媽還不知道這件事，不然肯定會打死我，我今年不僅沒拿錢回家，還欠債了，說出去真是沒臉面，而且催債公司要求我三天內必須還錢，我現在每天失眠。你如果不給我這筆錢，我就活不下去了，我只能想到死這一條路了……」

程俊良沒見過這陣仗，外加確實是自己的疏忽導致的問題，當即也難堪又愧疚起來：「我……我也沒這麼多錢，要不然我分期付給妳……妳給我一段時間……」

盧娟等的顯然就是這句話，她抹了抹眼淚，當即道：「那也行！催債的如果看見我能先還一點錢，也不會逼我逼得那麼緊，但你不能一次還我的話，萬一你還了開頭幾筆就跑了怎麼辦？要不然你今天先寫個字據給我，寫清楚這十二萬最後到什麼時候還清，之後你再慢慢給我，大家也都安心，這件事我也就算了，也不找你老闆說，也不找什麼律師協會檢舉，大家都是普通人，得饒人處且饒人。」

程俊良顯然已經被說動了，只是當他都快要答應盧娟時，顧衍出聲制止了他——

「字據的事先不急，程俊良也才剛工作，沒那麼多錢，他找我們來也是一起湊湊。他要給妳錢，怎麼分期，分期的進度怎麼樣，我們還要商量一下，等我們確定好，明天再約妳到這裡見面。」

盧娟打量了顧衍幾眼，大概還是覺得程俊良跑得了和尚跑不了廟，見程俊良滿臉羞愧也沒有反駁，略微思忖了下，還是同意了顧衍的方案。

盧娟一走，程俊良的表情就垮了下來：「有沒有哪裡可以做法律合約英文翻譯的私活？便宜點我也接……」

「你先別急著想這些。」顧衍微微皺起了眉，「我只有一個問題，既然盧娟和潘振東早就分手了，你弄丟了借據原件這件事，明明應該只有她和你知道，潘振東對此為什麼完全知情？他怎麼知道借據不見了？怎麼確信一定沒了，所以大著膽子死活不肯還錢了？」

顧衍抿了抿唇：「除非是盧娟主動告訴他，說借據不見了。」

沒錯！

齊溪終於知道盧娟身上那種深重的違和感出在哪裡了。

一切看起來都很合理，但盧娟的各種反應卻總給人一種精心設計過的感受，她彷彿預設了每個場景下她應該做出的反應，一下裝狠，一下服軟，一下哭窮，一下威脅，如今回想，簡直滴水不漏。

程俊良還有點愣，齊溪卻反應了過來，她看向了顧衍：「所以你覺得，潘振東不肯還錢這件事上有黑幕？」

顧衍點了點頭：「創業沒有那麼容易，更何況根據盧娟的描述，潘振東高職畢業就出來工作了，也沒學過什麼技術，在KTV就是當個管理服務生的小經理，這個環境，先不說能認識什麼特別高層的大老闆，光是他這個履歷，跟著認識的『大老闆』創業，也很難很快就翻身止損還能賺到錢。」

顧衍說到這裡，齊溪就都明白了。

如果潘振東根本沒有錢，那麼即便盧娟有借據原件，官司能勝訴，申請強制執行，也什麼都執行不到。

這種情況下，就算借據失而復得，盧娟即便勝訴後，也拿不到一分錢，相反還需要支付律師費。

但如果盧娟號稱潘振東如今有錢還給她，只是藉著沒了借據的理由，死不還錢，那麼盧娟拿不到十二萬的罪魁禍首，就變成了弄丟借據的程俊良，於是藉著這個由頭，就可以拿捏著讓程俊良賠償她的損失。

程俊良到底也是法學院畢業，之前置身自身的事件之中有些迷茫，如今顧衍點到這裡，他也都明白了。

他恍然大悟道：「正常情況下，但凡潘振東真的有錢還給盧娟，盧娟說什麼也不會說漏嘴告訴潘振東她的借據不見了。」

「沒錯。」齊溪也有些心有餘悸，她剛才也差點信了盧娟的話，「沒想到她比我們年輕，但可比我們會算計多了。」

程俊良也才徹底反應過來，回憶起過往可疑的蛛絲馬跡：「難怪我一開始說借據不見了她很急，後面過了幾天，她反而不急了，我和她溝通繼續幫她起訴，即便沒有借據也有可能勝訴的方案後，也有指點她繼續去找潘振東取證，甚至有可能的話讓潘振東再重新簽一張借據，但她確實對此很不積極，不是說潘振東聯絡不上，就是說潘振東拒絕了，我一開始還以為他們分手後情感上很難繼續溝通，所以跟她要潘振東的聯絡方式，我想自己去找他，結果盧娟也推三阻四就是不給我……」

三人互相看了幾眼，也知道這下事情不好解決了。

律師這個行業，一旦客戶和律師一條心，那是其利斷金，但萬一客戶心裡有了盤算，手裡又拿捏著律師的瑕疵失誤，那就麻煩了。

齊溪也愁眉苦臉起來：「就算你要到潘振東的聯絡方式，恐怕你去找他取證這條路也走不通了，因為潘振東很可能已經和盧娟串通好了。」

畢竟程俊良弄丟了借據，而只要盧娟和潘振東這兩個人將計就計，對他們彼此都是雙贏——盧娟能從程俊良這裡拿到錢，潘振東也不用再為這筆債務負責，完美完成債務轉移和清零。

程俊良一臉頹敗，然而齊溪卻靈機一動：「盧娟當時把借據原件交給你的時候，有證據嗎？你簽原件交接單了嗎？她交資料給你還有第三人在場嗎？你們辦公室有監視器可以證明她交給你了嗎？」

程俊良愣了愣，搖了搖頭：「沒有簽過原件交接單，她自己來給我的，那天所裡其餘律師都出去了，只有我一個人接待她，我們所辦公區也沒監視器。」

齊溪想了想：「那你弄丟了借據以後和她透過什麼溝通的？她有做什麼錄音之類的取證嗎？」

「這事太大了，我覺得用訊息講不尊重她，電話也講不清，所以我是當面找她道歉講這件事的，後面的溝通為了表達我的歉意和誠意，也都是當面進行的。我也很確信她沒有錄音之類的，因為一開始把她約出來，她也不知道是什麼事，根本不可能提前準備錄音取證什麼的。」

程俊良說完，又痛苦起來：「唉，其實我本來梳理了下其餘證據，覺得只要不被潘振東知道弄丟了借據，詐一詐他，完全可以勝訴，結果現在搞成這樣，我這輩子恐怕都毀了。」

程俊良的眼眶有一些發紅，眼裡是真實的絕望和無助：「十二萬，我要不吃不喝多久才能存夠十二萬……」

他的眼睛下面也是深重的黑眼圈，臉色非常憔悴暗淡，恐怕這陣子沒睡過一天好覺。

齊溪想了想：「其實還有一個辦法。」

程俊良不抱希望地看向她，顯然並沒有當真。

齊溪深吸了一口氣：「雖然是你弄丟借據在前，但原本完全可以彌補，只是如今盧娟不配合取證鐵了心訛你，那她不仁，我們也不義。」

程俊良有些茫然：「什麼意思？」

顧衍抿了抿唇：「她的意思是，盧娟確實借錢給潘振東了，然而法律上只要沒有足夠的證據支撐，就不認定這個事實。那麼，就算你確實弄丟了盧娟的借據，但盧娟也沒有證據證明她把借據原件給過你，她只要沒辦法證明，那麼法律上也不會認可這個事實，所以從根源上來說，法律和證據的視角裡，你根本就沒收到過盧娟的借據原件，也根本沒有弄丟過它。」

齊溪真的對顧衍有些刮目相看了，他好像總能飛快地從細枝末節裡就理解齊溪的思考方式。

「是的，就是顧衍說的這樣。」齊溪眨了眨眼睛，「這也是完全正常的訴訟策略。雖然你也是實習律師，但從沒規定實習律師不能遇到法律問題，不能成為當事人，那麼，把你當成我的當事人，我撇開你同學的身分，完全站在律師的角度，你這個案子，我肯定會給你這樣的建議。」

一旦這樣想，問題就好解決了。

「盧娟敗訴，肯定是因為潘振東仗著沒有借據原件，不承認借款關係，那麼一旦盧娟起訴你，號稱你弄丟了借據原件，你也完全可以用像潘振東一樣的應訴策略，不承認收到過借據原件，那麼也不存在你弄丟這件事，你自然不需要負責。」

齊溪說完，看了程俊良一眼，補充道：「畢竟沒有任何證據可以證明你收到過借據。也沒有任何證據可以證明你弄丟了借據。」

她一說，程俊良的眼睛完全亮了起來，他情緒一下子太過激動，直接握住了齊溪的手語氣感激道：「齊溪，不愧是妳！妳太厲害了！我怎麼沒想到！」

大概齊溪搶先說出了這個解決方案，顧衍看著手舞足蹈的程俊良和齊溪，臉色挺冷表情挺黑：「事情還沒解決之前你們能不能先別那麼興奮了？」

這男人吹毛求疵道：「還手牽手興高采烈，不知道的人還以為你們是要結婚了。這是遇到了多好的好事嗎？」

這麼一說，程俊良也立刻赧然鬆開了齊溪的手，他不好意思地抓了抓頭：「這次多虧你們兩個幫我出主意，我自己也是實習律師，知道這麼花精力時間的事不能白占律師的便宜，如果你們願意，你們兩個能不能一起代理我這個案子？就把我當成是你們的當事人，後續和盧娟的溝通交鋒，我也可以交給你們去處理。」

程俊良的臉色很羞愧：「我這人沒什麼腦子，我怕面對她露怯也怕自己又出岔子。」

他生怕齊溪和顧衍拒絕，立刻補充道：「雖然我知道這案子很小，律師費也不多，但還是希望你們能幫我這個忙。」

齊溪想了想，然後渴求地看向了顧衍：「我們能接嗎？」

顧衍皺了皺眉：「最近聽我姊說馬上有個勞動糾紛集體訴訟的案子，光是證據資料就應該要裝幾個行李箱，可能之後會比較累，我建議還是……」

齊溪忍不住嘟起了嘴，她每次被人拒絕時都下意識會這樣，像隻氣鼓鼓的小河豚，然後她可憐兮兮地看向了顧衍：「真的不能接嗎？」

顧衍愣了下，然後咳了咳，他極度不自然地移開了視線，但聲音仍舊很鎮定：「我沒說不接，我剛要說的是，我建議還是接了以後盡快解決，短戰線處理，不要影響後面集體訴訟的案子。」

太好了！原來顧衍和自己的想法是一致的！

不過兩人都是實習律師，不能獨立辦案，即便是自己接來的案源，也需要有一個帶教律師掛名。

回事務所的路上，齊溪十分得意：「顧律師一定會表揚我們吧？雖然案子標的額小，但是我們才剛實習，就很有拓展案源的想法，總體來說，我們這麼孺子可教，我們的未來一片光明！」

可惜對比齊溪的憧憬，顧衍看起來沒那麼樂觀：「妳不要想太多了。」

「難道顧律師要求特別高，特別少表揚人？」

顧衍沒有再回答，只是抿緊了嘴唇，微微皺著眉。

齊溪倒是不太在意，她覺得顧雪涵即便不表揚他們，至少也能認可他們的努力吧。

只是齊溪死也沒想到，等她和顧衍把打算接下程俊良案子的情況向顧雪涵彙報後，得到的不僅不是表揚，反而是顧雪涵沉下的臉和毫不留情的批評——

「你們簡直是胡來！」

顧雪涵的語氣帶了克制的憤怒：「是誰想出這種餿主意的？」

自己怎麼撞槍口上了？

剛才彙報案子的是齊溪，如今面對顧雪涵的質問，雖然心裡忐忑害怕，但齊溪還是決定站出來承認。

只是還沒等她開口，她聽到了顧衍先她一步的聲音——

「是我。」

顧雪涵露出了明顯的不滿：「你怎麼想的？」

「在法律上而言，你們設想的操作確實沒問題，是可以最大限度地推卸責任，在應訴策略上也完全沒問題，但你們這樣操作，真的問心無愧嗎？」

顧雪涵的表情鄭重而嚴肅：「程俊良的客戶確實不是完美的，確實有很大私心，但程俊良是律師，作為律師，有律師應盡的職責，如果不是他弄丟了借據原件在先，盧娟會想到現在的手段嗎？始作俑者既然是程俊良自己，第一反應還是應該盡可能彌補客戶的損失。」

「我們做律師的，考慮問題的時候，要盡可能為客戶去考慮，律師處理的法律問題，歸根結柢還是處理人與人之間的人際問題，離婚也好，侵權糾紛也好，終點都是人的問題。要真正穩妥地處理好一個案子，抱著的目的不應當是為了你的當事人而去打壓和竭盡所能傷害對方當事人的權益，而是應該做好平衡。」

「誠然，你們可以採用你們所說的手法去對付盧娟，可盧娟會服氣嗎？不會，十二萬對她這樣的人意味著什麼？光腳的不怕穿鞋的，她會不擇手段去糾纏程俊良或者是作為辦案律師的你們，即便去律協投訴去法院起訴，礙於沒有證據證明交付了借據原件折騰不出什麼大動靜，但盧娟有的是辦法讓你們三個人沒辦法正常工作和生活。不管是拉橫幅傳騷擾訊息還是去網路上曝光，你們不會想去打開這個潘朵拉魔盒的。」

顧雪涵看向了顧衍：「做律師，可能會遇到各種各樣的客戶，但客戶是什麼樣的人，我們不能也因此變成盧娟那樣的人，不能以惡制惡，客戶糟糕並不是我們也糟糕的正當理由。」

一席話，說得齊溪尷尬而羞愧。

確實，她當時一心想著幫程俊良推卸責任，想著如何靠法律專業的操作在法律層面脫身，完全沒有想到其餘後續。

「專業人做專業事，律師應當維護當事人的權利，但律師也應該有全域觀念，很多當事人並不清楚自己的訴求對他而言是否是最合適的，就像程俊良，他置身其中，目前只能短視地想到首先要逃脫這個十二萬的賠付責任，但你們既然想代理他，作為程俊良的律師，你們就不應該像他一樣，而是應該統觀全域：一旦程俊良靠鑽法律漏洞推卸了責任，盧娟會不會發瘋？盧娟情緒失控了，到處去散布這件事，對程俊良的未來是好事嗎？」

「盧娟知道是你們兩個一手促成程俊良這麼做的，知道你們兩個是律師，一邊糾纏程俊良，也會一邊咬死你們兩個。」

顧雪涵的語氣充滿了恨鐵不成鋼：「顧衍你有沒有動腦子？」

「……」

因為顧衍攬下了責任，顧雪涵的火力也都集中到了顧衍身上，她不僅沒對自己的親弟弟網開一面，反倒更為嚴厲地批評。

顧衍在學校一直是學校和老師們的寵兒，這幾乎是齊溪第一次看到他被人訓成這樣。

說到底，真正提出並且想要實踐這方案的人是自己，顧衍雖然也想到了這個操作，但他的態度從沒有支持或者勸解程俊良去這樣做過。

雖然不想被訓，不想讓老闆留下不好的印象，但齊溪最終還是白著臉，打算站出來承認：「顧律師，其實這個方案是我……」

只是她話還沒講完，顧衍就打斷了她：「和妳沒關係。」

顧衍說完，又平靜地看向了顧雪涵：「一人做事一人當，是我的問題。」

顧雪涵對親弟弟顯然更不留情面，但顧衍抿著唇，一言不發，最後愣是一個人硬生生扛下了所有罵名。

因為顧衍的「認罪」，顧雪涵很快就安排了別的工作給齊溪，讓她先出去辦公室，把顧衍留著繼續單獨訓話。

齊溪在辦公室外忐忑地等了半小時，才看到顧衍從裡面出來。

這半小時裡，齊溪一邊修改合約，一邊是巨大的愧疚和羞赧，還有對自己短視的無地自容。

她沾沾自喜自作聰明地覺得自己利用法律專業知識鑽了法律漏洞，可以讓程俊良從這件事裡脫身，然而聽了顧雪涵的分析，才覺得自己愚蠢。

而更愧疚的是還讓顧衍替自己背了這個黑鍋。

主動背黑鍋的受害人倒是挺平靜，面對齊溪鞍前馬後的噓寒問暖，顧衍別說邀功，甚至可以說是毫無表示，反而讓齊溪更愧疚了——

「你剛才就應該供出我。」

「供出妳讓妳被我姊罵？」

顧衍看了齊溪一眼，然後他移開了視線，重新看向了電腦，像是在忙著回郵件的樣子，「我姊發火訓人按照妳的性格根本承受不住，到時候妳被罵哭了被罵到心態崩潰了，團隊裡的工作誰幹？」

「妳不用小心翼翼感謝我，我沒那麼偉大，只是覺得麻煩，討厭別人哭，也不想安慰別人，更不希望團隊裡有人的情緒波動會影響工作。」

顧衍的聲音鎮定自若：「何況這個方案，我確實也想到了，也默認了，沒有阻止妳去和程俊良溝通，我被我姊訓話也不冤。」

話是這樣講，但……

齊溪有些不服氣：「我沒你想的那麼脆弱，確實是我想的不完善不成熟，顧律師訓我，我也會虛心接受，才不至於動不動就哭。」

齊溪想了想，覺得還是要為自己澄清一下：「我覺得我還是挺堅強的，哭肯定不會，最多難受一下吧。」

「不會哭？」顧衍面無表情道：「那上次是誰接了艾翔案裡對方影視公司的電話，被對方噴了幾句眼睛就紅了？妳以為我姊是什麼好東西？只是噴人不帶髒字罷了，妳被她噴完要是內心記仇，萬一找我尋仇洩憤怎麼辦？」

這話齊溪覺得要抗爭了：「我是那種會尋仇洩憤的人嗎？」

「難道妳不是？」顧衍平靜地看向了齊溪，「那畢業典禮罵我的是誰？」

「……」

齊溪覺得和顧衍的這個血海深仇是過不去了。

「那現在怎麼辦？總不能看著程俊良真的去賠償十二萬吧，雖然他弄丟原件是有問題有責任，可盧娟逮著他想訛錢也是有問題的呀。」

齊溪有些忐忑，她擔心顧雪涵會反對他們接這個案子，畢竟這種渾水，代理費又不高，還容易攪得一身腥。

只是顧雪涵的做法出乎齊溪的意外——

顧衍看也沒看齊溪：「她會把程俊良還有盧娟約出來，然後處理這件事。」

齊溪相當驚喜：「顧律師真好！她要是出手，程俊良一定會沒事！」

齊溪說這句話是真心的，她就是天然地信任著顧雪涵，總覺得只要顧雪涵出馬，一切就都能搞定。

只是自己這樣發自肺腑對顧衍姊姊的崇拜，並沒有引起顧衍的共鳴，正好相反，顧衍聽完臉上反而露出了吹毛求疵般的挑剔：「她都沒說怎麼處理，妳就知道會沒事？」

這男人大概是被訓話後心情不爽，陰陽怪氣道：「而且程俊良沒事妳這麼高興幹什麼？」

齊溪朝顧衍笑了笑：「畢竟大家同學一場嘛，這不是趁著我們有能力，幫老同學一把。」她諂媚地看向了顧衍，「你剛才不也幫了我這個同學一把扛下了罵名嗎？」

「誰幫妳？都說了和妳沒關係。」顧衍沒好氣道：「只能說我倒楣，我認命。」

雖然顧衍這麼講，但齊溪是知恩圖報的人，她前幾天無意間在地鐵裡聽到幾個學生聊天，知道最近重金屬搖滾樂圈的「教皇」級樂隊這週六正巧會來容市開演唱會，這可是每個熱愛重金屬搖滾樂的樂迷朝聖般追捧的樂隊，但凡是個重金屬搖滾迷，就是這個樂隊的粉絲。

齊溪原本完全不了解重金屬搖滾，真的開始研究，才發現這圈子雖然小眾，但熱愛的人都很死忠，因此這搖滾樂隊演唱會完全是一票難求的狀態，普通位子的票價也炒到快將近兩千塊，不過比起同天的足球聯賽動輒一張五六千的票價，這搖滾樂演唱會票價就算小意思了。

齊溪最近接了點法律翻譯的私活，等結算完全後，不僅能徹底還清積欠顧衍的錢，自己還有不少結餘。

她比照足球聯賽的價格，做了下心理安慰，想著還好重金屬搖滾的票比足球聯賽便宜多了，顧衍至少挑了個不那麼燒錢的興趣愛好。

然後齊溪又盤算了下未來的開銷，確認能運轉起來，於是最後咬了咬牙，才從黃牛手裡預訂了兩張演唱會的高價票。

生怕顧衍也買了票，第二天上班，齊溪就旁敲側擊地開始試探：「你這週六有空嗎？」

顧衍愣了下，微微皺起眉，看向了齊溪：「妳要幹什麼？有合約來不及改完嗎？」

「不是不是，我就想，如果你這週六沒事，我正好有兩張票，不如我們一起去看看？」

顧衍頓了頓：「哦，有空。」

他看起來有些不自然：「我正好沒買到票，不過那個票很貴，也很難買，而且女生通常不是都對這種沒什麼興趣嗎？妳也喜歡？」

齊溪不願意放棄任何一次和顧衍拉近距離的機會，當即佯裝出驚喜般熱誠道：「我喜歡呀！原來你也喜歡！」

雖然都不知道重金屬搖滾是什麼東西，但是先說了喜歡再說！

「你沒發現嗎？其實我們有很多共同的愛好，都喜歡吃榴槤，還都喜歡重金屬搖滾！」

齊溪露出了一臉遇見知己般的感動：「其實顧衍，我一直覺得重金屬搖滾特別適合你的氣質，雖然外表冷靜自持，看起來像是喜歡陽光足球的普通人，但實際你的內心充滿了狂野不羈和龐克，可能別人都覺得你的喜好很大眾，就像所有別的這個年紀的男生，但我理解的你，其實根本不屑於和那些普通男生一樣，你喜歡的都是獨特的有深度與眾不同的東西！」

也不知道這番話是不是說到了顧衍的心坎裡，顧衍表情看起來有點複雜，他沉默了片刻，才抬頭看向了齊溪：「我在妳眼裡是這樣的？」

齊溪用力地點了點頭：「沒錯！雖然你看起來是平平無奇的優秀模範生，但我知道你內心一定超級有個性！」

大概是被說中內心，顧衍的樣子看起來有點微妙，他移開了目光，像是不經意般道：「所以妳覺得一個男的，喜歡看足球喜歡普通男生喜歡的東西，比較沒個性？」

這可不正是誇讚顧衍和其他庸脂俗粉不同的時刻嗎？

齊溪幾乎是卯足了勁吹彩虹屁：「怎麼說呢，就是喜歡足球啊什麼的，這種愛好很普遍，但確實有點泯然眾人吧，人總要有點與眾不同的東西，才能與別人區別開啊，像你喜歡重金屬搖滾，這就非常有個性，一下子就脫穎而出啦。」

大概被這麼誇了到底有些不好意思，顧衍的臉色一時之間有些難測。

難道自己猜錯了？

齊溪有些忐忑：「所以你喜不喜歡重金屬搖滾？如果不喜歡也沒事，我有兩張票可以找別人陪我一起……」

好在就在她有些懷疑自我之際，顧衍給了她肯定的答覆——

「還行吧。」

他看了齊溪一眼：「還算喜歡。」

齊溪一下子高興了起來：「那週六一起去？」

「嗯。」

如願地約到了顧衍，齊溪一下子高興了起來。

這次不管怎樣，顧衍替她被顧雪涵訓了一頓，說什麼都要還一下人情。

大概也是挺巧，齊溪剛哼著歌支付了此前預約的黃牛票全價，就聽到對面顧衍的手機響了起來。

因為距離實在隔得太近，雖然齊溪並無意偷聽，但顧衍電話那端的聲音還是隱約傳了過來——

『你上次想要的票有了，就是價格有點高，普通位，一萬一張，你之前說這個心理價位也可以接受，所以我和你確認一下，你去不去？其實還是值得的，畢竟你想那是……』

對方似乎還想說，但顧衍沒給對方繼續的機會，他逕自打斷了對方：「不用了，謝謝。」

顧衍幾乎像是怕對方說完一樣，連聽也沒聽完就飛速地掛斷了電話。

雖然顧衍沒說什麼，但齊溪的內心像明鏡一樣，這一聽就是賣票的黃牛了。不過這黃牛也太黑了點，一萬塊，搶錢呢！雖然這個搖滾樂隊在重金屬搖滾領域是很紅，但普通票要價一萬塊也太誇張了，都快趕上另外那個足球賽的票價了！要知道市場決定價格，看足球賽的人遠遠大於小眾愛好去聽重金屬搖滾的，一個重金屬搖滾的票價竟然要到這麼高，這黃牛也太沒有職業道德了！

不過可見自己這次馬屁拍得非常成功！

要不是自己先買了票，顧衍還得被這種黑心黃牛宰呢。

嘴上說著還行，但明明喜歡得連一萬塊的票都在心理價位內恨不得打算收了，這哪裡是還行啊！這是不惜一切課金般的愛啊！

「顧衍大全」，誠不欺我！！

齊溪最終還是沒忍住，她用手臂碰了碰顧衍：「所以你其實老早就想去看這個演出了啊。」

顧衍像一時沒反應過來，愣了片刻，才「嗯」了一聲。

「但你這黃牛太黑了，我收的票就兩千一張，下次你有什麼要看的，我介紹我認識的給你，絕不宰客！」

結果顧衍聽完，有些匪夷所思，連聲音都忍不住微微抬高了：「這個搖滾演出的票妳花了兩千塊一張？還不宰客？妳知道市場行情嗎？」

這下齊溪有些不服氣了：「你那個黃牛報價還要一萬呢！我這才兩千呢！」齊溪看了顧衍一眼，「難道不是嗎？」

顧衍像是想說什麼，但大概事實勝於雄辯，實在無力反駁，最終這男人憋了憋，還是什麼也沒說。

齊溪很快結算到了法律翻譯的私活費用，還清顧衍的錢後，她飛速支付了搖滾樂票的尾款，雷厲風行地拿到了實體票。

同樣雷厲風行的還有顧雪涵，第二天下午，她就設法騰出了時間，把程俊良約到了競合所——

「既然顧衍和齊溪決定接你的案子，那麼你就是競合所的客戶了，我作為顧衍和齊溪的帶教律師，也想和你見面溝通一下。」

程俊良沒想到自己竟然能驚動競合所的合夥人出馬，一張臉上充滿了膽戰心驚和無地自容。

顧雪涵長得漂亮又有氣勢，程俊良彷彿連直視都不敢直視對方，臉都憋紅了，說話也有些結巴了：「顧、顧律師您好。」

「顧衍之前和你溝通過他想的方案了吧。」

「是、是的……」

顧雪涵輕笑了下：「這個方案需要推翻。你需要向當事人承認你弄丟了借據原件。」

程俊良愣了愣：「是承認了反而能有更好的方案？」

「沒有。」顧雪涵抿了抿唇，「承認弄丟了原件確實就要承擔責任。」

程俊良這下有些愣了：「那……」

「做律師，尤其是像你們這樣的新人，可以業務上不夠精進，處理問題上不夠老練，但必須學會的第一件事就是擔當，這是一個律師最基本的職業道德。」

顧雪涵的表情嚴肅而認真：「弄丟原件不可怕，可怕的是不願意承擔責任。誠然，你可以靠鑽法律證據漏洞去逃避責任，但普通人可以這樣做，我們作為律師，不適合這樣做。」

顧雪涵看向了程俊良：「這是你執業的起點，你連自己的錯誤都承擔不起，又怎麼承擔客戶各種各樣的糾紛和問題？又怎麼承擔一個個案子的壓力和責任？你又憑什麼獲取客戶的信任？」

一席話，說得程俊良一張臉通紅，齊溪也羞愧不已，這主意說到底是她要小聰明想出來的，如今被顧雪涵一說，她也越發意識到不合適。

程俊良有些詞窮，但還是掙扎道：「主要……主要我真的沒辦法了，原本想和我的當事人承認錯誤進行補救，但她不配合，鐵了心要訛我，如果我現在承認弄丟了借據，這十二萬她一定會要我出，這實在不是我能承受的數字……」

「承認錯誤也並不意味著要為自己錯誤以外的事去承擔責任。」顧雪涵掃了齊溪和顧衍一眼，「作為律師，都是有律師專業責任保險的，由於疏忽或過失讓委託人造成經濟損失，依法應當承擔的經濟賠償責任，可以由保險公司賠償。競合會幫所有入職的律師或實習律師都購買這一項保險，正常情況，你的事務所也會為你購買。」

律師責任保險這個說法讓程俊良的眼睛亮了亮，但很快又暗了下去，他嚅囁道：「可我待的就是一個小所，不是很正規，未必幫我買了……」

顧雪涵不緊不慢：「就算沒幫實習律師買，你的帶教律師肯定有購買，這個案子，雖然帶教律師完全交給你承辦了，但作為實習律師不能獨立執業，因此委託書上也是有帶教律師簽名的，所以法律上而言，這就是你和他共同的案子，作為他的助手，你的疏忽大意導致原件損毀，可能會承擔經濟賠償，他的職業保險是可以覆蓋大部分的。」

顧雪涵眨了眨眼睛：「十二萬的額度並不大，正常情況下，律師責任保險可以完全賠付，即便保險公司評估下來不能賠付全部，剩下的缺口也不大，完全不再需要用借網路貸款這種最差的方案來解決。」

別說程俊良睜大了眼睛，就是齊溪和顧衍也都有些意外，他們根本就沒往這條路上想，根本沒想到律師還有專業責任保險。

顧雪涵一看幾人臉上的神情，自然明瞭，她有些沒好氣地瞪了顧衍一眼：「你想出之前那個辦法，肯定還沾沾自喜覺得自己聰明得不行吧？怎麼就不想想別的？是人就會犯錯，承認錯誤承擔後果也沒你們想的那麼糟糕，律師和醫生這種高風險職業，本身都有相應的專業責任保險概括承受。」

雖說如此，但程俊良還是有些遲疑：「可……可我怕萬一我和帶教律師一說這事，我這份工作就不保了，而且萬一要用到他的專業責任保險，一旦出險，對他之後的保費多少有些影響吧，說到底是我牽連他……」

程俊良這席話，成功讓顧雪涵挑了挑眉：「你但凡能把你對帶教律師的愧疚挪給你的客戶，你之前也不至於那麼想逃避責任了。」

顧雪涵恢復了嚴肅的表情，看向了程俊良：「不論你的客戶後續操作怎樣，是否有存了詭詐你的心，至少你弄丟借據原件在先，你對你的客戶仍舊應該心懷愧疚，因為人心不能試探，是你給了她詭詐你的機會；但你的帶教律師反倒並不無辜，第一，他沒有對你做出風險提示，沒有告知你千萬不能收取客戶的原件；第二，他因為輕視這個案子，覺得太小太簡單，所以過程中沒有跟進，全部丟給了實習律師的你。」

程俊良還是很侷促，手指緊張地攪著衣袖。

顧雪涵的語氣很平靜，但話語卻很有分量：「帶教律師是半個師父，本身就應該指導你，畢竟如果事務所是分成制的，帶教律師都是從自己手下實習律師的案件收入抽成的，你做的案子錢要分給對方，難道對方就想光拿錢不承擔責任？天下有這種好事？」

對於程俊良遲疑的神色，顧雪涵了然地輕笑了下：「我知道你在想什麼，覺得這樣得罪自己的老闆，可一個實習律師應該有實習律師的擔當，一個老闆也應該有老闆的擔當，否則他憑什麼配當老闆？」

程俊良像是被說動了，終於鼓起勇氣道：「那顧律師，您能幫我去溝通嗎……」

既然顧雪涵決定接這個案子，她作為律師確實可以代為幫轉變身分成為委託人的程俊良去溝通，然而出乎齊溪的意料，顧雪涵拒絕了。

「不行，這件事需要你自己先去溝通。」

程俊良的臉色果然垮了下來。

「我知道很難，但是作為律師，作為一個人，人生在世，就有很多不得不硬著頭皮也要去做的事，有即便羞愧難當也要去承擔的責任。你如果還想保住這份工作，那你就應該先行知會你的帶教律師，並且和他溝通，一來這才是尊重對方，也能表現出認知到錯誤在自己的誠意，二來，你是不是也把你的帶教律師預設到你的對立面呢？他知道這件事後，很可能會選擇和我一樣的處理方式。你甚至根本不需要我後續介入。」

顧雪涵這次相當語重心長：「程俊良，既然你選擇加入那位帶教律師的團隊，那你也應該尊重和信任這個團隊。律師可以解決很多糾紛，但不能解決所有的糾紛，因為人和人之間的關係，本來就十分微妙，你這個案子我接，而且不收費，但需要在你自己和帶教律師溝通無果，對方拒絕幫你解決以後。」

「……」

程俊良被下了最後通牒，雖然很艱難，但在顧雪涵的娓娓道來裡，他終於堅定了信心，決定直面執業生涯裡第一次重大失誤，先和自己的帶教律師坦白一切，再商議怎麼處理這件事。

第五章　女流氓*VS.*弱男子

程俊良一走，顧雪涵卻沒讓齊溪和顧衍馬上離開辦公室。

顧雪涵用手指敲了敲桌面：「能一下子想到對方沒證據證明程俊良弄丟了借據原件，這算是大多職業病的反射了，聽起來好像很專業，看起來也能甩脫責任不認這十二萬。」

「但生活裡不是所有事都可以用法律邏輯解決，法律是死的，人心是活的，我們做律師的，切忌一定要警惕這一點，不要總是把任何事情簡化成寫法律案件分析題。真正的好律師，一定是人情通達的，能體悟代入當事人，所以你們要去經歷，經歷越多人情世故越好。」

顧雪涵說到這裡，笑了下：「你們兩個年紀輕輕的，要多和各式各樣的人接觸。律協最近正好要做活動，每個事務所需要出一男一女兩個人，下午就你們去吧，給你們准假，多接觸社會，和律協的老師搞好關係，沒壞處。」

律協每年定期會籌辦不少活動，什麼憲法宣傳日啊，律師慰問團，社區普及法律知識之類，齊溪倒是挺樂意參加，只是她沒料到，這些律師的活動和以上都不相關。

等下午齊溪和顧衍趕到律協開會，聽著律協老師這次安排的任務，只覺得一個頭兩個大——

「這次我們需要拍攝好幾段普及法律知識的宣傳影片，裡面有案情重現部分，要求每個事務所出幾位『群眾演員』，所以現在大家聚在這裡，我們就以事務所為單位，兩人一組，每一組都會收到一份完整的案情劇本，最後會拍成一個個短影片，便於傳播宣傳的小影片，希望大家回去利用閒暇時間背一下臺詞對一下戲，我們會按照進度安排拍攝。」

齊溪以為這多半只是一個普通的普及法律知識活動，然而等拿到劇本後，她就傻眼了。

有些事務所選派的「群眾演員」選到了房屋租賃糾紛、有的選到了民間借貸糾紛，而齊溪……

齊溪和顧衍拿到的是感情婚姻糾紛，元素極豐富，涉及法律極寬廣，齊溪簡直目瞪口呆——

「小剛家境優渥，苦追美女小雅，天天表白，成日騷擾，主動送禮，無微不至，還提出一旦小雅和自己戀愛結婚，房子可以加名字，孩子可以跟小雅姓，小雅很感動，然後選擇了拒絕小剛。小剛受刺激之下，又因為表白前喝酒壯了膽，酩酊大醉之下喪失理智，對小雅實施了強姦。事畢，小剛跪地痛苦求饒，最終成功PUA，威逼利誘下，小雅和他談起了『戀愛』，並且嫁給了小剛，只是婚後，小雅和鄰居小王日久生情，小剛為此多次家暴小雅，家暴情況在小雅生下孩子後緩解，然而……」

齊溪都不用想，她往下翻了翻劇本梗概，果不其然驗證了她的猜測：「然而孩子是小王的……於是小剛起訴小雅離婚，並提出精神損失賠償，就孩子的撫養權和撫養費進行了激烈的爭執，最終，小剛因愛生恨，捅死了小雅，並付出了法律的代價……」

「……」

大概是為了貼近生活，更易傳播，這跌宕起伏的狗血劇情，還配上了羞恥感滿滿的臺詞，劇本上還標注了需要展現浮誇的肢體動作……

就在齊溪目瞪口呆之際，律協的工作人員走了過來，眼神關愛道：「你們是競合的吧？你們這個劇本裡還有一個鄰居小王，到時候我們會找別的律師客串一下，但重頭戲還是小雅和小剛，你們兩個要好好演啊。」

齊溪掙扎道：「老師，我們能換個劇本嗎？這劇本太複雜了，我們可能太年輕了，演不出那個感覺……」

「不行不行，這個劇本是我們主任熬了三天三夜親手寫的，糅合了民事糾紛、刑事糾紛，還有治安處罰各種元素。她沒別的要求，就一定要找帥哥美女演，你們兩個是這批群眾演員裡顏值最高的，是我們主任欽點一定要你們演的，妳呢，是小雅。」這律協工作人員笑了笑，看向了顧衍，一臉慈祥道：「你就是小剛了。」

「小剛」沒看劇本，完全不知道自己是什麼，一臉坦然而淡定，朝律協的老師點了點頭。

「顧衍，我覺得你看下劇本再答應比較好……」

顧衍大概是太年輕太天真，還頗有些不以為意：「能有多難演？也就是案情重現而已，隨便走個過場就行了，律協又不能得罪，這次讓我們演的是律協主任親手寫的劇本，我們演好了，肯定也能讓競合加分。」

「……」

一刻鐘後，顧衍瞪著劇本，一臉想死——

「我演不下去。」

齊溪好心勸說道：「律協不能得罪。因為這是主任的項目，是他們的重點，讓我們先排練一下，等等他們就過來彩排。」

顧衍盯著劇本，已經開始生無可戀了。

這份生無可戀在彩排時得到了充分的體現——

「小雅，我喜歡妳。」

顧衍看著齊溪，聲音乾巴巴的：「妳還是從了我吧，不然，女人，妳這是在玩火，現在我有一條祖傳的染色體要送給妳，妳不要不識好歹。」

別說完全沒有演出小剛的邪魅狂狷，顧衍的告白聽起來也毫無感情，像是討債還差不多。

而用這種面無表情的聲音說出這番臺詞，齊溪反而沒繃住，笑得東倒西歪起來。

「不行不行！NG！NG！」齊溪沒忍住，大聲喊停了顧衍的無靈魂表演，「這樣子不行，小剛的人設是為愛瘋魔的，感情應該很充沛，剛才律協老師說了，臺詞是他們主任寫的，比較簡化，但是你作為演員，完全可以自己擴充自由發揮一下，比如表白的時候，就要更豐富一下詞彙，充滿愛意深情地去表白，為愛瘋魔的時候也要真的設身處地代入那種求而不得的偏執和痛苦裡！」

顧衍神色淡漠地看向了齊溪，一臉孺子不可教：「那還要加什麼？」

顧衍不愧是顧衍，那麼狗血曲折的臺詞，一下子就能記住背下，只是……只是演得也太不認真了點！

「雖然是律協的任務，但這樣肯定過不了，這樣吧，顧衍，你代入一下，你之前不是喜歡那個女生結果也沒追上嗎？雖然你肯定沒小剛這麼極端，但設身處地一下，也多少能理解那種愛而不得的痛苦？」

齊溪眨了眨眼睛：「所以表白的時候，代入你對她的喜歡，把我想成她，如果是面對她表白，你除了喜歡妳這一句，還想說什麼？你會用這麼乾巴巴的情緒說嗎？」

說到這裡，齊溪也頓了頓：「不好意思，我忘了確認一下，你還喜歡她嗎？」

自從齊溪提及顧衍喜歡的女生，顧衍就垂下了視線，人也沉默了下來，而直到齊溪問了這個問題，顧衍才抬起頭。

他直直地看向了齊溪的眼睛。

就在齊溪以為他不想回答之際，顧衍開了口——

「還喜歡。」

顧衍的聲音有些輕，他說完，就把頭移開轉向了別處，像是無法面對齊溪，也更像是無法面對自己。

此時此刻，顧衍的神色仍舊鎮定而淡薄，然而眉宇間有著淡而微小的皺褶，雖然藏得很好，但齊溪還是發覺了他情緒末梢裡細小的懊喪。

應當是會懊喪的。

即便對方不喜歡自己，仍舊無可救藥地喜歡著對方。

齊溪沒有體會過這種感覺，但這一瞬間，看著顧衍猶如蒙著霧氣如黛般遠山的眉眼，突然有些微的羨慕和嫉妒。

是什麼樣的女生，有這麼好的運氣。

談都沒談過哪怕一天，顧衍還這麼死心塌地的。

齊溪深吸了一口氣，甩了甩腦海裡亂七八糟的念頭，重新看向顧衍：「那你把我想成她，我們再來一遍。」

齊溪並沒有期待顧衍能多投入，然而這一次，當顧衍抬起頭望向她的眼睛，並且只望著她的眼睛，齊溪突然有一些慌亂。

她好像沒有做好和顧衍這樣對視的準備。

「我喜歡妳，即便只是默默地看著妳，默默地陪著妳，即便知道妳不喜歡我，也想在妳身邊。即便想遠離妳，即便告誡自己要開始新的生活，但好像無論如何都忘記不了妳，妳總是出現在我面前。」

顧衍的語氣是平和的，並沒有多少顯山露水的情緒，僅僅最後一句，帶了點微微少年人生氣卻無奈的情愫。

不知道為什麼，被這雙眼睛望著，聽著這樣平實卻直白的表白，齊溪的心突然狂跳起來。

好像顧衍在和她表白一樣。

此前畢業典禮上誤以為收到了顧衍的表白信時，其實齊溪並沒有多少實感，然而此刻，她才突然緊張得手足無措——

原來被顧衍表白是這樣的。

原來顧衍的當面表白是這樣的。

而竟然有人可以拒絕顧衍。

齊溪心裡有難以形容的情緒，帶了種春雨般的潮濕，彷彿又糅雜了初夏將至般的悶熱和煩躁。

齊溪這邊心裡雜亂，顧衍倒是很鎮定，他的表情看不出任何破綻，最終是齊溪先一步移開了視線。

心猿意馬。

她好像沒辦法再看著顧衍的眼睛了。

直到顧衍帶了冷淡的提醒聲才彷彿喚醒了她——

「到妳了。」

「我、我……」

明明輪到齊溪說臺詞了，然而她這一刻腦海裡一片空白。

齊溪忘記了剛才明明背誦得很嫻熟的臺詞。

引以為傲演技比顧衍強的齊溪ＮＧ了。

她呆呆地看了顧衍一下，才如夢初醒般地想到了自己的臺詞——

「我拒絕你！我不喜歡你！就算你再有錢成績再好長得再帥，我就是不喜歡你！」

顧衍的表情很平靜，他的睫毛微微顫動著，聲線低沉：「嗯，我已經知道了。」

雖然知道這是演戲，但齊溪總覺得，這一刻顧衍的情緒有些低落。

什麼是演技？這就是演技啊！

沒有浮誇的瞪眼歪嘴殺，僅僅是平淡的、細枝末節的表情，已經把被拒絕後隱忍難受的模樣表現得十足真實，顧衍沒被星探挖走確實很可惜，但是……

「顧衍，按照劇本，這時候你應該惱羞成怒了啊！要對我一頓咆哮，然後我們發生爭執，然後你就把我拖進了旁邊的小樹林，進行一些少兒不宜的違法犯罪活動。你現在隱忍接受了，讓我後面的劇情怎麼走啊？」

不說還好，一提這個，顧衍的眉心就微微皺了起來，他的唇角很平，像是在陳述一個事實：「我沒辦法演。」

「可律協安排下來的任務，也只能硬著頭皮演啊！」齊溪鼓勵道：「不要顧忌形象，拍出來也就是搞笑的普及法律小影片，大家不會上升到你真人的。你是不是抹不開帥哥的面子啊？」

她拍了拍顧衍的肩，安慰道：「沒關係的，你別有心理包袱啊，帥哥也可以當流氓，現在流氓這個職業不歧視你們長得好看的人，沒有門檻的。你就演給大家看，告訴大家，長得這麼帥，心理也可以很變態。這樣拍出來的影片才更有教育意義，讓廣大女性同胞知道，別光看臉了，臉蛋好看的變態也很多。」

齊溪一邊說，一邊試圖循循善誘：「而你呢，雖然作為『出道』作品，演流氓是有點……有點另闢蹊徑，但是你要知道，你如果去演那種偉大、光榮、正確的校草菁英，形象太同質化了，沒有辨識度。而大家都不看好的流氓形象，才是一個隱藏的機會，因為這角色不受重視，歷來都是歪瓜裂棗的長相演的，你這個顏值來演一個，不就立刻在『流氓圈』一炮而紅出名了嗎？」

「……」顧衍的表情有點一言難盡，「齊溪，妳的歪理邪說還挺多。」

齊溪嘆了口氣，像是被戳扁了的氣球，她眨巴了下眼睛：「我也編不下去了……」

「不是在意形象。」隔了片刻，顧衍才再次開了口，他快速地看了齊溪一眼，然後移開了視線，頓了頓，才道：「只是我演不出。」

原來不是內心抵觸不肯演，而是演不出？也就是說不是態度問題，是能力問題？

那好辦！只要想演，總能練習一下演到及格分！

齊溪熱情建言道：「那你再代入一下，再回顧一下當初被拒絕後的心情？」

「代入了也沒有用。」顧衍的眼神很平靜，「她不喜歡我並不是她的錯，我也永遠不可能對她做這種事。」

行行行，你的白月光是你的寶，你傷害不了她，你就罷演傷害我！

齊溪知道自己沒立場責備顧衍，但她心裡還是酸溜溜的。怎麼人家都是個寶呢。

最終，顧衍雲淡風輕地下了最終通牒：「總之，後面這些劇情我演不出。」

這可怎麼辦？齊溪總不能一人分飾兩角吧！

齊溪的腦袋有點大：「要不然這樣，我們先試試，你就配合一下，就和背景板一樣在旁邊晃晃就行，表演的部分交給我？」

正常情況下，一部劇裡，男女主角就算有一個演技特別差，只要有一個演技入木三分，另一個差得只要別太離譜，也能被帶動起來像樣點。

顧衍看起來有點遲疑，齊溪生怕他又拒絕，於是趁熱打鐵地趕緊把顧衍拽過來：「好了，直接開始了啊，我們先試一下！現在我先用手機拍一下，看下效果。」

齊溪架好了手機，清了清嗓子，就進入了狀態。

十分鐘後，作為「受害人」的齊溪敬業入戲，嗓子都快喊啞了，終於勉強結束了這一場戲的排練。

只是……

只是等拿起手機看錄下來的效果，齊溪差點沒當場氣死。

顧衍說當背景板還真的心安理得當起背景板了。

全變成齊溪一個人的獨角戲了！

本來演的時候齊溪只顧著專注演自己的角色背自己的臺詞，還沒覺得有什麼，如今旁觀者清一般的看了剛才拍下來的影片一眼，整個人都不好了。

「我讓你走個過場你好歹也配合點，搞點什麼凶狠的表情吧？你看我都喊那麼大聲『非禮』、『流氓』了，我自己都一路往小樹叢跑了，你至少跑我前面，做出個拽我手的動作以彰顯你是犯罪分子吧？」

齊溪喊那麼賣力，顧衍倒好，連營業都懶得營業，完全就是雙手插口袋裡，一路看著齊溪喊救命，一路慢悠悠地跟在齊溪身後轉進了「草叢」的模樣。

他像犯罪分子嗎？！他不像，齊溪覺得自己才像。

影片裡，顧衍慢吞吞的，並不積極的樣子，倒是齊溪，欲蓋彌彰般喊了兩聲救命，然後就擠眉弄眼彷彿暗示顧衍一樣，接著就主動地跑去「後山小草叢」了。

齊溪看著手機影片裡自己表情豐富浮誇的臉，氣不打一處來。

這表現，看起來不是「小剛」強姦「小雅」，倒像是「小雅」欲拒還迎把「小剛」騙去後山欲行不軌之事，趁「小剛」沒反應過來，把他這樣那樣嘿嘿嘿。

「顧衍，你自己看看，你這樣合適嗎？你像個犯罪分子嗎？拿出點流氓的氣質！」

顧衍看了影片一眼，大概齊溪的表揚實在太浮誇了，這傢伙也沒忍住笑了一下，但很快，他就收斂了笑意，一臉高冷地看向了齊溪：「難道我像犯罪分子？我本來就不是那個氣質，妳讓我演，本來就強人所難了。妳讓我揣摩流氓的心理？我怎麼會知道？」

是是是，長成顧衍這樣，怎麼還需要流氓別人，被別人流氓倒是更合適。

只是光顧衍這個破爛演技，不用到律協彩排，齊溪就知道過不了。

與其一遍遍調教顧衍，還不如……

齊溪破釜沉舟做了個決斷：「行，你不是那個氣質，那我是！」

說幹就幹，齊溪二話不說，當即拉著顧衍找了律協老師協商，提出了自己的新方案。

果不其然，這一方案遭到了對方的反對：「這不行，怎麼有女生求愛不成凌辱男生呢？」

「怎麼沒有了！」齊溪據理力爭道：「老師，如今男女平等，女流氓也有春天啊！這劇本性別反轉一下，劇情照舊，宣傳的法律知識也照舊，臺詞都不用改，稍微修一下小細節，不就行了？」

律協老師有些遲疑：「話是這樣沒錯，可女的不能強姦男的啊，男性不是強姦罪的適格受害人啊。」

「那還不簡單，改成強制猥褻罪！也還是刑事犯罪呀！要普及法律知識宣傳的不就是不能偏執因愛生恨去傷害他人嗎？主旨是一致的！」

齊溪看了顧衍一眼，加了把勁：「老師，主要您也知道我同事長什麼樣，長成那樣，如果演個流氓，真的有點說不過去，如今大家三觀跟著五官走，搞不好支持他的還很多，甚至覺得被他看上都是福。最近有個新聞，有個強姦犯每次出獄都強姦同一個女性，下面還一堆留言講『愛到極致就是罪』呢。」

齊溪乘勝追擊道：「老師，要不然還是讓我演吧，現在帥哥比美女少，讓我來糟蹋我同事，容易激發大家的同仇敵愾，覺得這麼好的帥哥被侮辱了，把美硬生生撕裂給大家看，這樣才能起到真正的普及法律知識作用。」

律協老師還在遲疑：「可長成妳這麼漂亮的女生也不可能去對一個男生死纏爛打啊……」

齊溪清了清嗓子：「老師，知人知面不知心，您可能有所不知，我這個人，雖然長得人模狗樣，但性格其實很差，曾經就因為一些誤會，當著全校師生的面，狠狠地侮辱過我這位同事，給我同事造成了巨大的心理創傷。雖然事後經過澄清，我同事大發慈悲原諒了我。但是經過這件事，我想說，我演女流氓，再去侮辱我的同事一次，對我來說可以用曾經的經歷做參考，想必演出時能更加逼真和代入真情實感。」

這時候就需要顧衍現身說法雙管齊下了。

齊溪說完，當即拽了拽顧衍的袖子：「是吧，顧衍。」

只是剛才還死活不配合不肯演的顧衍，這時候卻沒有順水推舟地把這個角色戲份讓給齊溪，甚至正相反，他不僅沒有配合附和齊溪，反倒像是突然下了決心一樣，看向了律協的工作人員——

「老師，沒關係的，既然不能換劇本，那我可以演，不需要她。」

？？？

齊溪簡直驚呆了，剛才不是還死活不肯演嗎？

只是顧衍這麼說，律協的老師反而鬆了口，她笑咪咪地看了顧衍一眼，又意味深長地看了看齊溪：「你們小情侶說什麼就是什麼吧，兩種方案都可以。你們自己決定。」

顧衍大概是沒反應過來，對此完全沒有想起來澄清。

齊溪倒是試圖解釋：「我們不是……」

律協老師卻是一臉了然地抿唇一笑：「哎呀，沒必要瞞我啦，我們律協是很鼓勵內部消化解決的，你們兩個對對方都是滿滿的愛，都捨不得對方演形象差的角色，就很可愛啊。」

齊溪還想說什麼，但顧衍出聲打斷了她——

「謝謝老師。我們會溝通好方案的。」

男人說完，就拉著齊溪出去了。

一離開律協辦公室，齊溪就質問了：「顧衍，你剛才怎麼回事啊？」

顧衍抿了抿唇，聲音挺平靜：「我來演。」

「可你之前不是死活不肯？為什麼一到律協老師面前就……」齊溪一邊說，一邊突然想到了一種可能，她瞪著顧衍，「你這傢伙不會是專門在律協老師面前表現自己有擔當吧？讓律協老師對你產生深刻的好印象？」

這只是齊溪的胡亂猜測，因為她實在想不到顧衍改變主意的原因，除非是……是真的捨不得她去演女流氓自毀形象？

可律協老師是瞎子以為他們是情侶，齊溪自己又不是傻子，顧衍還能在意她的形象嗎……

而也是這時，顧衍認可了齊溪此前的猜測。

這男人看了齊溪一眼：「嗯。」

還真的是為了表現他自己？在律協老師面前展現一下自己有擔當？

枉費自己一片好心了！

齊溪簡直氣死了。

那更不能讓顧衍如意了。

也就當償還自己曾經對顧衍犯下的錯吧！

這個流氓，齊溪決定，自己演定了！

「總之，我要演女流氓！」對此，齊溪頭頭是道：「憑什麼女性只能坐以待斃成為受害者？我就要反其道而行，塑造一個加害者形象，而且這種反派才更挑戰演技，才更能展現我的水準！」

因為齊溪的堅持，顧衍最終不得不同意了她的方案，只是確定之前，他還是再三向齊溪確認了——

「妳要演我沒意見，但妳知道播出後可能給妳造成的影響嗎？」顧衍頓了頓，提示道：「雖然只是個普及法律知識的影片，但很多網友不理智，很可能辱罵上升到妳個人，妳的個人資訊也可能會被出賣，甚至遭到騷擾。」

對此，齊溪不以為意：「不至於啦，你可能想太多了吧？」

顧衍抿了抿嘴唇：「沒有想太多。」他的雙眼沉靜而平和地看向齊溪，然後垂下了視線，「是真實會遇到的事。」

齊溪本來很想反駁，然而她剛想開口，顧衍就再次看向她，他重複了一遍——

「齊溪，以上我說的那些，都是影片播出後，妳有可能遭遇到的事。」

顧衍的語氣是平靜的，並沒有任何責備的意味，然而齊溪卻突然反應過來。

顧衍為什麼這麼篤定說會真實遇到，是因為……

是因為自己之前畢業典禮上的那段影片嗎？雖然齊溪投訴刪除了她所有看見的影片，但是還是有一定的傳播度，光是這些傳播度，就給顧衍造成了這樣的影響嗎？

這件事上，顧衍一直沒有責罵過齊溪，甚至沒有特別主動提起過，更沒有利用這件事要求齊溪做過什麼，然而齊溪心裡卻更加愧疚和難受了，也更加堅定了她演這個反派角色的信念。

如果會造成顧衍說的這些影響，那她更不能讓顧衍再去經歷一遍，更應該替顧衍設身處地感受一下他當時的遭遇。

因此，齊溪幾乎是一錘定音般地做出了決斷，她拿出了當仁不讓的堅定：「反正！我演！」

一方面，齊溪終於成功獲得了「女流氓」的角色，開始修改劇本；另一方面，程俊良也帶來了和他帶教律師溝通後的後續回饋——

他的帶教律師聽完他的陳述後，果然也和顧雪涵一樣，對他此前試圖賴掉收借據原件的行為完全不贊同。

「現在我的帶教律師也覺得他當時沒提醒我是有責任的，所以他願意用他的律師保險為我賠付。」程俊良說到這裡，明顯鬆了一口氣，「不過他說了，雖然我承認了自己弄丟原件的錯誤，但是也不能直接躺平任人宰割任憑盧娟訛詐了，盧娟這塊，我的帶教律師要求我還是要自己先想辦法，去溝通處理也好，去側面再找到證據以證明她和她前男友之間確實存在十二萬債務也好，總之，我的帶教律師要我再去努力一下，而不能想著有他的責任保險概括承受，就直接不努力了。」

程俊良頓了頓，繼續道：「他說我雖然是實習律師，但也要對得起律師兩個字，要盡一切努力去解決因為自己疏忽大意留下的爛攤子。」

顧雪涵對此結果彷彿並不意外，她喝了口茶：「他說得挺對，簍子是你捅出來的，你去掃尾，學會承擔自己的錯誤，對你而言不僅是個教訓，也會是一次成長。」

一想到要面對盧娟，程俊良顯然還是有些緊張：「但我一個人能行嗎……」

顧雪涵笑了下，看向了齊溪和顧衍：「這樣吧，我把齊溪和顧衍借給你，讓他們作為同學去幫你。三個臭皮匠勝過諸葛亮，總不至於你們三個人湊在一起都想不出怎麼和盧娟解決事情的辦法吧？」

顧雪涵說完，和齊溪顧衍確認道：「作為同學，你們的幫忙就不收費了，但你們三個人要是都搞不定，要回來找我諮詢建議，我可就要收律師費了。」

她看了程俊良一眼：「我收費很貴的，所以你們最好自己想出辦法。」程俊良自然對這個方案求之不得，齊溪和顧衍當然也願意幫忙。能完滿解決程俊良的問題，也是他們想看到的。

擇日不如撞日，出了顧雪涵辦公室，齊溪就把顧衍和程俊良拉進了旁邊的會議室。

「我們來商量一下怎麼找證據。」齊溪轉了轉筆，「讓盧娟或者潘振東主動配合補齊借款證據顯然是不可行的，他們兩個肯定早就商量好了，我們只能從別的切入點入手了。」

一提這個問題，程俊良就明顯苦惱了：「要麼問問盧娟或者潘振東當時的朋友或者同事，是否有人知情他們之間有這筆借款，或者這兩人在和別人聊天的紀錄裡是不是有提及這筆借款？我可以用這幾天時間去走訪一下他們的社交圈，盡可能收集一些證據。」

對此，顧衍並不看好：「這個方法效率不高，一來是盧娟潘振東本來就是同居的情侶，兩個人之間的借款關係未必會告知別的朋友同事，另外就是，既然是他們兩個人的朋友同事，怎麼可能出賣他們的資訊給自己毫不熟悉的陌生律師？」

那這樣，取證就陷入了困境……

就在大家都沉默之際，齊溪沉吟了片刻，突然有了個大膽的想法：「如果潘振東當初分手就是有了新歡，其實早就背叛了盧娟，你們覺得是不是可以攻破盧娟和他現在的聯盟關係？」

正因為潘振東和盧娟是曾經的戀人，如今甚至都可能偷偷復合了，這個關係可以讓兩人一致對外堅不可破，但如果這層關係的基石出了問題，那是否不需要外部攻擊，只要他們內訌，兩人的聯盟自然而然就解體了？

齊溪越想越覺得這是一個方法：「你們想，盧娟雖然精明，但對上潘振東，就有點戀愛腦了，簡直和倒貼錢談戀愛似的，對方要去創業也無條件支持，還為了他借網路貸款，對他可以說是死心塌地，這段感情明顯是盧娟付出多，而付出多的人，因為沉沒成本高，抽身慢，也更容易陷進去。」

程俊良有些遲疑：「是這樣嗎？」

齊溪剛想點頭，就聽顧衍「嗯」了一聲。

顧衍這人輕易不發言，但真的發言的時候，一般都是親身體驗。

這男人此刻很平靜，但齊溪卻覺得心裡不是滋味，他這聲「嗯」，說的應該就是那個他忘不掉的白月光吧。

齊溪心裡酸溜溜的，都沒談過哪怕一天，也沒約過會，手也沒牽過，嘴沒親過，睡也沒睡過，能陷進去多少啊，至於這麼抽不開身嗎？顧衍那個白月光，是什麼當代狐狸精啊？

但這念頭只是一閃而過，很快，因為程俊良和盧娟這件事的後續討論，齊溪又重新回到了工作模式，幾個人就處理方案你一言我一句交流起來。

有齊溪和顧衍的引導，程俊良終於也按照這個想法開始思考：「所以，如果我們能找到潘振東對盧娟不忠誠的證據，然後透露給盧娟，很可能盧娟自己在憤怒之下就和潘振東『拆夥』了？」

「沒錯。」齊溪點了點頭，「我猜很高的機率是潘振東把盧娟哄復合了，然後兩個人利用你弄丟借據這一點準備訛個十二萬回來，那如果我們找到潘振東出軌的證據，盧娟看到後，你們覺得會發生什麼？」

「我作為女性代入一下，我付出這麼多，為了他甚至不惜去訛詐自己的律師，還被各種高利貸到處催款騷擾，甚至丟了工作，以前好不容易存下的存款也都為了給他創業用全部打水漂了，當初更是一心一意支持他創業，卻發現自己原來是個笑話，他早就出軌了，早就花著我的辛苦錢在外找女人了，那我當初愛的有多深，現在恨也有多深。」

齊溪用手指敲了敲桌面：「盧娟的性格並不是懦弱類型的，如果潘振東早就背叛她，她不會哭哭啼啼結束，肯定不會就此甘休自認倒楣，她一定會要潘振東付出代價，那怎麼付出代價？就是讓他承擔這十二萬的欠款責任，到時候她一定會非常配合我們律師取證，提供能證明潘振東欠款的證據。」

齊溪抿了下唇：「因為一旦潘振東出軌過，這對盧娟而言，就不再是簡單的借款糾紛，自己只要拿到錢就好了，而會變成一場女人不顧一切的復仇行動。」

對齊溪的方案，顧衍也表示了認可：「目前與其從這兩個人的朋友入手，還不如直接從這兩個人的關係入手，他們的聯盟本身也岌岌可危，只要找到攻破點，導致盧娟和潘振東的聯盟解體，盧娟為了對付潘振東，自然會轉投到我們這方尋求支援，和我們達成和解，那對程俊良就是重大利好。」

「我懂了！」程俊良的眼睛也亮了起來，「我馬上從潘振東的人際關係入手，看看有沒有可疑的地方！」

有了齊溪和顧衍的指點幫忙，程俊良這一次目標明確，他在校時本身成績就不差，之前因為十二萬欠款的事方寸大亂，如今冷靜下來，終於恢復到本來應有的水準。

當天下班前，程俊良竟然雷厲風行地有了成果——

「我混進潘振東之前工作的KTV消費，假裝和那邊的工作人員聊起來，還真的被我發現了！」

程俊良的語氣挺激動：「齊溪，妳猜的一點也沒錯，其實潘振東在外面還有個小三，甚至一直拿著盧娟網路貸款給他的錢在養小三，這小三也是潘振東原本KTV裡新招的女服務生，兩人早就好上了，潘振東有時候對盧娟說去工作，其實就住在小三那呢，小三的房子都是他花錢租的。」

程俊良一邊說，一邊拿出了證據：「KTV其他幾個經理，特別羨慕潘振東有能耐有兩個女朋友，這些我都錄音了，我還打聽到了那小三住在哪，潘振東現在就住在那呢，盧娟如果不死心，我還可以陪她去蹲點。」

程俊良這次卯足了勁想要彌補此前辦案不力的過錯，這次明顯是下了功夫，他不僅拿到了錄音證據，還拿到了別的證據。

程俊良從包裡拿出了一份文件：「雖然潘振東靠哄騙盧娟來訛詐我而不用還那十二萬的欠款，但是我打聽到他之前創業投資的，根本不是什麼正經產業，倒是有點像直銷產品，現在他自己的錢全套進去了，還欠了別人不少，因為被追債資金壓力大，所以非常缺錢。」

「我打聽到潘振東幫那個小三租了間兩房一廳的房子，現在他和小三住在主臥，本來其實有個次臥是空置的，原本不缺錢的時候還過得去，但現在他手頭這麼緊，我要是他，我肯定會想著把那個次臥轉租出去，能補貼一點是一點。」

程俊良越說越投入，眼睛都亮了起來：「我這樣想著，就找了幾個那片社區附近的房產仲介，說自己想要租個次臥。因為那片是學區房，平時其實挺難有房源出租的，大部分也都是整套租住，不會有單獨的次臥閒置出來，我想著招租次臥的肯定不多，可以試一試。果不其然，仲介推送來的閒置次臥，只有兩間。」

研究處理案件有時候就像是拼大型拼圖，初看一堆看起來找不到太大差別的小方塊，只覺得毫無頭緒，然而真的好好鑽研比對，提取一塊塊小方塊上的有用資訊，耐著性子嘗試所有可能，只要肯花功夫肯花時間，就一定能完成整塊拼圖。

從最初的慌亂不安差點鑄成大錯，到如今在齊溪和顧衍的幫助下，在顧雪涵的提點下，在自己帶教律師的引領下，程俊良終於從一個初出茅廬的小菜鳥，開始變得冷靜理智。

齊溪看著他如今講解起自己這個案子時抽絲剝繭的認真樣子，打從心裡感慨。

明明沒多久前，程俊良還是個束手束腳、畏首畏尾，看起來根本難以擔當律師重任的年輕人，可短短的時間裡，在正確的環境和引導下，他可以獲得這麼快的成長。

好的律師從來不是天生的，而是從犯錯了並改正且不斷努力的實習生成長起來的。

雖然程俊良只是遇到一個小案子，但齊溪不知道為什麼，反而覺得相當受鼓舞。

顧雪涵優雅從容強大，彷彿無所不能，常常讓齊溪在對比之下生出相形見絀和無法超越的自卑感，然而這一刻，她突然覺得，即便自己現在還很弱小，還不那麼專業，也不那麼嫻熟，常常會犯錯，但這些都沒關係。

因為只要犯了錯能迎頭改正，錯了能立正挨打，去承擔去負責，只要不為一點點挫折就放棄律師這個職業，那麼堅持努力下去，自己總有一天也能成為和顧雪涵一樣獨當一面的女律師，一個能讓自己的爸爸也刮目相看的女律師。

程俊良並不知曉齊溪在想什麼，他已經完全沉浸在對潘振東的調查證據裡，認真而仔細地向齊溪和顧衍說明他這一下午密集進行的取證：「我也是運氣好，見的第一個，就是潘振東的房源，而且很幸運，不是潘振東本人來的，是他那個小三來的，因為他們是轉租，等於是二房東，我要求看一下他們和房東簽訂的租賃協議，以證明他們有資格轉租這個次臥，那個小三沒有懷疑我，給我看了他們的租賃協議。」

「大概是急著轉租想弄點租金回本周轉，對方對我很熱情，生怕我還有疑慮，還特地讓我複印了一份，那份租賃協議是以潘振東和小三的名義簽的！錢也是潘振東出的！」

程俊良說到這裡，便從包裡掏出了那份影本：「這就完全能證明，潘振東和那小三同居，而且在掏錢養小三了！」

這並非是婚姻糾紛，出軌的證據也不需要提交到法庭上，程俊良的錄音以及那份租賃合約影本也只是為了讓盧娟清醒，因此這樣的證據已然足夠有說服力和證明力。

三個人商議，決定速戰速決，當天晚上就把盧娟再次約出來了。

「程律師，你們想好還我錢的時間了？」

盧娟對自己即將面對的一切一無所知，程俊良看了眼前的女生一眼，最終鼓起了勇氣，他再次鄭重而認真地為借據原件被弄丟一事向盧娟道歉——

「我的錯我會承擔，盧小姐，我也想盡全力彌補我的錯誤，首先，妳這個借款糾紛案，我不會收妳的費用，我帶教律師的那部分錢，經過溝通，也不會再跟妳收，所以這案子我們免費代理，我會盡力去打贏官司，然後申請強制執行；但如果因為丟失借據原件讓我們輸了官司，我會承擔這個十二萬的賠償。」

盧娟想聽的顯然並不是程俊良的道歉，她對打贏官司也沒興趣，最後那句承擔賠償才讓她的臉色安穩下來。

「只是，在此之前，有一些事我覺得妳應該要知情。」程俊良沒再遲疑，拿出了潘振東出軌的錄音，以及潘振東為小三和自己租的同居房租協議影本，簡單陳述了他出軌的事實。

因為覺得能從程俊良手裡拿到這十二萬，盧娟原本臉色還挺好看，但隨著錄音播放，她的臉慢慢沉了下來，等錄音徹底放完，齊溪再看，才發現盧娟的神色難看，嘴唇微微顫抖，眼神則已經變得有些茫然了。

她蒼白著臉，一下子沒反應過來，愣了片刻，她才終於找回了思緒，眼神有些失焦地看向齊溪，像是要找一個答案：「他怎麼會和她在一起……她雖然比我年輕，但長得還沒我好看，憑什麼？憑什麼？」

程俊良、齊溪和顧衍不知道這小三的身分，但盧娟顯然一下子就明白了。

她緊緊咬著嘴唇，直到嘴唇上都有血跡出現。

潘振東出軌的事對盧娟的打擊顯然是空前的，這女生一雙眼睛都紅了，根本忍不住，當即撥打了潘振東的電話——

「潘振東，你不得好死，你背著我劈腿，花我的錢養別的小賤人！你他媽是人嗎？」

盧娟的情緒完全失控了，劈頭蓋臉對著電話那端就是一陣辱罵。

潘振東一開始還試圖哄騙，後面發現沒辦法混過去，也不再掩飾自己了，聽起來他對盧娟也早有意見：『她長得是沒妳好看，但她性格脾氣比妳好一百倍！嘴巴甜討人喜歡，懂我，知道我創業我一個男人在外面辛苦，能安慰我，也知道崇拜我。』

潘振東一反擊起來，也頭頭是道：『妳呢？我之前創業只遇到點小挫折，妳倒好，天天在家裡抱怨，和我吵，一點都不知道鼓勵我，誰一開始創業就成功的？妳就是不看好我，看不起我，所以我有一點小波折，妳就叫我重新找個工廠上班，妳他媽不是心裡覺得我不行嗎？強勢得要死，一點也不溫柔，我忍妳很久了，妳這種女人，說實話我也不想和妳結婚，現在沒結婚就這個死樣子了，娶妳當老婆，妳還不坐到我頭上拉屎？妳這種母老虎誰敢要啊？！』

盧娟握著手機的手不住地顫抖：「你不是說之前是創業壓力大才和我吵到分手，現在還是決定和我和好，趕緊存錢和我結婚嗎？」

潘振東被戳穿後，索性也撕破臉了：『這話妳都信？老子老實和妳說吧，我絕對不會和妳結婚，反正現在妳的借據也弄丟了，以後別來煩我了，去找那個小律師要錢，我也懶得哄妳了！』

潘振東說完，也不管盧娟還想說，就逕自掛了電話。

盧娟聽著電話那端的嘟嘟聲，一臉茫然和無措。

她的情緒消化了很久，才終於露出痛苦和絕望。

「他不能這麼對我……他不能……」

她憋了好久，這一次，終於嚎啕大哭起來。

齊溪和顧衍對視了一眼，果不其然，此前他們的猜測完全對了。

盧娟確實和潘振東合謀，想要把這個十二萬的債務轉嫁給疏忽弄丟了原件的程俊良。

盧娟的情緒徹底崩塌了：「我……我根本沒有看不起他的意思，就是因為在意他，想和他過一輩子，才會那麼操心他的工作他的創業進展，就是因為想和他一起組建家庭，未來生一兒一女，才希望他能有更穩定的工作以確保未來有生養孩子的經濟基礎……」

盧娟的話語裡充滿了莫大的委屈和苦澀：「談戀愛的時候，尤其一開始只想著當男女朋友相處，那時候我也不在意他的工作有沒有前途，因為從沒想長遠的事，反而對他做什麼都不在意，也從不會為這些事管他嘮叨他。現在回想起來，那個時候，他也常常誇我懂事體貼溫柔，可後來……」

後來的事，齊溪自然也能猜到——後來，盧娟一定是越發在意潘振東，想和他有長遠的規劃，因此開始對他的工作他的各方面都有更高的期待，自然而然，矛盾就來了。

有些男人至死都是少年，和女友談戀愛時都能你儂我儂，但一旦女方提及婚姻或責任二字，這些少年們跑得比誰都快，能立刻和女方劃清界線，表示自己突然不愛了。

潘振東大概就是這種沒有什麼責任感的典型男性，嚮往不需要承擔任何責任的自由自在，因此一旦盧娟開始對他有要求，有諸多約束，他就開始覺得不自在，開始覺得盧娟像個家長一樣管東管西，繼而嫌棄盧娟強勢，失去對她的愛意，開始找尋能崇拜他但從不管他的替代品。

他這樣的男人，需要的是一個崇拜他的沒腦子蠢女人或者假裝崇拜他從而撈取錢財的壞女人，而不是任何一個想要安定下來過日子的踏實女人。

盧娟還在哭，不過至此，齊溪也明白，她和潘振東的聯盟算是崩塌了。

盧娟鬧了這一場，如今再面對齊溪顧衍和程俊良，臉上也是尷尬：「程律師……」

剛才潘振東咆哮的聲音足夠大聲到程俊良聽清一切。

盧娟低下了頭：「這案子算了，是我被豬油蒙了心，是我對不起你，要不是你，我被人賣了還幫人數著錢……」

盧娟混社會很久，此前試圖訛詐程俊良也是深思熟慮，要說她此刻瞬間意識到自己的錯誤，立刻如她自己所說的真心實意地覺得歉疚，那是不可能的，如今這樣說，也是因為趨利避害的本能。

潘振東的背叛對她的情緒打擊很大，她在巨大的憤怒裡，想要懲罰和報復出軌方，因此立刻改變策略，聯合程俊良他們，完全是精明和市儈的決定。

但不管怎麼說，即便盧娟的道歉再不誠心，再參雜了私心，至少事情是往齊溪他們期待的方向走了。

更何況，程俊良弄丟借據原件確實存在工作上的失誤。

而同為女生的齊溪覺得自己這時候該上場了，她拉住了盧娟的手，給出了讓盧娟下臺階一樣的補救方案：「程俊良做錯的部分，他還是會承擔責任，還是可以幫妳免費代理，我們也都會一起幫妳，但需要妳配合。」

一直沉默的顧衍也開了口：「原件雖然弄丟了，但只要妳能提供別的佐證去證實這筆借款存在，配合拉取銀行轉帳紀錄，法院是會認可借款的。」

「我有證據。」這一次，盧娟終於說了真話，「我之前修舊手機，潘振東以為我和他的聊天紀錄都不見了，但實際上我早就備份過，聊天紀錄裡，能明白看出他承認這是借款。」

說到這裡，盧娟老練地表現出了羞愧：「對不起，之前我一直隱瞞你們，沒有提供這些，是我自己心術不正，結果被人耍得團團轉，是我活該。」

不管盧娟是真心意識到了錯誤，還是假意，總之，面子上這關，大家也得過且過就這樣翻篇了。

最終，程俊良真摯的道歉贏得了盧娟原諒，盧娟也至少在口頭上向程俊良承認了自己的錯誤，並且配合提交了能證明欠款的佐證。

齊溪看了看，雖然沒有原件，但加上盧娟的這些證據，也完全可以認定盧娟和潘振東之間存在借款關係了，這個案子程俊良打起來應該是穩贏了。

不論是盧娟的案子還是程俊良的困境，如今終於都圓滿解決了。

「顧衍，齊溪，這次多虧你們幫忙，否則我都不知道怎麼辦。」事情終於有了個好結局，程俊良終於卸下了心裡的大石頭，臉色也輕鬆舒坦起來，「你們這次不僅讓我免了十二萬的債務，也讓我不至於自絕職業的後路，算是救了我的大命，你們幫我這麼多也不收我一分錢，那無論怎麼樣，也給我個機會請你們吃頓飯，也算是大家畢業後難得一起聚聚。」

齊溪對這件事能順利解決也很雀躍，對於程俊良的提議，很快表示贊成，顧衍自然也沒有反對意見，於是一行三人便就近找了一家粵菜館，決定好好慶祝一番。

雖說齊溪和顧衍都表示隨便吃吃就行，但程俊良為了表達誠意，還是找了一間比較高級的粵菜館：「你們別替我省錢，都說要先學會花錢，才能學會賺錢，你們花了，我才更有決心去賺。」

因為高興，程俊良席間還喊了酒水，拉著齊溪和顧衍一定要乾一杯。

大概是人逢喜事精神爽，程俊良敬了齊溪和顧衍好幾輪，成功讓酒量不怎麼樣的自己喝多了。

程俊良喝紅了臉，話變得比平時還多，拉著齊溪絮絮叨叨講自己如今對未來的憧憬和計畫，連什麼時候把之前跟同學們借的錢還清都一一跟齊溪事無巨細地彙報。

齊溪知道程俊良多半是喝多了有點上頭，並沒有什麼惡意，因此被湊那麼近絮絮叨叨地說話時，雖然覺得有些不舒服，但也不好意思推開，幸而原本都不怎麼喝酒的顧衍，不知道今晚是不是也很高興，把程俊良拉到一邊拚酒，才把齊溪從尷尬的境地裡解救出來。

程俊良對著顧衍講的，和對齊溪講的並不相同，他開始回憶大學裡的生活，絮絮叨叨說著和宿舍幾個人的就業去向和近況，直到提到了張家亮——

「對了，顧衍，你畢業典禮那天，為什麼把張家亮堵在男廁所打了一頓啊？我聽說你打得很狠，張家亮那天後來臉上都青一塊紫一塊的。」

程俊良明顯喝多了，說話已經開始嘴瓢了，但八卦精神還是很足：「聽說後面你賠了醫藥費，張家亮又要回老家，反正最後他才想多一事不如少一事就算了，後續沒和你有糾葛，你平時和他關係不是不冷不熱也還行嗎？怎麼突然鬧出那麼大的動靜？把人打成那樣？」

程俊良打了個酒嗝：「你也太衝動了，不管是什麼事，也不能那樣啊，萬一張家亮抓著你不放，未來可能還會影響你的前途，而且打他一頓，賠了那麼多醫藥費，你這不是白賠了那麼多錢嗎？」

程俊良是酒後失言，完全是無心之舉，但齊溪愣了愣。

他的話訊息量過大，齊溪愣是呆了片刻才反應過來。

畢業典禮後齊溪找不到顧衍道歉，就堵住了張家亮，問清楚始作俑者確實是張家亮後，齊溪也不是沒報警，但由於達不到立案標準，警方無法受理。齊溪當時心裡憋了一股氣，原本還想找張家亮再理論警告一番，至少要讓他付出代價，知道未來絕對不能再這樣騷擾任何一名女生。

只是那天很神奇的，齊溪後來既沒找到顧衍，也沒再找到張家亮，所以……

所以自己沒找到這兩人的原因，是因為顧衍把張家亮堵進男廁所打了一頓？

齊溪忍不住用驚呆了的目光看向顧衍。

可以當優秀標兵模範生般的顧衍會打人？

齊溪完全不敢置信。

大概是她的目光太露骨，顧衍被看得有點惱怒，他瞪了程俊良一眼：「你快喝點醒酒的東西，別再說話了。」

可惜酒醉的人哪有理智，程俊良嘴不僅沒閉上，話反而越來越多了，他看了看顧衍，又回頭盯了盯齊溪：「對了，你們到底怎麼回事啊，我之前不敢說也不敢問，但當時畢業典禮那一齣是鬧哪樣啊？顧衍你喜歡齊溪？齊溪妳又為什麼……」

程俊良說到這裡，大概是醉酒後有點頭痛，揉了揉眉心，但話匣子關不上了：「你們知道嗎？畢業後大家都在討論你們的事，有說顧衍求愛不成所以打了不巧路過的無辜路人張家亮洩憤；還有人說看到了齊溪的澄清和道歉說明，一切都是個美好的誤會，其實顧衍喜歡的不是齊溪，而是張家亮，後來打張家亮也是因愛生恨……」

「……」

簡直越說越離譜了！

雖然程俊良醉了，但齊溪還是覺得自己有必要替顧衍澄清：「你別聽這種胡扯，張家亮就是個混蛋，顧衍打他一定是為民除害替天行道！才不是看上張家亮了，別再傳這種亂七八糟的謠言了啊，你們這樣會影響顧衍交女朋友的！」

程俊良的眼神已經有些迷茫，但八卦的精神驅使他繼續問道：「那妳和……」

齊溪義憤填膺：「顧衍絕對沒有喜歡我！顧衍對我沒有那種非分的想法！全是張家亮害我誤會顧衍！」

不知道是不是又舊事重提，顧衍臉上露出了相當微妙的表情，看起來像是混合了不高興和有些茫然無措，讓齊溪也難以形容。

程俊良很快就不敵酒意，捂著嘴匆忙跑去洗手間吐了，於是席間就剩下了齊溪和顧衍兩個人。

也不知道為什麼，齊溪如今和顧衍在非工作時間獨處，常有些心跳雜亂無所適從的感覺，也不知道是不是因為喝了酒。

齊溪努力想要驅散這種感覺，於是又抬起手拿起酒杯想要再喝一口，只是杯子剛到嘴邊，就被顧衍拿走了，接著顧衍遞來別的東西放進齊溪的手裡。

她低頭一看，才看到是一罐優酪乳。

顧衍的樣子相當波瀾不驚，他一隻手把優酪乳塞給了齊溪，一隻手還在幫自己倒茶，完全看不出剛才幹了什麼。

面對齊溪的目光，男人才勉為其難般解釋道：「別喝酒了。」他瞥了洗手間的方向一眼，「妳一個女生，難道等等想和程俊良一樣吐嗎？」

「喝點優酪乳，優酪乳可以減少酒精對胃黏膜的刺激。」

不知道是不是因為喝了酒，顧衍的臉也有些紅，他看了齊溪一眼，然後移開了視線，像是有些費力地解釋道：「程俊良已經醉成那樣了，等等肯定要負責把他送回家，我不希望妳也醉成這樣，那我依次送你們兩個人回家，我任務得多重？」

說的也是。

齊溪不敢再喝酒了，打算乖乖地喝優酪乳，但也不知道優酪乳吸管是不是打定主意和她作對，齊溪插了幾次都沒插開。

最後顧衍像是看不下去，有些無奈地一把抽走了齊溪手裡的優酪乳，然後幫齊溪插好再遞回給她。

只是齊溪還沒喝幾口優酪乳，顧衍不知道怎麼的，又有新要求了，他盯著齊溪：「妳和我換個位子。」

「啊？」

齊溪還以為自己聽錯了。

結果顧衍的態度很堅決：「換個位子。」

齊溪喝了酒，雖然不至於醉，但反應有點遲鈍，顧衍的指令，不知道為什麼，讓她覺得十分安全，於是幾乎沒有想，就溫順乖巧地站起來，然後聽話地和顧衍換了座位。

難道座位還講風水嗎？

齊溪坐到顧衍的座位上，並沒覺得有什麼不同。

程俊良這傢伙，也不知道吐成什麼樣了，至今也不回來。

齊溪看著顧衍，感覺有點緊張也有點侷促，她夾了口菜，有點沒話找話，但也帶著一些好奇地問：「你那時候是不是真的特別生氣啊？」

顧衍愣了愣：「什麼？」

「就是畢業典禮被我汙衊的時候。」

齊溪咬了咬嘴唇，又道了一次歉：「對不起啊顧衍，當時真的是我太衝動了，你那時候也不理我，也沒起訴我，更沒有做什麼行動要求我付出代價，我還以為你特別寬宏大量，以為你並沒有那麼介意這件事，沒想到原來還有你打了張家亮一頓的插曲。」

顧衍都能動手打人了，可見當時真的快把顧衍逼瘋了，也因此，齊溪再次意識到，當時自己那樣的行為，對顧衍造成的傷害和衝擊應當是相當大的，否則顧衍也不至於冒著被張家亮維權的風險都要打他。

只是沒想到，對此，顧衍沉吟了片刻，就否決了齊溪的想法，他抿了下唇瓣：「我打張家亮，並不是因為他害我被妳誤會。」

顧衍把目光垂下，盯著餐盤，彷彿能把餐盤看出朵花的樣子，沉默了片刻，他才補充道：「我確實非常非常生氣，但是打他是為了別的原因。」

齊溪盯著顧衍，露出了願聞其詳的表情。

可惜顧衍沒有再講下去，他抬頭也盯向了齊溪：「那個原因，我不想說。」他移開了視線，聲音也變得輕緩，「是我的祕密。」

行吧行吧，現代社會，誰還沒祕密呢！

齊溪明白了，也不再追問，但內心只覺得，未來要對顧衍更好一點。

大概是因為畢業典禮這個原因，近來齊溪發現，雖然顧雪涵早就不追究這件事，顧衍也沒追究，但她還是自發性地想要對顧衍好。

齊溪腦內正在浮想聯翩，結果就被身後一桌小情侶中女方尖銳的聲音打斷了思緒——

「我要和你分手！你這個垃圾男人！你對我根本不好！每次約我出來，就是為了那種事！今天你睡了我一下午，結果現在帶我來吃飯，我想點幾道貴的菜你都不讓我點，我今天還有點感冒，你吃的時候也只顧著自己吃，根本沒管我死活！」

女生帶了哭腔的聲音後，緊跟著的是男生氣急敗壞的聲音：「妳丟不丟臉？開房的事還拿到檯面上來說，怎樣？難道只有我一個人爽了？妳如果不想要，那我每次約妳妳別來啊！男女朋友不就這件事嗎？我難道還找了個公主？妳少看點小說和電視劇吧，什麼把女朋友寵成公主，那都是假的！現實世界裡，哪個女的和妳一樣矯情嬌氣的？哪個男的像電視劇裡那些男的一樣無微不至的？妳能不能好好貼近下生活，我每個月不是都給妳錢花了嗎？」

因為這一桌正坐在齊溪和顧衍的身後，饒是齊溪不想聽人家這些隱私，也被迫傳輸了過來。

只是原本還和齊溪完全無關的情侶吵架，也不知道什麼時候，突然波及到齊溪了。

那女生顯然氣不過，當即拍了下桌子後站了起來：「誰說現實裡沒有那種知冷知暖的貼心男友，你眼前就有！」她一邊說，一邊就用手指向了齊溪和顧衍，「就那個男的，他對自己女朋友那才叫好，剛才女生要喝酒，他遞優酪乳給女生，女生撒嬌插不進吸管，她男朋友一點也沒嫌棄，就耐心替她插吸管；剛才他們左邊那一桌有人抽菸，女生的位子正在下風口會被迫吸二手菸，男生立刻讓女生和他換位子。」

「……」

後面這對情侶還在吵什麼，齊溪都沒在意了，她有些愣住了。

原來剛才換位子……

齊溪忍不住看向了顧衍。

顧衍的唇角很平，他解釋道：「沒有的事，別聽他們胡扯，我只是覺得我這個位子有點悶，妳的位子是下風口有風，想透透氣。」

顧衍的眼睛沒看齊溪，他說完這句話，非常刻意地轉移了話題：「程俊良怎麼還不回來？我去洗手間看看他。」

顧衍丟下這句話，便有些匆忙慌亂地走了。

齊溪身後的那對情侶已經和好了，但齊溪的內心仍舊不平靜，她覺得自己最近好像有點不太正常，好像很多情緒變得莫名其妙。

而且……什麼叫撒嬌插不進優酪乳吸管啊，這是赤裸裸的汙衊！自己才不是撒嬌，是真的沒插進去好嗎！

齊溪越想越委屈，索性拿了桌子上還剩一罐的優酪乳，決定再喝一杯。

結果今天運氣真的很不好，她插了半天吸管，竟然又沒插進去。

直到手上的優酪乳再次被人抽走，一氣呵成地幫忙插好了吸管，然後再次遞給了她。

「嬌氣。」

齊溪抬頭，才看到顧衍架著程俊良，已經回到了座位前，他挺自然地喝了口茶，視線看起來並沒在看齊溪，要不是那確實是顧衍的聲音，齊溪甚至以為自己剛才聽到的是幻聽呢。

齊溪有點賭氣，嬌氣怎麼了？嬌氣違法嗎？嬌氣有什麼問題嗎？

程俊良吐完，顯然清醒了很多，他最後堅強地去買單，而齊溪和顧衍則留在桌前，打算把程俊良過分熱情多點但完全沒吃的菜打包一下。

等兩人打包完，才發現竟然有六個餐盒那麼多，顧衍一個人提不了那麼多，看了齊溪一眼：「妳幫我提幾個。」

這幾個餐盒並不重，齊溪也不是不打算提，但想起剛才顧衍還「攻擊」自己嬌氣，有點賭氣道：「我不是嬌氣嗎？提不動呢，手已經因為嬌氣自動脫落了。」

齊溪只是過過嘴癮，說完就打算伸手去提，結果顧衍倒是沒再讓她提，他把餐盒都放到了桌上，然後從桌上抽了張紙巾，在齊溪還沒反應過來之前，顧衍伸手動作輕柔地用紙巾幫齊溪擦了一下嘴。

因為事出突然，直到顧衍的手離開，齊溪都還呆呆愣愣的，她就那樣憨憨地盯著顧衍。

雖然反應變得遲鈍，但心裡的感覺並沒有，齊溪根本沒有辦法控制，她的臉開始變紅。

她瞪著顧衍：「你剛才幹嘛啊？」

顧衍倒是很冷靜鎮定：「幫妳擦嘴，妳嘴上沾到了優酪乳。」

齊溪虛張聲勢地微微抬高了聲音：「我自己有手！」

顧衍的樣子自然又淡定，只是大概因為酒精，臉才有些紅，男人瞥了齊溪一眼：「妳的手不是因為嬌氣已經自動脫落了嗎？」

顧衍說完，自己一個人提起六個餐盒，朝程俊良買單的方向走了，留下齊溪一個人目瞪口呆。

為什麼聽起來明明像是顧衍大發善心幫嬌氣的自己做了事，但齊溪總覺得好像反而被顧衍欺負了？

第六章　重金屬搖滾的友情

程俊良雖然還是有些醉酒狀態，但人整體清醒了不少，至少能自己直立行走，不用再做掛在顧衍身上的吊飾了，但齊溪和顧衍多少還是不放心，因此一路陪同搭計程車把他送到了租住的房子門口，兩人才安心告辭。

為了節省房租，程俊良住的離市中心比較遠，晚上這個時間了，這附近也比較難攔到車，齊溪和顧衍要回市中心便不得不依靠大眾交通工具，而離程俊良家最近的地鐵站竟然要走近二十分鐘。

好在今晚溫度適宜，晚風陣陣，齊溪和顧衍並肩走在溫柔的夜色裡，並不覺得這段路程難熬，齊溪甚至還覺得挺愜意。

雖然是容市人，但程俊良所在的這個區，齊溪平時也沒怎麼來過，這裡除了郊區幾個適合踏青運動的山之外，還有一片小小的湖，很多人週末會來度假，而對於年輕人比較有吸引力的，還數一個特色小書店——貓的天空之城。

說是特色書店，其實也集合了小咖啡館、小郵局的元素，挺時髦，有點混搭，很受年輕人歡迎。在這裡除了能逛一逛各種原創圖冊、插畫之外，最有意思的，是還能寫幾張寄給未來的明信片。

齊溪作為容市在地人，早就聽過這家小書店無數次，雖然這家店在容市各個區內都有分店，可在市中心的那幾家每次都是人滿為患，齊溪每次都望著人群被實力勸退。

「我想起來，這附近好像有一家『貓的天空之城』欸！之前看攻略說因為這家店在郊區，人流量不大，尤其是晚上，非常空！」

齊溪對寫給未來的明信片一直很有興趣，當即打開地圖找了找，沒想到還真的挺巧，就在他們走向地鐵站的必經之路上。

現在時間還不太晚，即便去晃一下，也完全能在地鐵末班車之前趕回市中心，齊溪當即就做了決定，她看向了顧衍：「你要是急著回去可以先走。我想去『貓的天空之城』晃一下。」

顧衍愣了下，隨即也表現出想去一探究竟的意願：「哦，這個『貓的天空之城』我也聽說過幾次，也一直沒機會去，既然這次順路，那我也一起去看一下。」

齊溪沒料到顧衍也有興趣，自然很高興，「那就一起去吧！」

兩個人走了沒多久，就見到了傳說中的「貓的天空之城」，這家分店確實因為比較偏僻而人相對少，齊溪走進去後，很快就喜歡上了這家小書店的氣氛，文創類周邊做的相當有意思，明信片更是非常有特色，而且不知道是不是為了契合名字裡的「貓」，這家小書店裡竟然窩著三三兩兩慵懶的貓咪。

齊溪對毛茸茸的小動物沒什麼抵抗力，當即就揉起貓咪。

顧衍則顯得拘謹很多，雖然貓咪很喜歡他，圍著他蹭著他的腿轉，但顧衍看起來有點拘束。

他頻繁看向齊溪，有些求助的模樣：「這些貓有沒有打過疫苗啊？會不會有跳蚤？」

那小心翼翼的樣子，對比平時總是穩重自持的模樣簡直是顛覆性的不同，然而齊溪卻覺得，這樣的顧衍也挺有趣的。

他的穩重冷靜讓人覺得可以依靠和信任，他偶爾孩子氣的小心翼翼和過度謹慎反而讓他顯得更活潑可愛了一點。

齊溪生出了點惡作劇的心態，她抱起貓咪，湊到顧衍面前：「你摸摸嘛，很溫順的。」

顧衍下意識想要逃跑，身體也隨著齊溪的動作往後傾斜，臉上露出點嫌棄的表情：「我不摸，好男不養貓，摸貓太娘了。」

「不摸就不摸。」齊溪抱著橘貓，拿著橘貓的爪子對著顧衍揮了揮，「我去點杯飲料，奶茶可以嗎？」

「不要奶茶。」顧衍一本正經道：「男人喝奶茶也有點娘，幫我點一杯拿鐵。」

「都晚上了，你喝拿鐵？」

顧衍點了點頭，態度挺堅持：「嗯。」

真是死要面子活受罪……

但齊溪想了想，還是幫顧衍點了一杯熱牛奶，自己則點了杯奶茶，再點了一些小甜點，在等待飲料的過程裡，她挑選了幾張明信片，打算等等一邊吃東西一邊寫給未來的明信片。

「貓的天空之城」有一整面的明信片牆，標注著未來不同的日期，只要寫完後，擺放進你希望寄出的未來日期裡，一旦到了那一天，書店的工作人員就會幫你寄出。

等齊溪挑完明信片，飲料和點心也準備好了，她端著盤子往回走，然後看到了意外的一幕——

剛才還號稱好男不養貓、摸貓很娘的顧衍，正蹲下身，雖然仍舊小心翼翼，但很溫柔地幫齊溪此前抱著的大橘貓順毛。

他並不知道齊溪在身後，一邊摸還一邊輕聲道：「我就摸一下，你別咬我。」

只不過，嘴上說著摸一下，實際動作上，倒是樂此不疲摸了一把又一把。

等他意識到身後有人的時候，他才頓了下手裡的動作，微微僵硬了片刻，這才狀若自然地起身回了頭。

「哦，剛才這隻貓死皮賴臉要我摸，不摸就擋著路不肯走。」顧衍的臉有些紅，他失去了一貫的遊刃有餘，有些慌亂而欲蓋彌彰地解釋道：「我摸牠，也是沒辦法的事。」

齊溪差點笑出聲，但出於禮貌，她憋住了。

「你的飲料。」

齊溪把熱牛奶遞給了顧衍，顧衍喝了一口，發現不是拿鐵，顯然有些意外，但也沒說什麼，非常安靜地把熱牛奶喝完了，模樣乖巧得像個小學生。

齊溪把明信片也遞給了顧衍：「寫給未來，你可以隨便寫什麼，可以選擇未來的某一天讓工作人員寄出給你自己，也可以寄給別人。」

顧衍愣了下，隨即便接過明信片，他看了齊溪一眼，在書店帶了暖色的燈光裡顯得眼神有點認真又專注，然後他像做了什麼決定，開始低頭在明信片上寫起來。

齊溪也很快寫起明信片，她寫了一張給自己，分別寫了一張給自己的爸爸和媽媽，寫完這些，明信片竟然還有多。

齊溪想了想，帶了點做賊的心態，她偷偷看了顧衍兩眼，也不知道是鬼使神差還是突發奇想，她也寫了一張給顧衍。

沒有什麼正經的祝福內容，齊溪也不知道自己怎麼回事，但等她反應過來，給顧衍的明信片已經寫完了——

「你摸貓的樣子也很帥。」

但既然是寫給他人的明信片，總要加一句祝福，齊溪想了想顧衍最希望能順利的事，加了一句——「希望你看到這張明信片的時候，已經和你的白月光在一起了。」

可……

祝福顧衍的心是真的，但齊溪寫完以後，心裡就開始不舒服。

擺放到未來牆上之前，齊溪還是拿起筆，抿著嘴唇，把最後這句祝福的話塗掉了。

像是洩憤般，齊溪把這句話徹底塗黑了，塗到顧衍絕對看不出自己寫了什麼話的程度。

只是擺放時，齊溪還是有些心虛，她總覺得自己做了個不太上道的事，彷彿吝嗇到連未來的祝福也不肯送給顧衍。

可……

可和那個討人厭吊著顧衍的白月光在一起，顧衍能有什麼幸福可言啊？

齊溪想了想那女人對顧衍做的事，覺得自己這樣的行為還是合理的，畢竟那是個渣女，要是能祝福顧衍和渣女在一起，自己這才是安的什麼心啊。

但即便這樣，齊溪放明信片還是偷偷摸摸的，總覺得自己做的事名不正言不順，好像幹了什麼天大的壞事。

不過顧衍看起來也一樣，也不知道他寫給誰，這傢伙寫的時候捂得嚴嚴實實，彷彿生怕齊溪偷偷看到哪怕一個字一樣。把明信片擺放到牆面上時，顧衍的動作也很慎重，也是完全不想讓齊溪看到的樣子。

明明是正大光明來寫幾張寄給未來的明信片，也不知道為什麼，兩個人寫的都和做賊一樣。

等寫完明信片，時間也不早了，齊溪才戀戀不捨地離開了小書店。

步行到地鐵站還有一些距離，一路上也沒幾個人，齊溪想起順利解決掉盧娟和程俊良一事，忍不住想回顧，同時也多少有些感慨：「其實潘振東出軌我真的只是亂猜的，沒想到猜對了。」

她看向了顧衍：「所以你也是猜的？我看你當時應該也覺得他多半出軌了。」

出乎齊溪的意料，顧衍的聲音很沉穩：「他不是多半出軌了，他是一定出軌了。」

顧衍這話說得這麼篤定，齊溪忍不住嘀咕起來：「你現在不就是馬後炮嗎……」

「因為我是男的。」

這和你是男的有什麼關係？

顧衍抿了抿唇，像是勉為其難般簡單解釋道：「我是男的，所以我了解男的，潘振東這種眼高手低的人，創業欠的錢恐怕都不只十幾萬，而盧娟也完全被愛情沖昏頭腦，但凡潘振東對她態度好點，繼續哄著，按照盧娟都願意為了他去訛詐程俊良這點來說，當時盧娟絕對還會繼續為他去借網路貸款籌錢，那麼盧娟對他明顯還是有利用價值的，為什麼潘振東當時寧可背負十二萬的債務，寫了借據，也要和盧娟分手？」

「除了喜歡上別人了，已經有別人了，對盧娟一點愛意也沒有了，因此連哄都懶得哄，除此之外，沒有別的合理解釋了。」

這麼一說，齊溪恍然大悟。

她看向顧衍，此刻，顧衍走在晦暗不明的路燈下，正側著頭，與齊溪只有一步之遙。他的語氣平和，但講起案子來，表情專注而認真，清俊白皙的側臉上是波瀾不驚的從容和淡然。

齊溪突然有點挫敗。

她剛剛還得意自己劍走偏鋒猜對了潘振東劈腿，從而另闢蹊徑地解決程俊良的困境，她很洋洋自得地覺得這辦法只有她想出來了。

然而此刻聽了顧衍的話，齊溪才知道，顧衍怕是早就想到這一點了，甚至他都不像齊溪一樣是猜的，他對利用潘振東出軌這一點攻破盧娟的心理防線早就十分篤定。

他只是沒說，把表現的機會讓給了齊溪。

搞什麼謙讓啊！

齊溪不開心得要死，她雖然不喜歡輸，但也不是輸不起，以前顧衍每次都是第一，她是千年老二，齊溪雖然嘴上罵著顧衍又搶走了自己的第一名，但心裡也知道顧衍是堂堂正正贏的，並沒有依靠什麼不正當手段，對顧衍多少是佩服的，只是齊溪自己內心的驕傲讓她不願意承認這一點，因此把顧衍視為假想敵，總要背地裡罵幾句好讓自己心理平衡，「搶」字也不過是齊溪「阿Q精神」的心態下，偷偷給顧衍扣的大帽子。

只是垃圾顧衍，現在才來玩紳士這一套，在學校裡考試怎麼沒見他讓自己優先呢？哪怕讓一次也行啊！

齊溪是這麼想的，也是這麼忍不住朝顧衍抱怨的。

她以為顧衍不會理她，沒想到顧衍頓了頓，竟然回答了她——

「我不能把第一名讓給妳。」

也是，「顧衍大全」上就說了，顧衍只在意結果，不care過程，結果的第一名對他而言是不同的吧。

此刻這樣一想，齊溪又有些釋然了：「也是，誰不想當第一名呢，畢竟大家都只會記得第一名，不會記得第二名。」

「我沒有那麼在乎當第一名。」出乎齊溪的意料，顧衍糾正了她，他頓了頓，「也不叫不在乎，只是不是為了我自己在乎的。」

這下齊溪是真的好奇起來了：「那是為了誰？是你姊姊要求高還是你爸媽要求高，一定要你得第一名？」

然而答案不是這其中的任何一個。

「為了我喜歡的女生。」

？？？

齊溪是真的沒忍住，連聲音也微微抬高了：「為什麼？」

「因為她只會看第一名。」

顧衍看了齊溪一眼，然後移開了視線：「她的目光只會看第一名。」

哇！要求這麼……這麼高？

「難道只有第一名才能和她談戀愛？」齊溪有些為顧衍憤憤不平，也有些為自己憤憤不平，她還以為自己每次輸給顧衍，是因為顧衍和她一樣有求勝欲，結果弄半天，就為了個女的！

「那她考第幾名啊，什麼系的啊？」齊溪也知道自己這是遷怒，但也不知道為什麼，她就是忍不住對顧衍這個白月光充滿敵意和抵觸，「她怎麼搞得和選男妃一樣，難道因為只有第一名才是智商高的，才能和她有優秀的後代？可她自己別是個笨的，不然第一名也中和不了她的智商窪地。」

大概是因為攻擊了顧衍的白月光，顧衍看向齊溪的表情有一點複雜，但齊溪的行為並沒有讓他生氣，相反，他的模樣看起來還挺包容齊溪剛才對白月光的批判的。

這男人只是色厲內荏道：「妳不應該罵她。」

這話說的，彷彿齊溪並沒有資格罵對方似的。

不過，一般人如果面對這種事，可能都跳起來和齊溪打架了，畢竟是求而不得狂戀的白月光啊，能接受別人當面詬病嗎？

齊溪有些意外顧衍的反應，她試探道：「我罵她你也沒太大反應，是不是現在回味一下，其實也沒那麼喜歡她了？」

顧衍抿唇看著齊溪，看了很久，久到齊溪覺得他不會再回答這個問題了，然後齊溪才聽到了他的聲音。

「沒有。我還是很喜歡她。」顧衍移開了視線，沒有再看齊溪，他看向了路邊的綠植，「但妳罵可以，只有妳可以，別人不可以罵她。」

哇！

原來自己還有這個特權，那麼顧衍這個意思……

即便是他喜歡的要死的白月光，但顧衍都容忍齊溪說她壞話，這四捨五入一下……

「顧衍，你現在是不是覺得我人還不錯？還挺值得結交的？」

顧衍沒出聲，看了齊溪片刻，這男人才移開了視線道：「勉強還行吧。」

要知道，能得到顧衍的認可並不容易，他要是說還行，那就真的已經相當不錯了，畢竟他對那麼喜歡的榴槤只有「還行」兩個字的評價，可見這男人的要求和他的顏值一樣高。

齊溪都有點感動了，原來在顧衍的心裡，自己已經有這樣的地位了。

顧衍一定把她當成很要好的朋友，才能容許這種事發生啊！

齊溪內心說不出什麼感覺，既有些欣慰又有些莫名其妙的不開心，她甩了甩腦袋裡亂七八糟的思緒，還是決定勸自己高興些。

這有什麼值得不高興的？

這不就是自己一直以來追求的結果嗎？

之前得罪了顧衍，如今終於竭盡所能和顧衍搞好關係了，而且這關係看起來搞得還不錯，顧衍都把自己當成好朋友了……

而且這個意思……

「顧衍，你是不是原諒我啦？」齊溪真心實意道：「對不起啊，顧衍，之前畢業典禮上我誤會你了，給你添了那麼多麻煩。謝謝你還願意原諒我。」

啊？

「沒有原諒妳這說法。」

齊溪有些忐忑，難道還沒原諒自己？

顧衍終於轉身看了齊溪一眼，他的表情很平淡：「其實我之前也沒有真的為這件事記仇。所以談不上原諒不原諒。」

也是，要是真的記仇自己，顧衍完全可以起訴自己名譽權受侵害。

齊溪越想越覺得顧衍這個人長得好看身材好，品行還好，雖然為人性格高冷一些，但從品德而言，完全是謙謙君子。

她現在突然完全理解為什麼顧衍在學校裡會這麼受歡迎了。

這樣的男生，確實值得這麼多喜歡，也配得上這麼多喜歡。

齊溪有點酸溜溜的：「我現在有點懂為什麼這麼多女生喜歡你了。」

這句話，齊溪以為顧衍不會接，然而出乎她的意料，顧衍像是沒忍住解釋一樣，齊溪聽到他不知道說給誰聽，也或者是自我說服一般道——

「但我只喜歡一個。」

顧衍的聲音有點悶悶的，但語氣是堅定不移的。

齊溪突然沒來由的有點煩躁。

她想，好了好了，知道了知道了，下一題！

她努力想著別的事轉移自己的注意力，不管怎樣，如今自己能和顧衍冰釋前嫌，說來說去，都得益於「顧衍大全」的功勞，要不是自己找到了這個顧衍百科全書，對症下藥投其所好，能有苦盡甘來得到顧衍認可的今天嗎？

齊溪看了身邊走著的沉靜的顧衍一眼，覺得自己最近疏於「學習」，回家還是要好好再看看「顧衍大全」。

齊溪前幾天正好下載了一個重金屬搖滾小白入門知識大禮包，她決定回家後開始補習重金屬搖滾的知識，力求週末和顧衍一起去看演唱會時能和他產生靈魂共鳴般的交流，能對重金屬搖滾的知識如數家珍。

齊溪樂觀地想，等這次週末去完演唱會，她覺得她和顧衍的友情就徹底穩了。

「重金屬 Heavy metal，簡單來說，就是用稍微超常的力度來演奏搖滾樂。吉他，作為這種音樂的主要元素，在演奏時比平常響一點，更具復仇感。」

「以前，貝斯只有在爵士樂中被當作主要樂器，但在重金屬搖滾中，貝斯已變得和演唱一樣重要。與普通流行音樂相比，鼓打得更重更快，這對聽眾造成一種衝擊。最後是歌手——他讓聽眾體驗到死亡、性、致幻藥物或酒精和其他新生事物衝擊的情緒和感覺，並使那些在流行音樂中出現過的主題顯得更真實可信，可能更駭人。」

「……」

躲在自己租住的房屋內，齊溪一邊背誦著網路百科上重金屬搖滾的定義和起源，一邊只覺得一個頭兩個大，這都什麼和什麼啊！

齊溪司法考試複習背誦法條時，都沒覺得這麼頭疼過。

誰能告訴她，除了重金屬外，為什麼還有黑金屬，而黑金屬裡又有多個分支，比如憂鬱黑金屬、死亡黑金屬；而除了黑金屬外，還有華麗金屬、工業金屬等等多種衍生……

齊溪雖然看了一遍，但愣是都沒成功搞明白。

最終挑燈夜戰了一晚，齊溪才勉強成為了重金屬搖滾樂淺顯理論知識行家。她覺得，只要不聊得太深入，通常不會露餡。

總之第二天，齊溪是帶著她對這塊知識的自信和深重的黑眼圈，在約定的搖滾樂場館外等著和顧衍見面。

她本來是想表明自己誠懇的態度，先到約定地點等待顧衍的，因為害怕路上塞車，所以距離和顧衍約定的時間提早了將近半小時就達到了目的地。

只是齊溪怎麼也沒想到，她到得這麼早，顧衍竟然已經在等候了。

他看見了齊溪，顯然也愣了愣：「妳怎麼來這麼早？」

「這話不應該我說嗎？」齊溪看了手錶一眼，確認自己沒看錯，「我們不是約好半小時後嗎？」

顧衍清了清嗓子，看向了不遠處的看板，模樣倒是挺鎮定：「哦，我正好路過辦事，沒想到事情辦得太快了，所以到得有點早。」

齊溪有些好奇：「什麼事啊？」

兩人都是同學，如今也是同事，齊溪這種禮節性的問話，也算是正常社交的一部分，就和「你今天吃飯了嗎」有異曲同工之妙，一般用於沒話找話打開話題，這種時候，顧衍只要給予禮節性的回應就好了。

齊溪也沒真的想知道顧衍去忙什麼，她也不是真的在意，只是沒想到顧衍面對這個問題，倒像是如臨大敵，他硬生生愣了半天，才莫名其妙強調道：「總之有事。」

他看了齊溪一眼，補充道：「所以才早到。」

顧衍說完，又看了齊溪一眼，清了清嗓子：「妳呢？這麼早？」

「我就怕塞車，想早點到，沒想到今天道路挺順暢，早到了半個小時……」齊溪說完，就忍不住打了個哈欠。

昨晚熬夜，於是今天的後遺症太重，但演唱會下午才開始，如今被這午後暖洋洋的日光一晒，齊溪只覺得有點昏昏欲睡。

不過她敏銳地發現，自己掛了兩個大大的黑眼圈，顧衍也不遑多讓，白皙的眼角下，竟也是兩個大剌剌的黑眼圈。

上學時考試前齊溪就常常為了最後的衝刺熬夜，因此有黑眼圈也算家常便飯，可顧衍……

她印象裡，顧衍從不熬夜，作息規律得像個老人，齊溪曾經痛恨死顧衍這份從容，因為他得到第一名好像永遠不費力氣。

只是……

只是現在顧衍這兩個糟心的大黑眼圈……

因為皮膚白，如今這兩個黑眼圈掛在顧衍臉上，簡直明顯到讓人無法忽視，像個讓人想要珍惜保護的俊朗熊貓。

昨晚是熬夜了多久啊？

這世界上，竟然還有值得顧衍如此熬夜的事？

照道理來說，最近顧衍手頭的案子，也沒有需要半夜加班的啊……難道是去念書了？半夜在看案卷總結辦案手冊之類的？

齊溪一邊偷偷打量顧衍，一邊內心充滿了競爭的緊迫感。自己好歹和顧衍在同一個團隊，此前又是同個學校畢業的，如今頂頭上司又是顧衍的親姊姊，如果顧衍比自己優秀很多，這個差距是非常明顯的……

結果對於熬夜的話題，這一次倒是顧衍先開了口，問出了齊溪心中所想：「妳昨晚熬夜了？怎麼黑眼圈這麼重？最近不是沒多少工作嗎？」

齊溪訕笑了兩下，胡謅道：「我……我就是因為今天要來聽重金屬搖滾了，激動得睡不著……」她看向了顧衍，「你呢？黑眼圈也挺明顯啊。」

顧衍抿了抿唇，冷靜道：「哦，我也是比較激動。」

看著顧衍這麼波瀾不驚的情緒和面無表情的神色，齊溪心裡忍不住再次感慨起來，難道這就是做大事的人應有的不喜形於色嗎？

顧衍這傢伙，表面上完全看不出他對這個重金屬搖滾有多期待，倒是頻頻看向旁邊另一個場館的球賽入場口，但其實內心早就興奮得連夜沒睡著覺了？

不過對於顧衍瞥向球賽入場的眼神，齊溪還是有點在意，她隨口道：「你想看球賽啊？」

齊溪不問的時候明明一直在看，但齊溪一詢問，顧衍幾乎立刻收回了眼神，義正辭嚴般地反駁：「哦，沒有，我比較喜歡重金屬搖滾。」

也是，「顧衍大全」裡講了，顧衍就喜歡小眾，對球賽這種普通男人庸俗的愛好不屑一顧。

不過齊溪看了看時間，因為兩個人來得都太早，如今離進場時間還有一段距離，與其站在場館門口傻等，還不如找間咖啡廳喝杯飲料。

說幹就幹，齊溪當即熱情邀約：「附近有家不錯的甜點飲料店，我帶你去！」

這家甜點店是個法國人開的，據說還曾是米其林大廚，味道確實道地，因此價格也不十分親民，但因為品質好，生意並不差，多的是來打卡的情侶和網紅。

「顧衍大全」裡寫了，顧衍很喜歡甜食，齊溪覺得這樣的選擇應該也正中顧衍的內心。雖然齊溪無法理解重金屬搖滾有什麼好，但甜點的美妙她卻是完全贊同的。幾乎是一到甜點店，齊溪望著櫥窗裡精緻的馬卡龍和各類甜點，就有些移不開腳步了。

等坐在座位上拿到菜單後，齊溪就有些眼冒精光了：「哇！怎麼出了這麼多新品！這個櫻花布丁，還有這個巧克力塔，還有這幾個新口味的馬卡龍……」

每一個都好想吃……

但齊溪看了價格一眼，也知道自己還是挑選一個就好。她如今雖然結清了對顧衍的外債，但是租金、日常開銷也不少。賺大錢的是成熟的菁英律師，他們這樣的實習律師薪水並不高，齊溪為了彰顯自己的態度不再跟家裡伸手要錢後，日子便過得精打細算起來了。

雖然都很想吃，但是不能都買。

「挑好了嗎？」點單買單需要去收銀臺，顧衍望著齊溪，非常自然道：「挑好我就去付錢。」他垂下了視線：「重金屬搖滾門票已經是妳出的了，今天吃東西就都我來吧。」

齊溪沒和顧衍客氣，她選擇困難症般地看了很久菜單，才狠下了心：「那就櫻花布丁吧，再加一杯摩卡。」

顧衍沒說話，逕自去排隊買了單。

很快，服務生便端來了甜點和飲料，而齊溪這一桌引起了別桌小情侶的注目——

因為顧衍幾乎把所有新品甚至老品都點了一份……

服務生端了兩次，才把甜點都端來，然後擺滿了一整張桌子。

這家甜點店每一樣都很精緻，每一樣也都很貴，點了這麼多，價格並不便宜……

齊溪有些不可置信地看向了顧衍，雖然從「顧衍大全」知道顧衍喜歡吃甜的，但也沒料到這男人能這麼喜歡吃甜的。她只點了櫻花布丁，所以剩下的都是顧衍點的？

「點這麼多？」

顧衍「嗯」了一聲。

付錢的是大爺，反正是顧衍自己點的，齊溪沒再說什麼，只是乖巧地拿過了屬於自己的櫻花布丁和摩卡。

只是顧衍點了那麼多，自己吃得卻不多，他只吃了一個栗子味的馬卡龍，吃的時候還微微皺著眉，要不是齊溪知道他熱愛甜食，光看還以為這男人在忍著這甜膩的味道呢。

吃完這個馬卡龍，顧衍就不動了。

「你不吃了？」齊溪看了看時間，「得快點吃完呀，否則等等我們就要進場了。」

顧衍的樣子一點也沒有遺憾，他只掃了桌上各式各樣精緻的甜點一眼，平淡道：「哦，突然吃不下了。」

說完，他看了齊溪一眼，簡短補充道：「來之前在家裡吃得有點多。剛才想全部都吃，但現在吃了一個以後沒想到就吃不下了。」

那……

顧衍看了擺滿一整桌的甜點一眼：「不過既然都點了，也付錢了，離演唱會時間也挺近了，那妳就幫我吃完吧。」

齊溪幫忙吃完自然是沒問題，但……君子不奪人所愛。

「你要不要打包帶回家吃呀？我去幫你拿個餐盒。」

可惜顧衍看起來並不喜歡齊溪的提議，他看了齊溪一眼，雲淡風輕道：「我姊不讓我打包這麼多甜點回去。」

啊？

齊溪有些意外。

顧衍冷靜鎮定道：「因為她在減肥，看了甜點怕自己控制不住功虧一簣。如果我打包回去，會遭到她的打擊報復。」

果然每個女人都對自己的身材還不夠滿意。顧雪涵都有那麼好的身材比例了，沒想到竟然還在減肥！看來即便是英姿颯爽的顧律師，也多少受到了社會上女性容貌身材焦慮的影響。

但……

但齊溪為了甜食，不怕胖！

既然顧衍都那麼說了，齊溪還能不從善如流嗎？

畢竟齊溪對甜食的偏愛讓她肚子裡永遠為甜食留有空間。

她豪情壯志自我貼金道：「顧律師不長的肉，那就讓我來替她長吧！也算為老闆分憂解難！」

無視顧衍相當無語的眼神，三下五除二的，齊溪就開始吃起來。

一邊吃，她一邊想著和顧衍聊聊天拉近一下距離，想來想去，決定以接著要聽的重金屬搖滾作為破冰話題：「重金屬搖滾那麼多分類裡，你喜歡哪一種啊？」

一想到昨晚背誦了那麼多，齊溪也捨不得浪費，總想著今天怎麼樣都要派上用場，在顧衍面前展露一下自己和他這份「共同的興趣」。

只是她還沒來得及「展示」，顧衍就先開了口——

「重金屬其實分很多風格，包括黑重金屬、工業重金屬、死亡重金屬等等。」

「簡而言之，重金屬搖滾中，貝斯已變得和演唱一樣重要。與普通流行音樂相比，鼓打得更重更快，這對聽眾造成一種衝擊。最後是歌手——他讓聽眾體驗到死亡、性、致幻藥物或酒精和其他新生事物衝擊的情緒和感覺，還會使那些在流行音樂中出現過的主題顯得更真實可信，可能更駭人……」

齊溪一開始還沒覺得，越往後聽，就越疑惑起來。

顧衍講的確實頭頭是道，彷彿對重金屬搖滾非常了解，像個真正的愛好者，可……可他如今說的這些，不正是自己昨晚挑燈夜讀從網路百科上照搬背誦的東西嗎？簡直一字不差啊！

顧衍作為一個重金屬搖滾樂深度愛好者，難道也流行背網路百科？

可要是真的熱愛一個東西，對重金屬搖滾的理解肯定不會只僅止於網路百科這麼浮於表面的東西啊？

齊溪滿腹疑問，但最終，甜食堵住了她的嘴。只要甜點一入口，她就完全忘記周遭別的事了。

雖然顧衍這個人挺浪費的，但點的甜食都是齊溪剛才糾結要不要買的，如今倒是藉著顧衍吃不下的機會，讓齊溪把這家甜點店的本次新品都嘗了一遍。

等從甜點店出來，齊溪感覺到由衷的快樂。

然而這份快樂，很快就在重金屬演唱會入場、正式開始後變得不堪一擊——

雖然昨晚緊急做了很多準備工作，但齊溪沒想過，重金屬搖滾的現場是這樣的。吵鬧、嘈雜、充滿了亂七八糟的元素，還有一些陰鬱、煩躁以及支離破碎的情緒。

很多粉絲在吶喊尖叫，但齊溪完全沒有辦法感知他們的激動和狂熱，她只覺得震耳欲聾。現場的燈光亂掃，掃得齊溪幾乎無法睜開眼睛，而比起她的眼睛，耳朵則承受了更大的痛苦。

她側頭看向了顧衍，想知道顧衍為什麼會享受這樣的音樂，然而齊溪在顧衍臉上並沒有找到任何陶醉或者沉浸的表情，他的模樣和自己看起來半斤八兩，微微皺起的眉怎麼看也不像是多喜歡這場重金屬搖滾演出。

鬼使神差間，齊溪突然有了一種奇妙的猜測。

顧衍，會不會並不喜歡重金屬搖滾？

齊溪很快甩脫了腦海裡莫名其妙的猜測。

顧衍怎麼會不喜歡重金屬搖滾呢？這可是「顧衍大全」上寫的！「顧衍大全」此前真的非常準，給了齊溪很多對症下藥接近顧衍的機會！

不過齊溪此刻也已經無暇顧及猜測顧衍到底喜不喜歡重金屬搖滾了，因為齊溪自己已經泥菩薩過江自身難保了。

剛才甜點吃得太撐，如今在密閉的空間內聽著像是敲擊靈魂的可怕音樂，被周遭人的尖叫吶喊裹挾著，齊溪只覺得有些胸悶難受，頭昏腦脹的同時還有點想吐。

她很想逃出去，然而說好了陪顧衍一起聽，怎麼也不能敗興中途一個人溜走吧。

抱著這種心態，齊溪只能忍受著魔音穿孔，直到她覺得越發胸悶和頭暈目眩。

就在齊溪覺得自己快要支撐不住之際，她的耳朵被人捂住了。

齊溪在驚愕裡抬頭，才看到顧衍抿緊的很平的唇角，他用手捂住了齊溪的耳朵，然後嘴唇開合，像在說著什麼。

此前，巨大的搖滾樂聲音遮掩了一切，而如今，顧衍的雙手為齊溪隔絕了這些聲音，刺耳的尖叫也變得有些遙遠。

雖然顧衍在說著什麼，但齊溪沒能聽到顧衍的聲音，她並沒有讀懂唇語的能力，只是有些愣神地看著顧衍，她的頭還有些暈，這突如其來的寧靜讓齊溪甚至有些無所適從。

顧衍再說了一次，然而齊溪還是一臉茫然，這男人大概受不了了，他俯下身，移開了堵在齊溪一隻耳朵上的手，然後湊近了齊溪的耳朵——

「妳自己捂住耳朵，我帶妳出去。」

周遭仍舊吵鬧，顧衍的動作快得讓齊溪甚至抓不到蹤影和痕跡，然而齊溪那被他陡然湊近的耳朵，卻突如其來的燒了起來。

有些情緒像是罐裝可樂被突然打開時湧上來的氣泡，劈里啪啦一個接著一個，然後就變成一串串讓人目不暇給的氣泡群，開始集體逃逸，快得還來不及捕捉，就迫不及待陸續蹦出水面破裂，消失得無影無蹤，快到讓人幾乎無跡可尋。

這一刻，齊溪第一次意識到，原來顧衍有非常好聽的聲音，帶了冰一般的凜冽質感，然而並沒那麼冷漠，即便在最嘈雜的環境裡，齊溪都能分辨得如此清晰。

他的眉微微皺著，但並沒有對齊溪有任何不耐煩的情緒，彷彿只是想盡快把齊溪帶離。

最終，齊溪是捂住自己的耳朵，被顧衍拉著一路越過瘋魔的重金屬搖滾樂粉絲，終於逃出生天般離開演出會場的。

一旦到了空曠的場地，齊溪才漸漸緩了過來。

只是出來以後，齊溪才發現顧衍的表情看起來有點臭。

他可能還是在意不得不因為齊溪而中途離場。

想想也是，畢竟作為一個重金屬搖滾樂粉絲，誰會願意因為同行的身體狀況而被迫中途離場呢？

齊溪有點難受和愧疚，但她故作輕鬆道：「要不然你趕緊回去聽吧。」

顧衍微微皺眉：「都出來了。」他看向了齊溪，「妳怎麼樣？要不要帶妳去醫院？」

「我沒事啦，你讓我一個人在這休息一下就行。你現在回去還沒錯過很多呢。」

可惜不論齊溪怎麼勸說，顧衍也沒有再入場的打算，這男人看著齊溪，有些沒好氣，「妳明明不喜歡重金屬搖滾樂，為什麼一定要忍著難受在裡面聽？」

齊溪第一反應是慌亂地否認：「沒有啊，我挺喜歡聽的，今天可能是之前甜點吃撐了。」

「不，妳不喜歡。」顧衍卻很冷靜篤定，他看了齊溪一眼，「妳喜歡的時候不是這個表情。」

還沒等齊溪回覆，顧衍就飛快地補充道：「我是說，一個人喜歡什麼東西的時候不是妳這種表情。」

雖然熬夜妄圖裝同好，但此刻看來還是敗露了。

齊溪有點懊喪，聲音也有些吶吶的：「我哪種表情啊？你怎麼知道我不喜歡？我覺得我表情管理還挺到位的啊……」

「總之，下次沒必要這樣，不喜歡還裝成喜歡硬著頭皮待在裡面。」顧衍的語氣帶了一點責備：「人沒必要為了特立獨行而去特立獨行，小眾愛好和大眾愛好沒什麼尊卑之分，適合自己的才是好的。」

齊溪心想，這還不是為了團結愛好小眾的你嘛……

她挺委屈，自己花了不少錢特地買了這演出的票，本意是為了和顧衍拉近距離，結果因為自己不爭氣，如今反而得罪顧衍了，看顧衍的樣子還挺生氣的，當初自己畢業典禮上誤會他發表了一堆不適宜的言論，顧衍的表情似乎也沒這麼難看。

齊溪越想越難受：「因為你喜歡嘛，所以我想陪著你一起聽。」

顧衍像是要訓齊溪，然而等齊溪說完，這男人倒像是完全忘記自己剛才想說什麼話題般愣住了，一向思辨能力一流的顧衍，彷彿突然想不起自己下一句要說什麼一般頓住了。

這男人看起來有點茫然地沉默了許久，才彷彿找回了聲音，他看向了齊溪：「就因為我喜歡？」

說都說了，齊溪有些喪氣地點了點頭：「嗯。」

「我不喜歡。」顧衍這次像是真的不知道該說什麼了，他看了齊溪一眼，然後飛快移開了視線，看向了不遠處的虛空，聲音有些輕，但不再有生氣的情緒了，他並沒有太多威懾力地瞪了齊溪一眼：「都是誰和妳說我喜歡這種東西的？靠妳自己的臆想嗎？」

齊溪挺委屈，這可不都是「顧衍大全」上說的嗎？而且……

齊溪控訴道：「你自己不是說『還行』、『還算喜歡』嗎？」

顧衍愣了愣，但轉瞬就理直氣壯道：「人不能變？之前是還行，現在已經不喜歡了，犯法嗎？」

「……」不犯法，當然不犯法。

對重金屬搖滾的喜歡倒是變化得很快，對那個白月光的喜歡怎麼就一根筋呢？

不過……

「既然你對重金屬搖滾的愛說散就散，說明你也沒多喜歡這個東西，那怎麼聊起重金屬搖滾，都像是能直接拉出去寫論文了？談任何分支都頭頭是道的，還頭頭是道的和網路百科完全重合？」

齊溪心裡的猜測越發鮮明：「你是不是原本也並不太了解重金屬搖滾，也是昨晚熬夜提前背的啊？」

「沒有。」顧衍立刻對此否認。

「那……」

顧衍冷靜道：「我根本不需要提前背，我聊起來能頭頭是道，只是因為我博學。」

「……」

他看了齊溪一眼，再次強調道：「熬夜提前背這種事，不存在的。」

顧衍說到這裡，狀若不經意道：「反倒是妳，對重金屬搖滾完全不耐受，還要死撐著逞強在裡面聽。難道小眾的愛好看起來才比較高級嗎？」

這男的也不知道怎麼回事，語氣越說越不高興：「不舒服就早點說，早點出來。」

齊溪解釋道：「我想著票還挺貴的……」

顧衍語氣嚴肅地打斷了齊溪：「人應該及時止損，就算票再貴，如果妳身體在那個環境裡已經明顯不舒服了，還繼續待著嗎？如果我剛才沒發現妳的情況異常，妳是不是要等到在場館裡暈倒了才結束？任何事情，沉沒成本再大，齊溪，也比不上自己的身體和心情重要。」

顧衍講到這裡，頓了頓，然後看向了不遠處：「畢竟現在妳和我是同個團隊的，如果妳生病休假，對我而言工作量也會翻倍，妳保重自己的身體，也是對我的尊重。萬一妳和我一起行動的時候身體出了問題，那我還是第一責任人。」

這話是絕對沒錯的，齊溪哪裡敢反駁，只好點頭如搗蒜：「是是是，你教訓的是。」但也不知道是什麼情緒驅使，齊溪明知道不合適，但還是有些忍不住在找死的邊緣瘋狂試探：「你說我說得挺乾脆的。」她不自覺拖長了語調，「那你自己什麼時候止損啊？」

顧衍果然皺了皺眉，有些不解道：「我？」

「對啊，你喜歡一個不會回應你的人，不也是一種自我損耗嗎？正常來說，不也應該及時止損走出來嘛……」

對於齊溪這樣的問題，顧衍並沒有動氣，他的情緒很平和：「這是兩件事情。」

「為什麼是兩件事啊？」

「因為妳不肯從搖滾樂會場出來，僅僅是因為捨不得前期投入的門票錢，只是錢的問題。」顧衍抿了抿嘴唇，盯著齊溪的眼睛，「但我不一樣。」

哪裡不一樣了啊？

此刻，顧衍的視線已經從齊溪身上移走，他盯著地面，聲音輕緩但堅定：「齊溪，人心是沒有辦法控制的。」

顧衍的表情很平靜，他好像已經接受了那個女生對他並不來電的事實，他也努力克制了自己的情緒，並沒有流露出特別的波動，沒有顯而易見的受傷也沒有讓人能感知到的惆悵。

顧衍只是平靜內斂地在講述一個事實。

然而齊溪卻沒來由的煩躁起來。

她不喜歡顧衍這樣子。

實際上她也完全不喜歡談及顧衍的這位白月光。

可是齊溪也不知道自己怎麼了，越是抵觸，還越要去提，越在意越想去問，越想從顧衍口中得知關於對方的資訊。她都沒去細想，和她根本沒有一毛線關係的事，她這麼好奇幹什麼？她根本也沒有資格好奇啊。

好在讓齊溪欣慰的是，顧衍並不排斥和她聊起這個話題。

但同樣讓齊溪不太高興的也正是如此。

這麼不避諱和自己聊這些，大概真的把自己當成半個朋友。這原本是齊溪努力的方向和目標，然而真的感覺被顧衍當成朋友了，齊溪內心好像一點也高興不起來。

人可能真的總是貪婪，也總是永不知足，雖然齊溪都不知道自己到底在貪圖什麼。

她在念書上的聰明勁擺到自己生活裡好像總是差點意思。雖然分析案子的時候總是頭頭是道，猜測當事人心思的時候也能劍走偏鋒另闢蹊徑，但每次輪到她自己了，她卻一頭霧水。

她的情緒時常像是板結在一起的一頭亂髮，然而她連自己頭髮髮梢末端的分岔和毛躁都無法撫平。

可能真是今天吃了超標的甜食聽了可怕的重金屬搖滾，從而造成的情緒後遺症。

齊溪甩了甩腦袋，決定不去想這些有的沒的。

她想，雖然沒和顧衍一起看完這場重金屬搖滾，但還是有一件好事——至少她發現了「顧衍大全」並沒那麼全面，上面記載的資訊也未必都那麼準確。

當晚告別了顧衍後回到家，齊溪就把這一發現分享在了關愛顧衍協會的群組裡——

『姐妹們，多謝各位之前在群組裡無私分享給我的「顧衍大全」，作為群組的一員，我現在也想回饋一些有用資訊，雖然顧衍確實喜歡粉紅色，確實喜歡甜食，確實喜歡榴槤，「顧衍大全」百分之八十的內容都很精確，但他對重金屬搖滾就沒有大全裡寫的那麼狂熱，甚至可以說是可有可無隨時都可以改變的喜歡，還有點轉為不喜歡的趨勢，建議修改下「大全」裡這一塊內容！』

『我覺得盡信書則不如無書，我們對「顧衍大全」還是要辯證地對待，也不能盲目迷信，還是要仔細觀察顧衍真正的愛好！』

齊溪洋洋灑灑寫了一堆，前人栽樹後人乘涼，前輩們總結整理了一本「顧衍大全」，讓齊溪成功從顧衍的敵人過渡到了如今的和平共處，齊溪覺得吃水不忘挖井人，自己也要反哺，為協會提供顧衍的最新資訊。

只是她熱情洋溢地寫了一堆，卻沒有得來意料之中的感謝。群組裡既沒有表揚齊溪，也沒有感激，因為竟然沒有一個人回覆。

實際上，從齊溪進群組以後，這群組裡就不怎麼活躍，偶爾倒是有一些網購網站砍價的分享，如今更是快一週沒一個人講話了。

當初對顧衍這麼死忠的粉絲，看來隨著時間的推移，也已經拋棄顧衍了。

想不到如今守著更新修訂「顧衍大全」的，只有自己了。

愛果然是會消失的……

齊溪看了眼時間，想著明天週日還約了顧衍把新的劇本對一遍臺詞彩排一下，也懶得再浪費時間在群組裡繼續對「顧衍大全」發表什麼。

也不知道是不是巧合，剛想到顧衍，顧衍的電話就來了。

齊溪接起來：「喂？」

顧衍的聲音很好聽，他簡單陳述道：『明天排練不能去了。』

齊溪有點意外：「你明天臨時有事嗎？那我們明天不見了？」她想了想：「你先忙你的正事，排練我們就約下週工作日的午休和晚上抽空也行，律協那邊也沒有催，不急的。」

『嗯。』顧衍的聲線有些低沉：『有點事，但明天我們還要見。』

齊溪愣了愣，然後聽電話那端的顧衍再次開了口：『我姊有一個上市公司的客戶，明晚舉辦公司年會，我姊是他們的顧問律師，所以被邀請了，但她明天有個盡職調查需要趕緊飛外地一趟去核查對方公司的資料，所以沒辦法去年會。』

話說到這裡，齊溪也有點明白了：「所以顧律師是要你去替她列席參加是嗎？」

『嗯，一般來說，競合作為合作事務所，還是需要派員參加的。』顧衍安靜了片刻，然後才繼續道：『這公司因為績效很好，前景不錯，每年年會都算是大肆操辦的，幾乎人均得獎。我們這樣作為外部合作方被邀請的，一般都會有更豐厚的獎品。』

那顧衍去參加不就好了嗎？怎麼還炫耀上了？

齊溪有點納悶：「那不是挺好嗎？」

『嗯。但今年這公司年會要求出席者攜伴，dress code 是正裝或者晚禮服，年會形式應該是比較高端的商務酒會。』

顧衍說到這裡，安靜了片刻，然後齊溪才再次聽到他的聲音——

『我沒有女伴可以帶。』

所以……

齊溪不是很敢去想，她生怕自己會錯意自作多情了。

直到她得到顧衍確定的答案。

他問：『妳明天可以來當我的女伴嗎？』

這並不是多過分的邀約，邀請人本人甚至並沒有在齊溪面前，只是透過電話，齊溪本不應該這麼緊張的，但她好像就是沒辦法控制心跳的頻率和呼吸的速度，因為這種情緒，她變得有些遲鈍，只顧著消化自己的緊張，甚至忘記回答顧衍。

而因為齊溪長久的沉默，顧衍似乎有些煩躁起來，他清了清嗓子，像是自說自話，也像是說服齊溪一般道：『妳之前相親我還幫妳假扮男友，那時候妳還說要禮尚往來，未來可以幫我假扮女友，我沒妳那麼多相親局，所以沒有需要妳假扮女友的事，現在只是需要妳作為女伴出席一下，妳怎麼就想推託了？』

顧衍這十足先發制人的控訴語氣，打得齊溪簡直措手不及。

在顧衍的氣勢下，齊溪連聲音也沒忍住變輕了，也不知道自己在心虛什麼，齊溪吶吶道：「我又沒有不答應……」

『那明晚五點我去接妳，妳有晚禮服吧？』顧衍頓了頓：『之前畢業典禮後面的舞會，妳為那個準備過晚禮服吧。』

說到這個畢業典禮舞會，也算是齊溪印象並不深刻的小插曲。

原本容大法學院畢業後，準備了一個畢業舞會，是個挺新奇有意思的活動，讓所有畢業生男生穿西裝或燕尾服，女生穿上晚禮服裙之類的，來一場小型舞會，紀念一下在大學裡最後的時光，也算是告別青春。

只是後來因為好幾個同學要提前回老家，還有幾個需要趕緊去應聘、租房之類的，臨近畢業瑣事都非常多，租借的場地又臨時因為消防檢查沒過，無法舉辦該類舞會，時間又緊急，再臨時找場地既來不及，也很難協調所有人的時間，因此雖然大部分人都準備了服裝，但輔導員最終還是叫停了這個舞會。

趙依然對此是相當遺憾的，齊溪倒是一直沒什麼感覺，畢竟她的大學時光都用來念書了，也沒有什麼曖昧或者暗戀的男生想藉著那個畢業舞會互訴衷腸的，甚至原本一直在頭疼舞伴的事，不知道能邀請哪位男同學成為舞伴。

坦白來說，要不是顧衍提起，齊溪早就把還有畢業舞會這件事徹底忘了。

雖然當時並不感興趣，但齊溪也不至於不合群到不參與，因此當時也按照通知買了符合要求的晚禮服裙，這麼說來這裙子倒是一直壓箱底，都沒機會見天日，這次跟著顧衍去參加顧雪涵客戶的年會，正好拿來用一用，倒是挺好！

「有有有！」齊溪連連點頭，「我應該能找到！」

齊溪再次和顧衍確定時間後，原以為顧衍就會掛掉電話，然而這男人總像是還有話要說，和齊溪沒話找話一樣說了下明天的一位客戶諮詢接待後，他像是遲疑了一下，但還是問出了口——

『妳明天要穿的，是那件紅色的禮服裙嗎？』

齊溪愣了愣，剛想問顧衍怎麼知道是紅色的，轉念一想，突然記起來了。

當時為了準備這個畢業舞會，大家一窩蜂都去了附近一家物美價廉的成衣訂製店。大學畢業生預算不寬裕，又是只穿一次的裙子，沒那麼追求大品牌，那家成衣訂製店的老闆是一對聾啞人夫婦，但手巧得很，不論是西裝還是禮服裙的款式都時髦大方極了。

齊溪已經記不得最初是誰先在那家店訂製了裙子，只記得等拿回宿舍穿起來後，大家都覺得頗為驚豔，於是一傳十十傳百，幾乎法學院所有畢業生，都去了那家店訂製。

齊溪仔細回想了下，自己正是去取裙子試穿，確認下最終是否有細節需要調整的時候，撞見顧衍的，當時他似乎才剛去訂做西裝。

不過當時顧衍幾乎沒給自己正眼啊……以至於齊溪還在糾結要不要和他打招呼時，顧衍連眼皮也沒抬就走了。

所以明明是有看見自己的。

齊溪有些忍不住嘀咕：「你還記得我穿的是紅色啊，我以為你根本沒看見我呢，原來是不願意和我打招呼。」

顧衍大概想不到齊溪會想到這一層，很明顯地愣了愣，才有些不自然地咳了咳，試圖欲蓋彌彰對自己的不禮貌進行合理化解釋：『我看見了，但看的不是很清楚。』

「……」齊溪不滿道：「你這解釋也太沒誠意了吧。」

但顧衍的口徑很堅持：『不是不願意和妳打招呼。』

顧衍像是也找不到更好的理由，只能呆呆地重複著這一句話，然後沉默了片刻，電話那端才再次傳來了他的聲音——

『對不起。』他用聽起來很乖很從善如流的語氣保證道：『下次看見妳都會打招呼的。』

齊溪突然有點臉紅：「你怎麼這麼像小學生！」

顧衍愣了愣，可能也覺得有點幼稚，沒有再追究小學生的話題，語氣變得更為矜持，然後詢問齊溪道：『所以妳明天會穿那件紅色的禮服裙是嗎？』

「是的。」齊溪覺得有點奇怪，「你為什麼這麼在意？是有什麼問題嗎？」

顧衍已經就紅裙確認過好幾遍了。

只是當齊溪直接問他為什麼這麼在意是不是紅裙，顧衍又當即否認：『沒有，我只是問問妳穿什麼顏色，方便我搭配衣服。』這男人咳了咳，『不早了，掛了。』

齊溪掛電話時沒覺得有什麼問題，但片刻後轉念一想，就覺得納悶起來——顧衍作為男性，去酒會穿的不就黑色灰色藏青色這些色調嗎？這幾個顏色還有什麼好搭的？和紅色都不衝突呀！

可惜實在太睏了，齊溪打了個哈欠，覺得眼睛已經能自動閉上，於是決定順應天性，不再做任何思考，美美地睡上一覺。

此前對畢業舞會都沒有多重視過，然而這一次，也不知道是不是因為是這件紅裙唯一一次亮相的機會，齊溪竟然有點緊張和忐忑。

除了在成衣訂製店試穿過一次，她就再也沒穿過了。

好在裙子還是貼身而線條流暢的，簡潔大方的設計卻很耐看，款式也很經典，齊溪在鏡子裡照了照，覺得頗為滿意，然後她坐到梳妝檯前，認認真真用捲髮棒捲了下髮尾，再細緻地化了個妝。

大概因為陣仗太大，路過的趙依然看著全副武裝的齊溪目瞪口呆：「齊溪，妳這是要去結婚？搞這麼隆重！」

齊溪在鏡子裡照了照，並不覺得自己的打扮很誇張：「我穿得很簡單啊！」

「簡單是簡單。」趙依然比劃道：「但……但妳穿這件紅裙，殺傷力有點太大了。」她像是難以找到準確的形容詞一樣：「妳懂吧，就是很多時候，less is more，裙子很簡潔，但反而襯托出妳整個人的長相和身材都非常得出挑，我是個女的我乍看都感覺有點視覺衝擊，更別說男人了……」

「……」

直到在樓下忐忑地等待顧衍時，齊溪還在想著趙依然剛才的話，有……有這樣的視覺衝擊嗎？顧衍看了也會覺得衝擊嗎？

齊溪也不知道自己在期待什麼，但她確實變得有些忐忑和不安緊張起來。

號稱開車來接的顧衍這次沒有再「開」他的自行車，直到眼前的BMW停靠在齊溪身側，顧衍穿著筆挺的西裝從駕駛座上下來，走到齊溪身邊，為齊溪打開副駕駛座的車門，齊溪都有些沒反應過來。

顧衍今天的髮型也明顯有打理過，他穿西裝顯得尤其挺拔，抿唇不說話的時候，給人一種非常難以接近的菁英感。

但很帥。

真的非常帥。

是齊溪看了也忍不住偷偷多看好幾眼的水準。

只是比起齊溪的偷看，顧衍就正經多了，除了剛開車門下車時看到齊溪愣了一下，此後顧衍的目光竟然都沒有再看齊溪，逕自盯著地面，彷彿齊溪是個行走的紅色路障。

趙依然還說自己這是視覺衝擊？

衝擊了什麼啊！顧衍連看都不看！

齊溪有點失落，也有點挫敗和納悶。

顧衍就坐在她的身邊，安靜地開車。齊溪雖然不是很懂車，但也知道顧衍開的這輛是BMW七系列。

她吸了吸鼻子，試圖甩脫此前的情緒：「這是我最喜歡的車。」

顧衍愣了愣，顯然有些意外：「是嗎？」

「是的。」齊溪點了點頭，「因為是七系，和我名字諧音，我以後賺了錢，就要買一輛七系。」她轉頭看向顧衍，「你為什麼買這輛車啊？平時也沒見你開。」

顧衍沒有正面回答齊溪的問題，只是簡單道：「我也覺得名字很好聽。」他目視前方平靜道：「我也喜歡七，七是我的幸運數字。」

這樣哦。

齊溪沒再問別的問題，顧衍開了輕柔的車載音樂，車內帶了淡淡的柑橘檸檬味道，而那家上市公司年會的場地距離並不遠。

齊溪的情緒在進入年會會場後就一掃而空，不愧是財大氣粗的上市公司，現場布置可以說是富麗堂皇，她不再想此前的事，而是開始好奇地觀察起周圍。

「齊溪？」

顧衍此刻去簽到了，這也不是他的聲音。

齊溪有些好奇地回頭，然後竟然看到了孟凱：「你也來參加這個年會？」

孟凱穿了高級訂製西裝，看起來高大又成熟，他笑著點了點頭：「是的，我們公司和這家上市企業是合作方，因此每年年會也會邀請我們，所以妳是作為他們的合作律師方出席的嗎？」

他朝齊溪伸出手，笑了下：「妳是一個人嗎？缺舞伴嗎？我可以邀請妳當我的女伴嗎？」

齊溪愣了下：「你沒帶女伴嗎？這舞會不是要帶伴嗎？」

孟凱歪了下頭：「也不強制。」他看向了齊溪的眼睛，「何況我沒伴，妳讓我怎麼帶？」

「所以，齊溪，妳可以當我今晚的女伴嗎？」

齊溪剛想開口婉拒，結果有人比她先一步拒絕了——

「不可以。」顧衍應該已經完成簽到，從不遠處走了過來，他把齊溪往自己身後拉了下，高大的身軀逕自阻隔住了齊溪看向孟凱的視線。

他的臉色冷若冰霜：「齊溪是我的女伴。」

孟凱大概也沒料到半路會殺出個顧衍，他露出意外的表情，然後意味深長地對齊溪笑了笑：「我還以為你們分手了，畢竟要是我，我可接受不了占有欲這麼強的男朋友，他盯妳也盯得太緊了。」

孟凱說著，隨手拿起路過侍者托盤裡的雞尾酒，一飲而盡後，他又禮貌地朝齊溪笑了笑：「忘了說，妳穿這件紅裙子，非常美。」

他說完，又看了顧衍一眼：「祝你們晚上玩得愉快。」才頗為紳士地走了。

孟凱走了，但顧衍的表情好像還是不太高興，他看了齊溪一眼，聲音有點悶：「妳是不是更想當他的女伴？」

這男人像是憋了很久，片刻後，才深吸了口氣：「妳要是真的很想和他跳舞的話，我也……」

「我不想和他跳舞啊。」齊溪打斷了顧衍，她認真盯著顧衍的眼睛，「我是你帶來的女伴，我當然只想和你跳舞。」

這話像是極大地安撫了顧衍，他臉色有些紅，但情緒卻像是炸毛的貓被摸順毛一樣緩和了下來：「哦，既然這樣，那妳老是看他幹什麼，笑那麼開心，像是很想和他跳舞的樣子。」

這完全是汙衊！

齊溪有些氣鼓鼓的：「人家誇我穿這件裙子好看，難道我哭給人家看嗎？誰誇你漂亮你不高興啊？你都沒誇我，我還對你笑呢！」

「那我誇妳。」

顧衍看向齊溪，一字一頓認真道：「齊溪，妳穿這件裙子，真的很漂亮。」

齊溪也只是無心隨口抱怨，並沒指望顧衍理會自己，沒想到顧衍不僅回覆了，還說出了這樣的話。

這下換齊溪變得緊張和不知所措了，她變得有些語無倫次：「是嗎？可你剛才都沒有看我。所以是敷衍我嗎？也沒必要吧，假裝誇我我也不會多給你獎金，是真的穿這件裙子還算好看嗎？」

齊溪說完，就後悔得恨不得找個地洞鑽進去。自己說的是什麼跟什麼啊！

「沒有敷衍，是很好看。」顧衍的聲音聽起來都有一點不真切，以至於齊溪都懷疑這些對話是否都是自己幻想出來的。

他看起來有些侷促：「其實妳第一次在成衣訂製店裡試穿的時候我就看到了，當時就覺得很好看。」

齊溪聽得有點心跳加速，她抬頭看了顧衍一眼，然後也頗為不自然地移開了視線，像是沒辦法直視對方的樣子：「你不是誆我吧？覺得好看不應該多看兩眼？」

「盯著看太久的話不禮貌。」顧衍的聲音很冷靜鎮定，他言簡意賅地解釋道：「就像用餐的時候盯著一道自己喜歡吃的菜不停夾菜很沒有用餐禮儀一樣。」

這下齊溪覺得自己整張臉可能和裙子一樣紅了。

對於這一晚的記憶，齊溪都覺得像是做夢一樣。

她穿著紅色晚禮服裙，其實只和顧衍跳了一支舞，然而這一支舞卻讓她覺得尤為漫長，宛若電影的慢鏡頭，但並不冗長贅餘，反倒帶了一股雋永的脈脈。

即便回到房裡躺在床上，齊溪用被子蓋住臉，閉上眼睛，彷彿還能回憶出當時的每一個細節——顧衍專注的眼神、克制的步伐，以及恰到好處的節拍帶動。

齊溪原本不理解趙依然對畢業舞會的熱衷，然而真正和顧衍跳完一支舞，她內心終於能夠對趙依然的期盼感同身受——如果能和顧衍這樣的人跳一支畢業舞，確實是好的回憶。

明明去參加這家上市公司年會時，齊溪最期待的是人人都能獲獎的中獎環節，她也確實如願拿到了一個新手機作為年會禮物，然而中獎帶來的快樂卻沒有那麼濃重，這一晚讓她最有記憶點的竟然還是那支舞，還有分開時顧衍的那句話。

那段對話是在顧衍送齊溪回家的車上發生的。

彼時，齊溪正用手機看著在酒會上讓顧衍拍下的照片，然後一邊把自己的臉部用馬賽克遮住，一邊準備編輯資訊。

「妳在幹什麼？我拍的照片有什麼問題嗎？」

面對顧衍的問題，齊溪回答得很坦蕩：「沒問題，你拍的很好看，給我用來當照片展示效果一定很好。」

顧衍的聲音有點疑惑：「展示效果？」

齊溪點了點頭：「嗯，現在這裙子也算完成使命，接著能用到的場合應該很少，我準備把它掛到二手轉賣平臺上看看，如果有適合的買主那我就賣掉好了。不然這件紅裙子既占地方也沒什麼機會用，賣掉以後的錢我正好去買個家用小印表機。」

對此，當時顧衍並沒說什麼，只是等下車幫齊溪開車門後，等要告別時，這男人突然道——

「印表機我贊助妳買。」

「？」

顧衍抿了抿唇：「所以妳不用賣裙子了。」

啊？

齊溪還有點摸不著頭腦，就聽顧衍繼續道：「妳穿起來不是挺好看嗎？那為什麼要賣掉？又不是多貴的裙子，既然喜歡又適合，就留著好了。畢業時候買的，也挺有紀念意義。」

齊溪還有些愣愣的，倒是顧衍揮手讓她趕緊走。

「別發呆，外面冷，快點上去。」

齊溪幾乎是下意識就乖乖點了點頭：「哦，好的。」她朝顧衍揮揮手，然後就進了樓裡上了電梯。

當時並不覺得怎樣，然而如今躺在床上，齊溪再回憶，卻覺得自己連顧衍說話時細枝末節的表情都能生動地記得。

好像關於顧衍的一切，她的記憶力都會變得非常好。

她覺得顧衍對自己很好，覺得顧衍是非常好的人，為自己過去技不如人就把顧衍當成假想敵的行為感覺到羞赧，對比之下，過去心裡的行為對顧衍真的是不公平。

以後一定也要對顧衍很好很好，來回報他的豁達溫和以及忍讓包容。

齊溪想了很多以後計畫一起和顧衍做的事，覺得忙碌平凡的生活好像也變得有點令人期待了起來。

但是一想到顧衍畢業典禮時想要表白的女生，齊溪就變得不願意再多想。她把頭徹底裹進溫暖的被褥裡，像是放空一切一樣，不去想任何事，於是心情漸漸變得平靜。

只是當她快要睡著時，屋外傳來了鑰匙開門的聲音，趙依然終於結束加班回家了。

臨近年底，趙依然工作的法院打出了「戰白天，大結案」的口號，趙依然作為法官助理，自然也跑不了，因此這兩天回家時間越來越晚。

「唉！在法院工作好難！」趙依然累得往沙發上一癱，滿肚子牢騷，「妳能想像嗎？晚上九點我還在法院裡打電話給當事人通知人家開庭資訊，結果還被當事人辱罵了。」

齊溪睡意臨時中斷，睏意一下子也沒了，變得清醒，於是索性起了床，坐到了趙依然的旁邊，好奇道：「為什麼罵妳？」

「罵我搞詐騙，說誰不知道公務員是朝九晚五啊，哪裡有法院大半夜還在加班的，絕對是搞電信詐騙的，下一秒就要問他訛詐什麼傳票保證金了，連打了這個大爺五通電話，都被掛了……」

「還有一個當事人明顯喝醉了，我電話一打過去就對我劈頭蓋臉的大罵一頓。」

趙依然越說越心酸：「這些都還算好的，最慘的是前幾天我們庭判了個家暴前妻的人渣故意傷害罪，結果這渣男的哥哥好像是個地痞，天天來法院鬧事，我們主審法官是個男生，天天健身，身上一看就全是肌肉，這地痞不敢惹，就找了我這個軟柿子捏，也不知道從哪裡知道了我的手機號碼，我最近天天接到騷擾電話，今晚回家的路上都疑神疑鬼的，總覺得被人跟蹤了。」

趙依然說到這裡，忍不住長吁短嘆起來：「我們法律從業者真的要多健身啊，至少逃跑起來比較快。」

趙依然進的是刑事法庭，因此接觸的當事人幾乎都是三教九流，多數還是暴力犯罪，本身人格不健全或者情緒不穩定。

「像這個地痞，他自己也都已經因為強姦和強制猥褻『三進宮』了，每次坐牢都搞得和進修似的，不以為恥反以為榮，整個人坐牢都坐皮實了，狂妄得要死，所以做什麼事都不怕，畢竟光腳的不怕穿鞋的。」

「那天這個地痞竟然恐嚇我如果我不改判他的弟弟，就要一斧頭砍死我！可我都不是主審法官，威脅我有什麼用！何況法律容不得褻瀆，我們怎麼可能被當事人威脅一下，就改判呢？法律是法律啊！」

趙依然臉色難看道：「而且狗改不了吃屎，這人還好幾次在法院門口堵我，試圖對我動手動腳的，我看明顯就是找個藉口想要騷擾我，這種性犯罪的流氓真的太討厭了，要是有化學閹割就好了！」

雖然有齊溪的安慰，但趙依然又忍不住抱怨了幾句，這才揉了揉開始犯睏的眼睛：「齊溪，妳敢想嗎？我上週末兩天都在加班，結果案子還是多到來不及處理，這週工作日還得每晚加班⋯⋯」

兩人例行彼此吐了點工作的苦水，又分享了幾個最近值得探討的案子，齊溪才打著哈欠去睡覺。

第七章　心跳不受控制

第二天一早，齊溪就準時起床，她和顧衍預訂了個小咖啡館的包廂，約好了中午午休排練對臺詞。

上午齊溪去法院送了份資料，中午她到的時候，顧衍自然已經到了，齊溪原本只知道顧衍準時，但從不知道顧衍其實總能提前到，不論齊溪和他約定的是工作碰面還是別的事，顧衍從來沒讓齊溪等過。

「劇本這塊和律協老師也確認過了，你沒太多臺詞，只需要配合做一下動作，比如我對你糾纏表白以後，你要無情地拒絕我；然後我要對你進行強制猥褻的時候，你要奮力反抗。」

齊溪指著劇本，一邊解釋：「因為考慮到現在性別互換了，為了讓我順利對你強制猥褻，我會先請你喝杯加了料的飲料，這塊律協老師也說加得很好，提醒廣大群眾不要讓自己的飲料杯離開自己的視線，也不要隨便喝陌生人或者可疑人員遞過來的東西。」

「嗯。」

齊溪和顧衍一路對了幾場戲的臺詞，兩個人記憶力都不錯，幾乎是一場過，很順暢地就把前情提要的劇情鋪設順完了。

只是一到齊溪的角色向顧衍的角色表白的場景，顧衍就開始頻繁提意見了。

「小剛，其實我喜歡你很久了，你的臉你的身材你的智商，都完全按照我夢中情人的標準制定的，所以小剛，我們生來就是一對，你就從了我，讓我為你生孩子吧！你加把勁，我們三年抱兩！」

齊溪按部就班地背完了屬於自己的臺詞，接著按照劇本，這時候顧衍只要冷臉拒絕自己這個女流氓就行了，然而……

顧衍皺著眉：「妳這臺詞太露骨了，正常人誰會這樣告白？這樣告白不就是等著被拒絕嗎？」

「……」

「妳改改，至少不要這麼不合邏輯。」

誰會管這種宣傳小影片裡劇情合不合理啊！就是要誇張才好啊！

但礙於顧衍的堅持，齊溪只能臨場發揮改了改——

「小剛，我其實喜歡你很久了，你的人品和能力我都看在眼裡，完全是我愛的類型，我想一直一直陪在你身邊，陪你走過春夏秋冬，陪你走過人生百味，陪著你變老！」

齊溪以為這次顧衍總算能讓自己過了，結果顧衍NG了。

他完全忘記了他的臺詞，只是盯著齊溪看，沒有回應沒有拒絕，彷彿只是在看一個夢。

就在齊溪想要出言提醒之際，顧衍才像是終於反應了過來，開了口，然而他說了一句劇本上根本沒有的臺詞：「妳是認真的嗎？」

在齊溪回答之前，他低下了頭，自己回答自己：「妳不是認真的，妳並不喜歡我。」「因為如果喜歡我，就不會連我到底喜歡什麼都不知道，就不會只信所謂的傳言，只能看到這些表象的東西。」顧衍盯著齊溪的眼睛，「齊溪，妳根本沒有真的喜歡我，妳也根本沒有真的來了解我。」

雖然這完全是臨場發揮，劇情這麼發展也行，畢竟只需要顧衍拒絕自己就好，但齊溪內心卻開始慌亂起來，她捂住了胸口，生怕自己的心悸被顧衍看出來。

明明知道是假的，是顧衍即興發揮的臺詞效果，但齊溪竟然有點慌亂和無措，以及連帶著被顧衍指責的不安和難過。

佯裝著鎮定，齊溪清了清嗓子：「顧衍，你要喊『小雅』！你是喊錯了嗎？」

顧衍垂下了視線，從善如流地道了歉：「不好意思，剛才忘記了，一下喊錯了，之後會注意的。」

這之後，顧衍果真沒有再喊錯名字了。

如此的狀態下，兩個人應該繼續順臺詞下去，但齊溪不知道為什麼，沒來由的有些煩躁，好像只要看著顧衍的臉，無論如何都無法再集中精力。

剛才一瞬間，當顧衍喊她名字的時候，齊溪也有點忘記了只是在排練，她也不知道自己代入了誰，只覺得這一刻，顧衍真的是在對自己說話，也真的是在控訴自己，而這種控訴讓齊溪覺得非常難受和慌張。

自己真的沒有好好去了解顧衍嗎？

齊溪內心忐忑和焦躁，明明這只是顧衍的臨場發揮，但齊溪開始自我懷疑起來。

她是不是確實沒有好好去真正地認識顧衍？

是不是真的完全聽信了「顧衍大全」？

從一開始，在畢業典禮之前誤會是顧衍寫出的情書，在來到競合後，又完全像看家電使用手冊一樣研究「顧衍大全」去接近顧衍，自己好像真的沒能透過自己的接觸去認識對方。

顧衍雖然一直在自己身邊，但齊溪好像真的沒有真正去了解過他，而是聽信了一些傳聞或者自己為他預設了形象。

「顧衍大全」說到底也是別人寫的，別人就真的那麼仔細觀察過顧衍，真的了解他了？寫的就一定對嗎？

有什麼能比自己親自去認識顧衍來得快、準確跟便利嗎？

給予一個人最大的尊重，不就應該是自己去了解他，而不是透過別人的口嗎？

顧衍這樣的人，至少值得自己親自去認識他的尊重。

這樣一想，齊溪就生出很多複雜而莫名的情緒，有愧疚有不安，也有一些別的東西，像是春天裡飄灑的柳絮，漫天飛舞，妳想逃避，但只要在呼吸，就避無可避。

有時候齊溪很想去了解顧衍，但有時候又怕去了解顧衍。

齊溪也不知道到底是怎麼回事。

好像「顧衍大全」這種使用說明書一樣的東西給她的安定感還更足一點。

但掙扎過後，齊溪想了想，最終還是決定摒棄之前的想法模式，不再翻開「顧衍大全」，而是自己親自去認識顧衍。

畢竟她也挺納悶，自己到底為什麼會有點怕去真正了解顧衍呢？

原本以為是簡單的排練，進展卻比齊溪想得更為艱難，午休只來得及把大致臺詞順了一遍，齊溪不得不和顧衍在下班後繼續聚到咖啡廳小包廂裡排練，而齊溪也再次意識到了排練到底有多讓人羞恥感爆棚，尤其到了需要配合肢體動作的時候——

齊溪把顧衍壓在牆壁上，做出壁咚的姿勢，雖然竭力想展現得有魄力一些，符合女流氓的人設定位，可身高差讓齊溪這動作做起來無論如何都像是小學生東施效顰。

比顧衍矮了半個頭的自己，手還短，把顧衍固定在牆角，侷促的不是顧衍，反倒是齊溪自己。

這樣的動作下她不得不和顧衍靠得很近，而為了表演效果，齊溪也不能移開視線，她必須像個欺男霸女又勇往直前的女流氓一樣直視顧衍的眼睛，不能露怯，而齊溪在自由發揮時甚至還加了個用一根手指挑起顧衍下巴的動作。

一開始她確實毫無私心，只想著把這段普及法律影片的拍攝效果拉到最滿，因此幾乎想也不想就做出了姿態輕佻的動作，只是等手指接觸到顧衍的皮膚，齊溪就有點像觸電似的想逃走了，但是不可以逃，因為一旦手指逃開，就顯得太刻意也太可疑了！

為了心裡那點逞強的想法，齊溪不得不維持著這個姿勢，做出把顧衍桎梏在懷裡的動作，然後開始說出那些讓人頭皮發麻的臺詞——

「小剛，你是我見過最帥最美好最單純的男人。」

齊溪憋著情緒，努力讓自己代入一個混跡社會的大姐大形象：「你這樣單純的男人，一個人走在路上不安全，容易被人糟蹋，我建議你還是……」

「還是被妳糟蹋嗎？」

按照劇本，顧衍在這裡的人設是純情單純男子，面對齊溪，除了害羞害怕外，不應該做出回答，只應該雙眼含淚地求著齊溪放過他。

結果顧衍竟然還回嘴了！

齊溪瞪了顧衍一眼：「你沒這句臺詞！」

結果顧衍挺鎮定自若：「妳之前不是嫌棄我都沒反應，讓妳像演獨角戲一樣，叫我可以根據不同場景自由發揮嗎？」

齊溪不服了：「自由發揮是可以，但什麼叫被我糟蹋？你這話說的多不中聽啊？那叫被我呵護懂嗎？當代社會還殘餘的單純男子，還長得頗有幾分姿色，又是單身，走在大馬路上，簡直就像無主的寶物自己到小偷面前去晃蕩炫耀一樣，現代社會，長得好看的男人也很危險了！我說的話一點也沒錯！」

齊溪瞪著顧衍：「總之你別掙扎了，自由發揮也注意人設，你可以喊喊救命或者示弱，別那麼理直氣壯的，否則容易出戲，我好不容易進入女流氓的心理狀態！」

再三耳提面命了顧衍，齊溪這才咳了咳繼續，她重複背起了剛才的臺詞：「……我建議你還是找我這樣的女生當靠山，只要你和我談戀愛，這條街上就沒人敢動你了，小剛，你各方面都很優秀，我注意你很久了，這次也是鼓起勇氣來表白，對你袒露心跡，希望我們的節奏可以快一點，你看你現在答應我，下午我們去登記結婚，晚上就可以洞房了……」

顧衍這次終於從善如流，他表現出了一些不太有誠意的害怕，露出有點想笑又憋著不笑的神色，努力鎮定下來，然後看向齊溪，說出他的臺詞：「我可以拒絕嗎？」

齊溪無情地對此表達了拒絕：「不可以！在我小雅的字典裡，沒有『不可以』這三個字。」

顧衍抿了抿唇，按照劇本，他此刻應當已經喝下了被加了料的飲料，人變得沒有什麼反抗能力，頭也開始暈反應也開始遲鈍，應該已經意識到自己今晚難逃一劫大勢已去。

顧衍顯然對這個劇情有難以克服的心理障礙，事到臨頭要表演了，仍舊表現出了扭扭捏捏的抗拒，他看了齊溪一眼：「我可以不演嗎……這一段可以跳過嗎？我看電視劇裡現在不是都這樣嗎，輪到女主要遭遇不測了，非禮勿視了，都是鏡頭一剪而過，即便是男女主正常的洞房，也都是帳子一拉，第二天帳子一開就完事了，妳看我們這段就也這樣處理吧。」

「這不行啊，人家電視劇那是文藝創作，但我們是普及法律影片，律協老師說了，因為我們這版影片更改性別後，要突出宣傳個人安全意識，要讓大家知道一定要注意自己喝的飲料，否則將造成重大後果，為了突出這個後果的嚴重性，要稍微展現一下喝了加料飲料後失去抵抗力的場景。」

此前的版本裡，是齊溪把顧衍拖到小樹林裡這樣那樣的，但一來顧衍不太配合，總害怕在戶外被別人撞見難以解釋，會變得很尷尬；二來，顧衍幾次在草地上被齊溪推倒進行模擬排練後，強烈反應草地太扎人了，這邏輯嚴密的男人認定這麼扎人的草地上還能進行違法活動相當不合常理。

總之，在顧衍這位主演的抗議下，齊溪不得不又再次申請更改了劇本。

所以如今，根據最新劇本，犯罪地點從戶外改到了室內：小雅讓小剛喝下加料飲料後，就要把小剛推倒就地正法了。

咖啡廳小包廂裡有長條軟座沙發，齊溪拍了拍沙發：「你就展現得柔弱一點，迷糊一點，明顯快失去意識那樣就行了，然後我就這樣……」

齊溪說著，就推了顧衍一把。

齊溪只是順手做了個姿勢，她完全沒想到顧衍竟然就這樣真的被她推倒了。而齊溪原本正靠著顧衍坐著，一下子始料未及，自己也沒掌握好重心，整個人也朝顧衍傾斜了過去。

等反應過來的時候，顧衍已經被推倒在了軟座沙發上，而齊溪正十分靈性地壓在他身上。

這姿勢……就真的有點過於惡霸了。

齊溪幾乎是從頭燒到了尾，臉紅到快要冒煙，她不敢去看顧衍的眼睛，只手忙腳亂地起身避嫌。

她看向顧衍：「你怎麼搞的啊！怎麼一推就倒了！」

顧衍看起來也有些尷尬，臉也難得變得很紅，低沉的聲音也變得有些沙啞，他也起了身，坐得離齊溪遠了很多，真的像是剛被惡霸摧殘過的可憐小白花，很警惕地看著齊溪，像是生怕她會再突襲一樣。

然後他色厲內荏地瞪了齊溪一眼：「不是妳叫我展現出柔弱嗎？妳不都給我下藥了嗎？」

行行行！

齊溪此刻心慌意亂，哪裡還有精力和顧衍對峙這種事，她移開視線，其實很想逃跑：「那我們快點把這一段過一下，我剛考慮了一下，確實不能詳細拍攝犯罪過程，這是鼓勵犯罪！所以就別拍我怎麼推倒你了，總之，正式拍攝的時候，等鏡頭一晃，你就直接躺在沙發上，我就撐在你上面用個霸道女流氓的姿勢警告你一下就好了。」

只是說起來容易，真的做起來……齊溪發現也沒有那麼簡單。

在她的指示下，顧衍四平八穩地躺在了沙發上，而齊溪剛撐在他腦袋上方想要來一番霸道發言，顧衍就先開了口——

「太癢了。」

他移開了視線，像是在忍耐著什麼：「齊溪，妳的頭髮，都掃到我臉上了，太癢了。」

「……」齊溪面無表情地把頭髮綁了起來。

在如此各種細節烏龍的夾擊下，總算有驚無險地把前面大部分劇情過了一遍，齊溪終於摸索到了既有拍攝效果又不那麼令主演尷尬的姿勢。

她強勢宣告道：「小剛，你逃，我追，你插翅難飛，今晚就是讓你屬於我的時刻！」

顧衍按照劇本人設，應當是流下兩行清淚，揪緊了自己的衣襟，自知天命難違，啜泣著祈求小雅。

礙於顧衍哭不出，為了排練更有效果，齊溪幫他滴了兩滴眼藥水。

於是，「流著淚」的顧衍，側著臉，抓著自己的衣襟，很有靈性地說出了那句尷尬的臺詞……

「我知道我今晚已經逃不掉了，那妳對我可以不要那麼粗暴嗎……而且，可以配合使用安全措施嗎？」

這一句理應是為了宣傳提醒廣大群眾，一旦遭遇到無法抗衡的暴力行為時，一定要注意保全自己，不要硬剛；遭遇到無法避免的性侵害時，也要在最大限度內保護自己避免感染一些性傳染病，可不知道為什麼，顧衍這樣演出來，齊溪心裡竟然狂跳起來。

顧衍的語氣一點也不可憐兮兮，倒是挺冷硬，但越是這樣，好像越有奇異的反差感，尤其顧衍臉上的眼藥水，明知道是假的，但視覺效果看起來彷彿顧衍真的在無聲哭泣一樣，還別說，挺招人。

顧衍長這麼好看的男人，一哭起來，真是可憐，讓人……

讓人好想再讓他哭得更慘一點啊！

齊溪一下子就代入惡霸了，難怪有這麼多惡霸喜歡粗暴的！瞧瞧顧衍這個小媳婦樣的臺詞，反而讓人滿腦子都是不健康的惡劣想法。

停止停止！

好在排練中這些尷尬的部分過去，就是小雅把小剛這樣那樣後，作為事後安撫，開始正正經經再次對小剛訴衷腸了，齊溪做了下心理建設，開始按照顧衍的要求說出質樸但不浮誇的表白臺詞。

只是，也不知道顧衍是無意還是故意，自己作為小雅對顧衍演的小剛表白這一段，顧衍竟然NG了好多次，齊溪不得不一次次重複「表白」，然後一次次被顧衍拒絕。雖然磕磕碰碰，齊溪還是和顧衍把大致的劇情和臺詞都順了一遍。

一想到完成了一項律協交辦的任務，只等著最後拍攝就行，齊溪心情就大好：「好了！今天的排練任務完成了！顧衍，接著你打算幹什麼啊？」

顧衍抿了抿唇：「理髮。」

齊溪看了顧衍一眼，才發現他的頭髮是有些長了，不過雖然長，但並沒有減損顧衍的容貌，短髮的顧衍有短髮的清爽俊朗，頭髮微長的顧衍又帶了一份秀氣和書卷味。

他好像怎樣都很好看，最普通的髮型在他身上好像也變得不普通。

也難怪總有那麼多人喜歡顧衍。

齊溪心裡酸溜溜的，突然有點不想直視顧衍，她垂下視線，有些自言自語道：「那我買杯飲料回家啦，再見！」

齊溪也不知道自己到底出於什麼心理，自己也沒做什麼見不得人的事，最終竟然是逃一樣跑了。

等她拿著薑汁撞奶回到家，才發現趙依然竟然還在加班，還沒回來。

齊溪傳了則訊息給趙依然，對方回了個哭泣的表情，表示今天恐怕又要加班到大半夜才能到家。

齊溪便窩進自己的房間，看了一下電視劇，然後很快，她聽到了門鎖轉動的聲音。

趙依然不是說了要到大半夜才回家嗎？是提前結束加班了？

齊溪嘴裡含著奶茶裡的珍珠，因此沒有開口，只是開了房門打算去幫趙依然開門。

然而也不知道是不是冥冥之中的好運，齊溪在開門前，順便在貓眼裡朝外看了一眼，這一看不要緊，齊溪當場就嚇得快魂飛魄散了。

門外的人根本不是趙依然，而是一個賊眉鼠眼表情凶惡的中年男人，他此刻正鬼鬼祟祟用不知道什麼東西轉動著門鎖，看起來像是想要撬門而入，而在他不遠處的地上，還放著一把斧頭。

齊溪當即把門鎖了起來，然後開始報警。

只是報完警掛了電話，齊溪也沒有安心多少，因為據她所知，最近的派出所也離自己租住的房子有一段距離，今天這個時刻又是晚上吃完晚飯應酬完或者社交完畢回家的尖峰時段，恐怕也還是塞車尖峰時刻，不知道警察到底能多快趕到這裡。

明明剛才報警的時候很鎮定，但如今齊溪才意識到自己的手一直在微微發抖。

而門外撬門的聲音更是讓齊溪心慌害怕，好在這時，趙依然的電話來了：『齊溪，妳在家裡嗎？』

趙依然的語氣非常焦急恐慌：『那個地痞剛傳了訊息給我，他真的跟蹤我了！知道了我們的住址，現在帶著斧頭說要去我們家裡找我「敘敘舊」！妳晚上要和顧衍一起排練是吧？如果沒回家，千萬別回去，我已經報警了！』

齊溪聽完，心裡咯噔一下，只覺得這下完蛋了。

原來門外的是這樣的地痞。如果沒記錯，這人是個性犯罪者。

「我已經回家了，他在撬門了，真的帶著斧頭……」

齊溪從來沒經歷過這種事，此刻握著手機的手也開始顫抖起來，彷彿連聲音也產生共振，變得顫抖而慌亂害怕，門外傳來的聲響一點一滴彷彿都戳在她的心上，讓齊溪充滿了恐懼。

而幾乎是同時，門鎖轉動聲停止了，屋外傳來了對方把門踹開的聲音。

齊溪壓低聲音，努力抑制住哭腔：「趙依然，他進來了，我怎麼辦？救救我，我很害怕。」

趙依然也嚇得要死：『我馬上帶著幾個我們執行庭的男同事一起回來，我到之前妳一定要躲好，這人是個強姦慣犯，齊溪，妳一定要保護好自己！趕緊躲起來！他只見過我，看我不在家，可能就會走了！一定一定！保護好自己！自己的生命是第一位的，不要做傻事！』

齊溪哪裡還敢再說什麼，她掛了電話，在房裡轉了一圈，拿了一把水果刀，在近乎緊張到快崩斷的恐懼情緒裡，匆忙躲進了衣櫥裡。

這是堆放被褥和冬天厚實大衣的衣櫃，齊溪躲進去，那些厚實的衣服被子隔絕了一部分聲音，以至於齊溪對外界的聲響也不敏感了，她只能從外界微弱的聲音來判斷得知那個地痞已經撬開門進屋了，但他此刻在哪裡，在做什麼，齊溪一概不知道。

這種對外界的未知感不僅沒讓齊溪安心，反而加重了她的恐懼，她擔心對方衝進她的房間，發現了她存在的端倪，然後打開衣櫃粗暴地把她從裡面拽出來。

這可是一個幾進宮的強姦犯。

這比一般精準尋仇的單純暴力犯罪者還要可怕，因為性犯罪者更容易針對不特定的女性進行激情犯罪，甚至不需要什麼理由，只需要一個精蟲上腦的衝動。

如今屋內除了自己沒有任何可以幫自己的人，而齊溪對上這個身強力壯的中年性犯罪者，根本沒有任何勝算。

衣櫥裡擺滿了衣物，而緊張加劇了空氣的稀薄感，齊溪忍受著悶熱和恐懼，藏身在大衣後面小小的空間裡，她甚至不敢看手機，生怕手機螢幕裡的光源會讓衣櫃外發現什麼。

齊溪就躲在衣櫃裡，不能動也不敢動。

時間變得相當遲緩，每一分鐘都像是苟延殘喘，彷彿一種凌遲。

作為律師敢與人在法庭上進行辯論和敢於直面現實裡的惡性犯罪者，這完全是兩碼事。

齊溪咬緊了嘴唇，害怕到控制不住微微發抖。

如果……如果發生最壞的情況……

在漫長而沉默的恐懼裡，齊溪聽到了屋外傳來一些彷彿打鬥還是打砸屋內物品的聲音，她的害怕在這一瞬間升到了頂點。

然後齊溪聽到了自己房門被打開的聲音，從門彈到牆壁的聲音來聽，這動作有些粗暴，接著有人走了進來，帶著匆忙的腳步聲。

一定一定不要讓他發現我。

求求誰，但凡是誰，請趕緊出現，救救我。

齊溪在內心祈禱著，她緊緊閉著眼睛。

然而自己的祈禱好像並沒有用。

因為她的衣櫥被人轟然打開，光從外面照了進來。

齊溪躲進衣櫥前隨手藏了一把水果刀在身邊，此刻她手裡攥著水果刀，就等著對方發難時和他拚命。

「齊溪。」

可就在齊溪決定背水一戰之際，熟悉的聲音讓她突然脫了力。

是顧衍。

這是顧衍的聲音。

在巨大的緊張和緊繃之後，顧衍喊自己名字的聲音都讓齊溪恍然覺得自己是不是幻聽了，直到顧衍的聲音再次響起——

「齊溪，沒事了，出來吧，沒關係，有我在。」

顧衍的聲音溫和而鎮定，充滿了讓人信服的力量，齊溪這一刻，才終於卸下了力，手上的水果刀應聲而落。

她抬頭往外看，才發現在衣櫃外的真的是顧衍。

他的臉色像是風雨欲來，難看到幾乎讓人覺得像要殺人，見了齊溪，他才彷彿卸下力般整個人鬆弛下來。

顧衍的聲音像在努力抑制著某種情緒，他像是有很多話要說，但最終只是看著齊溪，沉聲道：「妳沒事，那就好。」

而齊溪早已憋不住情緒，就像獨自摔跤不會哭，但如果見到媽媽在不遠處，哪怕摔了不疼的一跤，也要委屈哭上半天的小孩一樣，她見了顧衍，不知道怎麼的，眼淚反而稀里嘩啦的就下來了。

那些害怕、恐懼和不安，好像都能傾瀉出來了。

齊溪拉住了顧衍的手，才得以從衣櫃裡出來，因為蹲太久，一個脫力，差點摔倒在地，幸而顧衍扶住了她。

大概也是這時，顧衍才發現齊溪臉上的眼淚，剛才還臉色難看的男人，此刻彷彿完全顧不上自己的壞心情了，帶了些顯而易見的手忙腳亂——

「妳怎麼哭了？」

他笨拙地試圖安慰齊溪：「妳別哭了，我剛才已經把人綁起來了，趙依然他們很快就能到了，警察也馬上會到，就能把這個人扭送去警察局，不會再有事了。」

顧衍顯然有些慌神了，他的手有些不知所措，但最終他拍了拍齊溪的背。

顧衍的手大而溫暖，齊溪被輕輕拍著，終於有一種活過來的實感，緊張和恐慌安定下來後，剩下的便是那種想要依賴人的情緒。

幾乎是下意識的，齊溪剛才被顧衍拉著出衣櫃後，就一直沒放開顧衍的手，她甚至有點害怕地死死攥住了對方的衣袖，彷彿拉著顧衍的手，一切傷害就都觸碰不到她，彷彿只要顧衍在，齊溪就是安全的。

也是這時，心情慢慢平復後，她才意識到房間外鬧哄哄的，而這時候，趙依然的聲音響了起來——

「齊溪，齊溪妳沒事吧？」

跟著趙依然進來的還有幾個她的同事：「放心吧，那男的我們看著警察扭送走了，妳沒事吧？」

趙依然帶著她的同事也趕來了。

幾乎是下一刻，趙依然就從客廳風一般地跑進了房間，衝過來抱住了齊溪，她的眼眶也嚇紅了，她的聲音早已經緊張到帶了哭腔：「齊溪，妳沒事就好。別怕了別怕了，對不起，都怪我，害得連累了妳。」

趙依然說完，又抱著齊溪緩了緩情緒，才又看向了顧衍，心有餘悸道：「太謝謝你了顧衍，幸好我在同學群組裡簡單說了下情況，問了大家一聲，生怕我和我同事都來不及趕到，想著同學裡誰如果離得近能救個急，沒想到你離我們這正好近。」

說到這裡，趙依然看向了齊溪：「也幸好顧衍第一個趕過來，我們來的時候，他已經把那個地痞制服綁在地上了。」

此時此刻，趙依然看起來也是驚魂未定，她把齊溪從頭到腳好好地檢查了一遍，才終於安心下來，然後她才把注意力分到了顧衍身上瞥了他一眼。

只是不看不要緊，這一看，趙依然一下子連嗓門都抬高了：「顧衍，你頭髮怎麼回事？！」

也是這時，齊溪循著趙依然的聲音看去，才注意到，顧衍的頭髮……那參差不齊的宛若狗啃的瀏海……

趙依然一頭霧水不知道顧衍這是怎麼回事，但沒多久前還剛和顧衍分別的齊溪稍作思考就明白了來龍去脈。

所以……

齊溪拉了拉顧衍的衣角：「你是在理髮的中途跑過來的嗎？」

顧衍看起來不太想回答這個問題，但是齊溪盯著他，像是一定要等待出一個答案，顧衍雖然不情願，但還是「嗯」了一聲。

如果顧衍是在和自己分別的地方附近找理髮店的，其實一路搭計程車趕來齊溪租住的房子也並不近。

齊溪看著他有點搞笑的髮型，心裡湧動著難以言說的動容和悸動。

顧衍真的是很好很好的人。

他頂著一個這麼可笑的頭，要走過鬧區市區，要頂住多少探究的目光，可他都能不在意地第一時間一路跑來自己這裡，為了自己的安全可以完全不在乎自己理到一半的頭髮。

齊溪的心不受控制地快速跳動起來。

齊溪覺得自己的情緒變得有些難以形容的奇怪，為了甩脫這種自己難以掌握的反應，她低下頭，決定轉移話題，順帶真心實意地道謝：「顧衍，謝謝你。」

「不用。」顧衍反而有些不自在，言簡意賅道：「妳沒事就好。」

「多虧你了。」齊溪再次感激道：「我現在沒事了，不然你趕緊回去把你理了一半的頭髮理完吧。」

顧衍「嗯」了一聲，準備轉身離開。

趙依然過來又抱了齊溪一下：「嚇死我了姐妹，幸好妳沒事。不過我們這房子可能得換一個了，那個地痞知道了這地址，萬一等他出來了再打擊報復，還是挺危險的，房子我現在就去找，但大概還要一段時間，最近租房有點難，沒那麼快，所以最近幾天我們得先去別的地方住，我的話家裡有個表姨住在附近，和他們講一下應該就能暫住在他們家裡，妳呢？妳是容市在地人，不然妳回家住？」

一提起回家，齊溪就皺了皺眉，她的態度堅決：「我不回家。我搬出來就是想告訴我爸，我能自力更生，我不要他給我錢，自己工作也可以供自己，現在要是回去，只會被他當成是灰溜溜失敗了向他討饒了，他肯定又會覺得能再次掌控我的人生，又要幫我安排相親了。」

趙依然有些擔心：「那妳住哪啊？」

齊溪因為剛才的變故受了驚嚇，整個人還有點恍惚，根本沒心思想這些事，有些心不在焉道：「我等等找其餘女同學問問，看有誰能收留我的。」

齊溪說完，拿出手機打算問問幾個關係相處得還不錯的大學同學，只是她還沒開始打字，剛在門邊準備離開的顧衍就叫住了她。

「別問了。」

齊溪有些好奇地抬頭看向顧衍：「為什麼？」

「我姊那邊，有空房間，妳可以住。」顧衍清了清嗓子，狀若自然道：「她就一個人住，一直出差，住的機會不多，這陣子正好想找個人幫忙看一下屋子，收收快遞，稍微打掃一下這樣，妳如果不介意的話，在妳和趙依然找到新房子之前，妳可以暫住，反正也是過渡時期的短住，所以也不收妳房租。」

顧衍抿了抿唇：「畢竟我姊也不缺錢。」

齊溪再三確認顧雪涵確實不介意，而且確實正在找人看管打掃下空置的房子，自然是求之不得：「那我打通電話給顧律師再確認感謝下……」

結果話沒說完，顧衍就打斷了她：「不用，我打給她。」

這男人說完，就逕自掏出了手機，撥打了號碼。

顧衍打電話時稍微走遠了一點，因此齊溪沒辦法聽到電話那端顧雪涵在說什麼，她只能聽到顧衍的話語——

他幾乎是顧雪涵一接電話就開了口：「喂，姊，妳最近不是常常在外出差不住陳平路那間房，然後正好想找人暫住幫妳看管一下這間房子嗎？現在齊溪正好遇到點事，需要找個地方暫住過渡一下，我就讓她今晚住妳那裡了。妳今晚不用為了收快遞趕回去了，沒關係，直接在外面找間飯店住吧。就這樣，掛了。」

齊溪第一次知道顧衍能說這麼一長串的話，以他這個語速，他甚至沒給顧雪涵插話的餘地，而他聽起來也確實沒給顧雪涵說話的機會。

掛了電話，顧衍看向了齊溪：「哦，我姊說太好了，正好她今天也不想回家住了，還缺個人收快遞，妳今晚能過去住她很歡迎，她最近都不會回去住了。」

這麼短的時間，顧雪涵真的來得及回覆？

大概齊溪眼裡的疑惑太明顯，顧衍清了清嗓子，補充道：「哦，她語速很快，妳知道的，當律師的習慣都是分秒必爭的，對於這種非工作不收費的電話，我姊一向恨不得一秒鐘解決。」

原來如此，這倒也可以理解。可……

「可如果我沒記錯，顧律師近期好像沒什麼出差安排啊？而且她不是和你住一起嗎？所以你上次都沒辦法打包甜點回去，說因為她在減肥，看到了會控制不住吃然後再罵你？」

齊溪這個問題讓顧衍愣了下，但也只愣了一下，很快，這男人就篤定而自然地解釋道：「她臨時增加了出差的行程，可能資訊這塊沒和妳同步，所以妳還不知道。至於她，準確來說，我們住很近，但不住在一起，她時常會跑到我這裡來視察。」

原來如此啊。

齊溪得到了顧雪涵的同意，心情也好起來：「那謝謝你啊顧衍，也謝謝顧律師。」

齊溪內心很感激，決定下次見顧雪涵時再當面致謝一次。

事不宜遲，齊溪簡單收拾了生活必需品和幾件衣服，就跟著顧衍一起搭計程車去了顧雪涵空置的公寓。

顧衍為齊溪打開了密碼鎖，告知了她密碼，簡單介紹了下顧雪涵屋內的設施：「妳休息下，早點睡。」

他說完，就轉身走到了門口打算離開，只是打開門時，顧衍喊住了齊溪，他的視線微微下垂，看著地面：「哦，忘了說，這裡一梯兩戶，我就住在旁邊那戶。」

齊溪之前已經聽顧衍說他和顧雪涵住得近，但沒想到住這麼近。姊弟兩人住隔壁，既互不影響，彼此又還能有個照應，倒是挺自在的，齊溪內心忍不住發出了有錢真好的感慨。

同時，顧衍再一次開了口——

「密碼鎖的密碼妳可以自己修改，妳也可以換成妳更容易記的密碼，妳找到新房子搬走之前改回來就可以。」

齊溪愣了愣，對這個和前面完全不搭邊的話題有些意外和莫名，怎麼突然講到修改密碼了？

她有些不在狀態地道：「不用啊，我記性很好，這個密碼我記得住，不用換。」

可惜齊溪說完，顧衍就用一種一言難盡孺子不可教的目光含蓄地看向了她。

這男人嘆了口氣：「都不知道說妳聰明還是笨好。」

「？」

顧衍沒再說什麼，像是不太放心，只能拉著齊溪到了門口：「現在妳自己把密碼換了，換的時候我不看。」

因為顧衍的堅持，齊溪不得不莫名其妙換了個密碼。

等換完，顧衍才像是放鬆下來，他掃了齊溪一眼：「我去理髮了，有事叫我。」

也難為顧衍了，作為一個校草，都頂著這陰陽頭大半天了。

直到把顧衍送走，齊溪靜下心來，才打量起顧雪涵的房子——其實並不髒，只是雜物堆得有些多，書架尤為亂。

不過顧衍說得沒錯，顧雪涵可能幾乎不住在這間屋子裡，齊溪只是簡單轉了轉，就發現這裡的生活用品少得可憐，女性居住過的痕跡更是幾乎沒有，與其說是顧雪涵的房子，不如說是顧衍的「備用雜物間」——這裡堆放了不少顧衍的東西，包括顧衍曾經複習司法考試的資料等。

看來顧衍這傢伙，趁著自己的姊姊不常住，把自己的「版圖」擴大到顧雪涵這裡了，蹭了顧雪涵不少地方放自己的書籍和這個季節用不上的衣物被褥。

既然都來借住了，齊溪也想出點力，下午出了這種事驚魂未定，如今讓她立刻睡覺她也睡不著，不如幫顧雪涵收拾一下書架。

齊溪收拾到一半的時候才恍然大悟顧衍要求她改密碼的深意。

他是不是……

齊溪覺得有點氣血上湧，她沒忍住，拿起電話打給了顧衍。

顧衍很快接通了電話：『喂？怎麼了？』

還好意思問自己怎麼了！

齊溪氣呼呼道：「顧衍，你把我想成什麼知恩不報的人了啊？」

電話那端的顧衍明顯愣了下。

「你剛讓我改密碼，是覺得你住在對面，又知道這間房子的密碼，所以我心裡會擔心你半夜偷偷用密碼開了進來意圖不軌是嗎？」齊溪有點委屈，「我是這種人嗎？我會把你想成這樣嗎？會信不過你的人品還內心提防你嗎？要真這樣，我連住都不會住到顧律師的房子裡啊。」

顧衍大概沒想到齊溪打電話來說的是這件事，語氣有些無奈：『別人遞了封情書給妳，妳都在畢業典禮演講罵我了，我還敢不主動避嫌嗎？』

他有些沒好氣道：『妳成績不是挺好？罵我的時候邏輯清晰妙語連珠，怎麼到別的事情上腦子這麼不靈光？妳對異性能不能有點防備心？』

齊溪自認為自己這一番話，是從側面肯定表揚了顧衍的人品，表達了自己對顧衍的信任，沒想著馬屁拍到馬腿上，顧衍非但沒滿意，反而還訓起齊溪了——

『人對別人的認識就一定準確？妳覺得我是好人，我就一定是好人了？我就真的做不出用密碼開了妳的門半夜進去的事了？』

「你不會啊！」齊溪肯定道：「你絕對不會的，因為你有喜歡的女生呀！你那麼喜歡她，怎麼可能會對別人有非分之想啊？你條件這麼好，要是意志不堅定，那麼多追你的，你早就移情別戀了。」

顧衍愣了愣，大概也沒料到齊溪說出這個答案，他抿唇沉默了片刻，才移開視線道：『我有理智的情況我當然不會這麼做，可萬一我喝醉了，妳沒想過會發生什麼？』

齊溪眨了眨眼睛：「如果現在這個房子裡住的是你喜歡的女生，你喝醉後大概還有可能做點不理智的事。」

『嗯。』

很難得的，顧衍語氣複雜地肯定了齊溪的話，他「嗯」完，就不說話了，齊溪等了等，沒等到顧衍再說什麼，倒是聽到了電話被掛斷的聲音……

這男人怎麼回事？

就在齊溪納悶之際，門口傳來了敲門聲，顧衍的聲音夾雜其中——

「開門，我在外面。」

齊溪開了門，果然見到顧衍站在外面，一臉嫌棄：「不打電話了。」這男人一隻手拎著什麼東西，另一隻手插在口袋裡，「都在對面，不浪費我電話費了。」

此刻的顧衍已經理完了頭髮，他穿著休閒裝，大概是在自己家門口，整個人很放鬆，帶了點慵懶和隨性，還有與生俱來的貴氣，不像個律師，倒像個豪門貴公子，正靠著門框看著齊溪。

齊溪也不知道怎麼回事，她近來面對顧衍的目光常常心虛，幾乎是下意識的，她移開了視線，因為也不知道應該接什麼，齊溪只能訕笑兩聲，胡亂繼續了此前話題：「你幹什麼醜化自己的形象啊？我還是相信你的人品的，而且我們是堅固的革命友誼團隊情誼啊，你還能半夜偷偷進門嗎？所以其實不換密碼也無所謂。顧衍，對你自己有點信心。」

顧衍走進了屋內，他的聲音聽起來有點漫不經心和飄忽：「妳對我比我對自己都有信心。」

他說完，把手裡提著的東西往桌上一放。

齊溪也是這時才發現顧衍拎著的是一袋餐點。

顧衍語氣自然：「正好去吃晚飯，幫妳外帶了一份。」

齊溪有些不好意思：「麻煩你啦，不過其實我可以在冰箱裡隨便找點東西簡單做道菜的。」

顧衍面無表情地打開了冰箱：「妳別想了，空的。」

「……」

齊溪望著真的空無一物的冰箱，頓時也不知道說什麼好。這裡還真的沒有一點顧律師的生活氣息，倒像是顧衍的備用儲藏室。

不過齊溪本來還不覺得餓，如今一聞到食物的香味，就有些餓了，她也沒再和顧衍客氣，當即拆了包裝打算吃起來。

只不過等她打開餐盒的蓋子，看著裡面，齊溪就忍不住皺眉了：「顧衍，你把我當豬嗎？怎麼這麼多！好浪費錢呀！」

顧衍挺鎮定：「我又不知道妳到底能吃多少，按照我認為的食量來預估的，買吃的當然買多不買少，不然妳半夜餓醒了過來隔壁拍我的門要吃的，影響我睡眠怎麼辦？我是花錢保平安。」

齊溪無語得只想翻個白眼，不過飯菜是無辜的，顧衍的品味挺好，雖然這家店的餐盒上連商店名品牌資訊都沒有，看起來頗不正規，但飯菜的味道簡直可以說一絕。

只不過……

「為什麼飯菜之外還有一盒巧克力和奶糖？」

「哦，送的。」

什麼店還能送這種？？？

齊溪有些納悶，她看向顧衍道：「那你自己不吃嗎？你不是挺喜歡吃甜食的嗎？」

「妳吃吧。」顧衍看了齊溪一眼，「沒什麼事的話我先走了。」

不過很快，齊溪突然想起了一件事：「等等！你上次不是說，你和你爸媽住一起，所以你不能把榴槤帶回家，因為他們討厭榴槤的味道？可你不是一個人住，連你姊姊也就住在你隔壁嗎……」

顧衍愣了愣，但隨即他就很鎮定道：「哦，我爸媽剛搬走，本來我確實和我爸媽住在一起，確實是很巧，他們剛剛搬走。」

齊溪一喜：「那你現在不就能一個人暢快地……」

只是她的問句還沒問完，顧衍就迫不及待般打斷了她：「不，我不能。」這男人都沒給齊溪機會讓她說完，就逕自道：「我還不能一個人吃榴槤，因為我爸媽可能時不時會到我這邊來看看，所以妳千萬不要買榴槤給我。我媽榴槤過敏，我爸榴槤過敏，我姊也榴槤過敏，屬於看到就能誘發心理上過敏的那種。」

他生怕齊溪沒記住一般，又強調了一遍：「不要買榴槤。」

行吧……

齊溪都有點同情顧衍了，沒想到他這麼喜歡吃榴槤，他爸媽和姊姊卻都過敏，也是好慘。

「好吧，那我不買了，下次單獨帶你出去吃，我上次還有看到榴槤火鍋呢！」

顧衍臉上露出了真實的驚訝：「榴槤火鍋？！」他神色複雜道：「還有這種獵……這種

新奇的火鍋？」

「是呀！」齊溪說著，就要掏出手機，「擇日不如撞日，要不要等等吃這個當宵夜？」

「不用了！」顧衍幾乎是立刻制止了齊溪，大概覺得自己的態度有些急切，這男人很快咳了咳，重新鎮定道：「妳還是別太破費了，你們和前面租房的房東解約肯定要賠點錢，後面租新房子又要交押金，妳最近需要花錢的地方很多，別浪費了。」

說的也是！

「不過顧律師的快遞什麼時候到啊？你不是說晚上要讓我幫她收個快遞嗎？」

顧衍愣了愣，然後鎮定道：「哦，那個快遞，快遞員摔倒了。」

齊溪點了點頭：「快遞員現在好不容易，那過幾天能送到吧？」

顧衍平靜道：「應該不能，快遞員摔到河裡了，東西壞了，我姊退貨了。」

「……」還有這麼命途多舛的快遞嗎！齊溪有點同情顧雪涵，覺得她最近的運氣不是太好。

「甜食，妳記得吃。」顧衍看了齊溪一眼，轉換了話題，也移開了視線：「甜食壓驚助眠。妳吃吧，這次我真的走了。」

壓驚？壓什麼驚？

顧衍說完，就逕自打開門離開了。

直到聽到門關上的聲音，齊溪才有點後知後覺地反應過來。

壓驚，是了。

她今天經歷了雲霄飛車般的一天，確實受了點驚嚇，然而也不知道怎麼回事，借住在顧雪涵的房子裡有了落腳點，又飽餐了一頓後，對面如今又住著顧衍，齊溪好像沒有多害怕了。

齊溪有點睡不著，索性從書架上抽了一本講洞穴奇案的法律分析書出來，只是她還沒看，一張紙突然就從書裡掉出來了。

齊溪並沒有想偷看的意圖，她甚至不知道紙上有什麼，只以為是一張隨手放入的書籤。只是等彎腰撿起來後，她就知道不是了。

這是……

這是一封顧衍沒有送出手的情書。

齊溪並不想看，但這張紙根本沒有摺起來，她撿起來的那瞬間，顧衍蒼勁有力的字跡就映入了眼簾——

「妳又在圖書館裡看書了，我就坐在妳的身後，但妳永遠不會知道，也永遠不會回頭。有時候想，妳什麼時候能看到我。」

這明顯是一封沒有寫完的信，沒有署名沒有抬頭。

但齊溪知道是顧衍寫的。

因為自從上次畢業典禮的烏龍以後，齊溪就去找了顧衍真實的字跡對照過。他的字很好看，齊溪不會記錯。

她的心跳得很快，幾乎是連想也沒想，就飛快地把這張紙重新夾進了書裡。

顧衍明明不在，但齊溪還是有一種幹了壞事快要被抓的緊張感。

此外，還有些慌亂和惶恐，還有一些更微妙複雜的情緒。

如果是在圖書館裡看書，那麼顧衍喜歡的女生就是本校的，顧衍還默默跟著人家一起去圖書館，默默在人家看不見的地方暗戀……

說起來這很不顧衍。

但這種反差感讓齊溪意外的同時，也有點不太開心。

也就是說，唯少的幾次聽說顧衍去圖書館了，也並不是去念書？而是去看暗戀對象？

齊溪覺得自己完全有理由不高興，原來顧衍贏自己贏得真是不費吹灰之力，自己在圖書館奮力念書呢，結果顧衍在圖書館努力地想和別人談戀愛。

這像話嗎？

她也不知道怎麼了，心情像吃了一顆沒成熟的酸梅，鬼使神差的，她撥了顧衍的電話。

只是等電話那端傳來嘟嘟的聲音，齊溪就冷靜下來了。

她這個時間打電話給顧衍幹什麼？都這麼晚了。

尋釁滋事嗎？

理智一回籠，齊溪就手忙腳亂地想要掛電話。

只是顧衍似乎總比她更快一步，齊溪的電話還沒掛斷，顧衍已經接起來了。

「我、我就問問你顧律師家有沒有那個……那個……」

情急之下，齊溪覺得自己嘴都瓢了，她那個了半天，也沒那個出來什麼。

顧衍果然微微抬高了聲音：『哪個？』

齊溪緊張得要死，只能隨口胡謅道：「就那個薰香！薰香！」

顧衍的聲音微微有點無語：『妳還不睡嗎？大半夜打算點薰香？』

「雖然已經躺在床上了，但有點睡不著。」齊溪穩了穩情緒，信口雌黃道：「所以我想著睡前要不要點個薰香助眠……」

『薰香點整夜不安全，妳別點了。』顧衍頓了頓，才繼續道：『睡不著是因為換了環境？還是因為今天發生的事讓妳還有點害怕？』

露怯和示弱並不是齊溪擅長和喜歡的事，然而，也不知道是不是月色太溫柔，以至於顧衍的聲音都給了齊溪一種非常溫柔的錯覺。

齊溪吸了吸鼻子，聲音有些甕甕的，明明並沒有多害怕，但她聽到自己輕輕「嗯」了一聲。

然後鬼使神差的，齊溪聽到自己提出了得寸進尺的要求——

「顧衍，你能陪我聊天嗎？到我睡著之前。」

只是一開口，齊溪就意識到自己這個要求很無禮，先不說每個人的私人時間都很寶貴，就算顧衍願意，齊溪也不確定什麼時候才能睡著，如此要求別人陪聊到自己入睡，也太霸道了。

意識到不妥後，齊溪便立刻打算撤回這個要求。

只是她還沒開口，就聽到了手機對面顧衍的聲音。

他說「好」。

顧衍的「好」字讓齊溪心跳如鼓起來，她竟然有點忐忑和緊張。

雖然平時和顧衍接觸比較多，但多數都是工作相關的事，如今大半夜要聊天，齊溪突然也有點不知道講什麼話題，他們兩人真的能聊到齊溪睡著前都有話題嗎……

只是齊溪很快就意識到，自己的擔心是多餘的，和顧衍之間的夜聊，並不存在會冷場的情況。

因為顧衍開始讀起司法考試考古題集給齊溪聽——

『李某趁正在遛狗的老婦人王某不備，搶下王某裝有四千元現金的手包就跑。王某讓名貴的寵物狗追咬李某。李某見狀在距王某五十公尺處轉身將狗踢死後逃離。王某眼見一切，因激憤致心臟病發作而亡。關於本案，李某的行為屬於什麼性質？是否屬於事後搶劫的暴力威脅？』

「……」

齊溪覺得自己不僅沒有睏意，反而更清醒了，她面無表情地回答道：「不屬於事後搶劫的暴力威脅，因為這裡的暴力威脅只包括對人使用暴力或對人以暴力進行威脅，不包括對物的，踢死狗只是單純逃跑時為了擺脫狗糾纏的行為。但踢死了受害人名貴的品種狗，屬於侵犯私有財產，可以提起附帶民事訴訟。」

『嗯。』顧衍肯定了齊溪的回答：『張某……』

齊溪的求生欲讓她飛快出聲制止了顧衍：「能不能別做題了，換別的講吧……」

『妳不喜歡刑法嗎？民法呢？』

「……」齊溪掙扎道：「還有別的嗎？」

『妳不喜歡實體法？那程序法呢？民事訴訟還是刑事訴訟法？』顧衍頓了頓，非常自然道：『或者聊一下妳手頭剛接的一個智慧財產權糾紛案？』

齊溪已經不知道該吐槽什麼了，她這下真的徹徹底底忘記了白天驚魂未定差點變成受害者的經歷，內心只剩下無語。

「顧衍，除了專業和工作的事，我們還是聊點別的吧……」

齊溪窩在溫暖的被窩裡：「講講你每次到底怎麼得第一名的？別人都說你幾乎不熬夜，考試前也不複習，所以你真的沒有偷偷跑夜間自習室？」

『沒有。』顧衍的回答相當欠扁和理所當然：『上課的時候老師講過一遍妳還沒記住嗎？為什麼還要下課後再複習？』

「……」

齊溪覺得還是不要再和顧衍聊了，她無力道：「顧衍，你知道嗎？我現在知道為什麼你長相身材智商都無可挑剔，但是表白會失敗了。」

這個話題果然引起了顧衍的關注，電話那端，這男人的聲音都微微抬高了：『為什麼？』

接著，齊溪就聽到了對方有點悶悶的聲音：『那應該聊什麼？』

「比如，更有趣一點的事情啊，或者唱首歌給對方聽，或者聊聊最近的電影、狗血電視劇，喜歡吃的東西，娛樂八卦啊。」

顧衍沉默了片刻，才答道：『我不會。我本來就不是個有趣的人。』

也不知道人的情緒是不是到了晚上就容易流露更多，本來是希望顧衍陪聊的，但最終變成了齊溪扛起了陪聊的角色——

齊溪安慰道：「算了，長成你這樣，已經不需要有趣了。」

她往被窩裡又鑽了鑽：「你不會聊，那我來和你聊吧，我告訴你，我前幾天養的植物又死了，今年養的花就沒開過，買了六個花盆的花草，現在只剩下六個空盆了，前幾天看一個社群帳號說我這樣的人如果想養花，可以養封蠟的朱頂紅，不用澆水不用施肥也不用找太陽晒，買回家擺著就可以直接養到開花。」

齊溪講到這裡，躍躍欲試道：「我有點想買。」

『不要買。』

「嗯？」

『封蠟的朱頂紅，因為沒有辦法澆水，消耗的是自己球根部分的表皮，種球的能量足夠讓它在妳買的當年開花，看起來也很省事，但這一次的開花就會把種球耗死，妳封了蠟，因為沒有泥土，種球也長不出根系，種球的底部還會嚴重缺氧，所以等於妳看到的一次開花可能就是封蠟朱頂紅這輩子唯一一次開花了，開完這次花，這個封蠟的朱頂紅可能就會死了。』

顧衍的聲音很輕，但很認真：『但如果是栽種在泥土裡的朱頂紅，每年都能開花，甚至有些養護得好，每半年都能開一次花。』

原來是這樣！齊溪原本看到這種省事省心的花卉，還高高興興打算多買點，如今聽顧衍這麼一說，才恍然大悟。

她有些遺憾：「好吧，那我不買啦。雖然還挺好看的，但封蠟聽起來像是對朱頂紅的摧殘。」

『嗯。』顧衍的聲音平和隨意，但語氣並不敷衍：『雖然不買封蠟的，但妳可以買一點種球，我可以教妳怎麼種。』

顧衍好像有一種對任何事都非常認真的姿態，即便是小到齊溪隨口一提的朱頂紅，他都能非常負責地告知齊溪其中她所忽略的細節。

齊溪聽著顧衍在電話那端專注而不自知地講著朱頂紅種球的種植手法，突然覺得顧衍這種對一株植物都認真嚴肅的態度，不僅不會讓人覺得無聊，還會讓人覺得帶了一種耿直認真的純真和可愛。

同時，齊溪覺得顧衍也很博學，因為齊溪講的朱頂紅並不是什麼很大眾的花卉，顧衍也能立刻講出這麼多齊溪不知道的東西。

他好像總是懂很多。

兩個人不知不覺從朱頂紅聊到了桌面綠植，又聊起了辦公室空氣和新風系統，以至於齊溪真的不知道自己到底是什麼時候睡著的。

好像是在和顧衍聊到養仙人掌的時候，也或許是更早一點，在聊顧衍以前養過的小烏龜的時候。

這一晚齊溪沒有做任何關於白天事故的惡夢，她入睡得非常安穩及平和。只是剛睡著沒多久，齊溪就被一通趙依然的電話吵醒了。

齊溪迷糊之中接起來，毫無防備就聽到了電話那端趙依然的鬼哭狼嚎——

『姐妹，是我不好，都沒再確認一下，再關心跟進一下妳的情況，害得妳今晚只能如無根的浮萍了！齊溪，我趙依然對不起妳！』

趙依然情緒激動嗓門超大：『所以妳現在在哪啊？我找我表姨開車去接妳啊，只是我表姨家有點小，妳不介意打個地鋪的話就來我們這先湊合一晚住一下。』

齊溪半夜被驚醒，還有點茫然，聽完趙依然莫名其妙的話以後就更迷茫了：「趙依然，妳在說什麼啊？」

『我表姨說了，這兩天我們這剛好有個醫療行業峰會，我們市幾間像樣的飯店幾乎都被訂滿了，妳身上那點預算，本身可選擇面也窄，又不肯回家住，妳是打算找個網咖通宵嗎？』

齊溪一頭霧水：「我為什麼要找個網咖通宵啊？」

趙依然的聲音痛心疾首：『別和我裝了！我和妳誰和誰啊！被顧衍趕出來了妳就直說啊！死要面子活受罪！都不說，就知道逞強！妳人現在在哪呢？』

齊溪挺納悶，她沒被顧衍趕出來啊。這不是借住在顧衍姊姊的房子裡嗎？

只是她睡意惺忪的遲鈍在趙依然看來顯然是另外一回事。

趙依然已經進展到痛罵顧衍了：『顧衍也真是的，如果不行就直說啊！害得我真的以為妳有地方住！長得好看的男人果然都信不過！顧衍這傢伙怎麼這麼不可靠不上道！』

趙依然罵罵咧咧的：『幸好陳璿去問了一下，不然我都不知道他姊姊回來了，房子不能讓妳借住了！』

齊溪有些愣：「啊？」

顧雪涵沒回來啊……自己不是還住著嗎？

不過……

齊溪有點在意：「陳璿是什麼情況啊？」

趙依然快人快語解釋道：『陳璿最近遭遇了黑仲介，被房東趕出來了，一時片刻根本找不到房子，住飯店吧，沒那麼多預算，最近不是醫療行業峰會能選擇的飯店都很少嗎？她為這事正煩心，今天正好和我諮詢怎麼處理黑仲介呢，我就順嘴提到了妳借住在顧衍姊姊房子裡的事。』

陳璿也是齊溪他們大學法學院的同學，算是個文藝少女，非常有才華，據說高中開始就陸續有詩集出版，長得雖然不是美豔掛的，但清秀可人，說話溫溫柔柔的，在大學期間追她的人一直很多，但陳璿都一一拒絕了。如果齊溪沒記錯的話……陳璿喜歡的人應該是顧衍。

大學時候，只要顧衍參加的活動，陳璿一定會參加，顧衍參加的社團，陳璿也一定會參加，顧衍去圖書館，陳璿也一定會去。

雖然陳璿並沒有表白過，但她喜歡顧衍這件事，大概是個人都能看出來。

大學裡，陳璿應該是想盡了辦法想接觸顧衍，可惜顧衍從來不假辭色，根本不開竅。一畢業，陳璿進了容市區裡的公證處，和顧衍自然是沒有什麼機會再有交集了。

趙依然的語氣有些同情：『妳也知道陳璿對顧衍什麼情況，我推測吧，她多少也有點僥倖心理，想著試一試，一聽妳也借住在顧衍姊姊家呢，就想順勢問問顧衍能不能和妳一起借住。其實說白了，妳說她是真的完全沒錢住飯店嗎？真的是為了省幾塊錢厚著臉皮去找顧衍蹭住嗎？真的是找不到任何一個別的可以借助幾晚的朋友了嗎？還不是因為沒死心，還對顧衍有期待，想盡辦法還想和顧衍發生點什麼嗎？』

齊溪的心快速地跳動了起來：「所以顧衍說……」

『顧衍說他姊姊回來了，說他姊討厭別人住在自己的房子裡，所以本來借住的妳也已經連夜捲舖蓋走人了。』趙依然的聲音義憤填膺：『而且這男人這麼說點到為止也就算了，還要對陳璿加一句：以後這種事別找他了，他又不是做慈善的。』

『陳瑢喜歡他多少年啊？我不信他看不出來，結果還這麼不給人家面子，陳瑢和顧衍通完電話就哭著來找我了。』趙依然越說越生氣：『所以，要不是陳瑢打電話找我哭訴，我都不知道妳也被他「掃地出門」了。』

趙依然嘀咕道：『真是的，他姊姊不能容忍別人住她的房子，我不信顧衍不知道，既然搞不定自己的姊姊，房子也是姊姊的，那你倒是別無權處分啊！他姊也是，之前電話不是都知會過了嗎？怎麼又不同意妳住了……』

她結束了吐槽，回歸了正題：『所以齊溪，妳現在有地方住嗎？妳在哪？我去找妳，以後這種事妳別不好意思和我說，妳這人真是死要面子活受罪！被趕出來了又不是妳的錯！是顧衍的問題啊！妳別不好意思和我說！』

鬼使神差的，齊溪撒了謊，她的心跳有些快，語速因此也變快了：「我、我現在住在我另外一個親戚家裡。」

在齊溪的糊弄下，趙依然最終放下了對她的擔憂，信以為真，這才掛斷了電話。

只是齊溪的心情卻有一點無法平靜。

顧衍為什麼要撒謊？

齊溪的心怦怦直跳，她的手都微微沁出了汗。她像是突然撞破老公出軌的妻子，對突如其來的隱藏事實完全措手不及心亂如麻。

自己明明還住在顧雪涵的房子裡，因為是大平層戶型，客房也還有空置的，顧衍為什麼這麼冷酷地拒絕了陳璿？還撒了謊……

是因為自己，所以才能借住嗎？

是因為自己對顧衍來說，和陳璿不一樣，是更……特別的嗎？

——《你有權保持暗戀》未完待續——

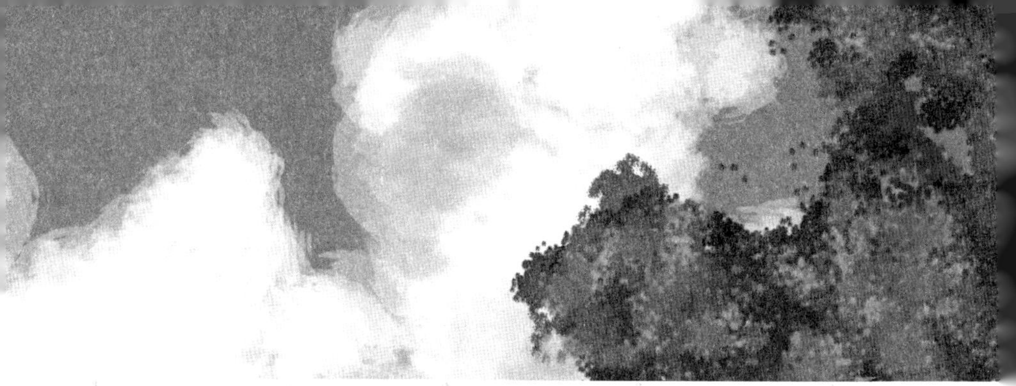

高寶書版集團
goboOKs.com.tw

YH 199

你有權保持暗戀（上）

作　　者　葉斐然
封面繪圖　單　宇
封面設計　單　宇
責任編輯　楊宜臻
內頁排版　賴姵均
企　　劃　何嘉雯

發 行 人　朱凱蕾
出　　版　英屬維京群島商高寶國際有限公司台灣分公司
　　　　　Global Group Holdings, Ltd.
地　　址　台北市內湖區洲子街88號3樓
網　　址　goboOKs.com.tw
電　　話　(02) 27992788
電　　郵　readers@goboOKs.com.tw（讀者服務部）
傳　　真　出版部(02) 27990909　行銷部 (02) 27993088
郵政劃撥　19394552
戶　　名　英屬維京群島商高寶國際有限公司台灣分公司
發　　行　英屬維京群島商高寶國際有限公司台灣分公司
法律顧問　永然聯合法律事務所
初版日期　2025年05月

原著書名：《你有權保持暗戀》由北京晉江原創網絡科技有限公司授權出版。

國家圖書館出版品預行編目(CIP)資料

你有權保持暗戀 / 葉斐然著. -- 初版. -- 臺北市：英屬維京群島商高寶國際有限公司臺灣分公司, 2025.04
冊；　公分. --

ISBN 978-626-402-232-3(上冊：平裝). --
ISBN 978-626-402-233-0(中冊：平裝). --
ISBN 978-626-402-234-7(下冊：平裝). --
ISBN 978-626-402-235-4(全套：平裝)

857.7　　114004019